書下ろし

はないちもんめ 冬の人魚

有馬美季子

祥伝社文庫

目次

序

――雪達磨《ゆきだるま》の中の人魚　雨矢冬傳《あめやとうでん》――

江戸の或《あ》る町に、人魚に取り憑《つ》かれてゐる男が居た。人魚に憧《あこが》るるあまり、現実の女を愛《め》づることが出来なくなつてしまうほどに。男はよく人魚の夢を見た。人魚と暮らすことが、男のただ一つの願ひだつた。

冬の或る朝、その男が仕事に行かうとすると、家の前にどうしてか雪達磨があつた。

――なんでここに？　誰が作つたのだらう？――

長屋のほかの家を見渡しても、雪達磨が作られていたのは男のところだけだ。

男は不思議に思ひつつ出掛け、帰つてくると、雪達磨はだいぶ融《と》けてゐた。

――明日の朝までにはすつかり融けるだらう――

男はそう思ひ、晩飯を食べ酒を少し呑《の》んで、そのまま眠つてしまつた。……

が、夜中に腰高障子《こしだかしやうじ》の戸を叩《たた》く音がして、男は目を覚ました。

とん、とん、とん。

眠い目を擦《こす》りながら戸を開けると、ほとんど融けて消えかかつた雪達磨の中に腕が見えた。

いや、腕と気づくまで、少し掛かつただらう。男はその時、初めて知つた。恐怖が極《きは》まると、悲鳴を上げることすら出来なくなるといふことを。

男は総毛立ち、戸を閉めて布団に潜り込んだ。がたがた震えていると、また戸を叩く音がした。男は恐ろしくて、勿論《もちろん》出ていくことなど出来ない。布団を被《かぶ》つたまま震えるばかりだ。恐怖を抑《おさ》へようと酒をぐつと呑むと、少し落ち着いた。すると、再び戸を叩く音がした。

恐怖に些《いささ》か慣れてきた男は、酒の勢ひも手伝つて、震えながらも戸を開けた。誰も居《お》らずに、やはり融けかかつた雪達磨と腕だけがある。真つ白でしなやかで綺麗《きれい》な腕だ。女の腕といふことはすぐに分かつた。

男は歯をがちがち言わせながら、提灯《ちやうちん》を灯《とも》してよく見た。美しい腕の先、手の指はまさに白魚のやうで、爪は桜貝のやう……ではなく、桜貝そのものだ。華奢《きやしや》な手首には真珠を繋《つな》いだ腕輪がつけられ、腕全体には真珠の粉が塗《まぶ》されてゐる。

煌《きら》めく白い腕を見詰めながら、男はふと思つた。

――この腕は人魚の腕なのではないか――

真珠の別名は、人魚の涙でもあるのだ。

さう思ふと、あたかも波が引くやうに、恐怖はすつと治まつた。男はその腕を拾ひ上げ、大切に抱へて家の中へと入つた。恐怖は忽《たちま》ち愛《いと》しさへと變《か》はつた。

〈續《つづ》く〉

『江戸怪奇拾遺』大正九年（一九二〇）より

第一話　鮟鱇《あんこう》鍋で熱々に

一

江戸の正月の景物といえば、三河万歳《みかわまんざい》に角兵衛獅子《かくべえじし》に鳥追い、凧揚《たこあ》げに羽根つきと賑《にぎ》やかだ。〈はないちもんめ〉の女三人もそれらを楽しんだり、炬燵《こたつ》にあたって食積《くいつ》みや蜜柑《みかん》を頰張《ほおば》ったり、お屠蘇《とそ》を呑《の》んで酔っ払ったり、お喋《しゃべ》りに花を咲かせたりしながら、笑って過ごした。

五日に店を開けるとすぐに、常連客の吉田屋文左衛門《よしだやぶんざえもん》が訪れた。羽織袴《はおりはかま》姿の文左衛門は板元《はんもと》の大旦那《おおだんな》で、女将《おかみ》のお市《いち》を目当てに通ってくるお客の一人だ。

お市をはじめ、大女将のお紋《もん》、見習い娘のお花《はな》に揃《そろ》って迎えられ、文左衛門は相好《そうごう》を崩した。仕事始めとあって、三人ともいつもより丁寧《ていねい》に化粧を施し、着飾っている。お紋は〝松に雪〟の模様の着物を、お市は〝竹に雪〟のそれを、お花は〝梅に雪〟のそれを纏《まと》い、ともに黒繻子《くろじゅす》の帯を太鼓結《たいこむす》びで。

「松竹梅《しょうちくばい》とはめでたいですな！　目の保養になりますねえ。今年も一つよろしくお願いしますよ」

満面の笑みの文左衛門に、三人は「こちらこそよろしくお願いいたします」と声を揃えて頭を下げた。

文左衛門は毎年〈はないちもんめ〉に一番乗りし、お市たちを侍《はべ》らせて呑み食いするのが習わしなのだ。女三人に囲まれ、昼間からお市に酌《しゃく》をしてもらい、目尻を垂らす。

お通しの〝芹《せり》と椎茸《しいたけ》の和《あ》え物〟を運んできた目九蔵《めくぞう》にも、文左衛門は一杯御馳《ごち》走《そう》した。目九蔵はそれを呑み干すと礼を述べ、退《さ》がった。

「ほう、七草の一つが使われているのですね。では早速《さっそく》」

文左衛門は箸《はし》を伸ばし、一口食べて大きく頷《うなず》いた。

「いいお味ですねえ。爽《さわ》やかな芹の味わいと、椎茸の旨《うま》みが調和しております。いい具合に白胡麻《しろごま》も利《き》いてますねえ。酒が進みますよ」

文左衛門は酒を一口啜《すす》ると、また和え物を一口味わい、満足げに頷く。

「芹は癖《くせ》がないから、何にでも合うんですよ」

お紋がやけに艶《なま》めかしく微笑《ほほえ》む。

「食積みや雑煮《ぞうに》を食べ過ぎた後の胃《い》の腑《ふ》には、このようにさっぱりしたものが、実によいですな。七草の一つである芹は、やはり躰《からだ》によいのでしょうね」

「躰のあちこちの痛みに効くそうですよ。板前が言ってました」

お花が答えると、お市が続けた。

「関節の痛みに効くって言ってたわね。痛風《つうふう》にも」

「なるほど、素晴らしいではないですか。では、芹は〝食べる湯治《とうじ》〟のようですな」

「あら、そんな洒落《しゃれ》たお言葉が出るなんて、さすがは板元の大旦那様だ!」

お紋にそっと肩に触れられ、文左衛門、なかなかどうして嬉《うれ》しそうだ。

いつもは〝ずっこけ三人女〟などと呼ばれている〈はないちもんめ〉の面々も、こうして粧《めか》し込んで淑《しと》やかにしていると、お市だけでなく、お紋とお花も結構なものなのだ。お花はきつく結び過ぎた帯をそっと緩《ゆる》めたりして、既《すで》に息苦しそうではあるが。

目九蔵が次に運んできたのは〝伊勢海老《いせえび》の舟盛《ふなもり》〟。豪勢な活《い》け作りに、一同、感嘆《かんたん》の息を漏《も》らす。このような料理は〈はないちもんめ〉では滅多《めった》に出さないが、文左衛門は正月には必ず活け作りを注文するのだ。

お花が目をぎらぎらさせて伊勢海老を眺《なが》める。文左衛門は笑顔で促《うなが》した。

「皆さんもどうぞ。一緒に食べましょう。さ、遠慮せずに」

「ありがとうございます!」

顔を輝かせるお花に、お紋は溜息《ためいき》をついた。

「まったくこの子は、相も変わらず色気よりも食い気なんだからねえ」

「婆《ばあ》ちゃんだってそうだろ。正月に食っちゃ寝して、目方《めかた》が一貫《かん》（約三・七五キロ）も増えたって言ってたじゃないか」

唇《くちびる》を尖《とが》らせる娘を、お市が窘《たしな》める。

「お花、お客様の前ですよ。いつも言っているでしょ、もっと丁寧《ていねい》になさい！　それにお店では『婆ちゃん』ではなくて『大女将』でしょ。何度言えば分かるのっ」

お市はかっかするも、文左衛門は呑気《のんき》に笑っている。

「お市さん、いいじゃないですか。この店のよいところは、ざっくばらんなところなんです。初春といって畏《かしこ》まらなくてもいいんですよ！　今年も賑やかに参りましょう！」

「さすが大旦那様、分かってらっしゃいます！」

調子よく合わせるお花に、文左衛門は「食べなさい」と勧《すす》める。お花は舌舐《したな》めずりをして、伊勢海老に箸を伸ばした。

――お客様より先に食べるなんて――とお市は眉根《まゆね》を寄せるも、お花は嬉々《きき》として頰張り、目を見開いた。

「すっげえ、美味《うま》い！」

お紋はさすがに孫のお尻を抓《つね》った。「痛《いて》えっ！」と叫ぶ孫を、お紋は睨《にら》む。

「お前ももう十八なんだから、その言葉遣《づか》いはないだろ？　せめて『とても美味《おい》しいですわ』ぐらい言えないのかい？」

「はい……すみませんでしたわ」

文左衛門は笑いながら箸を伸ばし、「わしも味わってみましょうか」と活きのよい海老の刺身を摘《つ》まんだ。嚙《か》み締《し》め、呑み込み、叫ぶ。

「うむ、すっげえ、旨い！」

文左衛門のおどけた口ぶりに、お市もお紋もお花も噴《ふ》き出して、店が笑いに包まれた。

目九蔵が次に運んできたのは、〝鯛《たい》の幽庵《ゆうあん》焼き、大根おろし添え〟だった。幽庵焼きとは、悠庵地《ゆうあんじ》に魚を漬け込んで焼いたものだ。悠庵地は、醬油《しょうゆ》、味醂《みりん》、酒を合わせたものに柚子《ゆず》やカボスの輪切りを入れて作る。目九蔵は、この時季は柚子を用いた。

香り立つ幽庵焼きに、一同、うっとりと目を細める。

「これ、この香りですよ。カボスもよいですが、やはりわしは柚子のほうが好きですな。さ、皆さんもどうぞ」

文左衛門は箸をつけつつ、皆にも勧める。

「大旦那様、御馳走になります」

「私たちにまで気を遣ってくださって、本当に嬉しいですよ」

「いつもありがとうございます」

皆で〝鯛の幽庵焼き〟に舌鼓《したつづみ》を打つ。文左衛門は満足げに大きく頷いた。

「うむ。軟《やわ》らかく、口の中で蕩《とろ》けます。大根おろしを塗《まぶ》して食べると、いっそう味わい深い。海老もよいですが、やはり正月は鯛ですな。今年も早々にこちらで美味な鯛を食べることが出来て、いやあ、まことにめでたい、めでたい！」

文左衛門が陽気な声を上げると、皆つられて笑った。

女将のお市は、三十六歳。色白、丸顔で愛嬌《あいきょう》があり、胸もお尻も優しさが詰まったように膨《ふく》らんでいる。女らしいふくよかさと色気に溢《あふ》れているが、さっぱりとした気性で姉御肌《あねごはだ》。そんなお市を目当てに通ってくるお客も多い。

大女将のお紋は、五十五歳。顔は自他ともに認める〝おかちめんこ〟で、ずけずけと物を言うが、どんな着物も粋《いき》に着こなし、なんとも洒落た魅力がある。こんなお紋に叱《しか》られるのが愉《たの》しみという被虐的《ひぎゃくてき》なお客も、また結構いるのだ。

見習い娘のお花は、十八歳。色黒で細い躰はお紋曰《いわ》く〝牛蒡《ごぼう》のよう〟だが、本人の口癖「あたいは丈夫なだけが取《と》り柄《え》だから」のとおり毎日元気一杯に飛び跳ねている。母親のお市のような色っぽい美人には程遠いが、若さに溢れる快活なお花目当てのお客というのもなかなかいる。また、お紋とお花の、祖母と孫による丁々発止《ちょうちょうはっし》を楽しみにしているお客も多かった。

〈はないちもんめ〉は、これらの女三代で営《いとな》んでいる。

寛政《かんせい》九年（一七九七）にお紋が亡夫と始めた店なので、文政《ぶんせい》六年（一八二三）の今では、既に創業二十六年だ。座敷だけでも二十五坪《つぼ》はあり、屏風《びょうぶ》で区切られているので、お客たちはゆっくりと憩《いこ》うことが出来た。

鯛の幽庵焼きを食《は》み、酒を呑むうち、文左衛門が「ところで」と切り出した。

「新年早々、皆さんに折り入ってお願いがあるのです」

「まあ、どのようなことでございましょう?」

お市は返しつつ、さりげなく酌をする。それを一口啜り、文左衛門は答えた。

「実は、我が〈吉田屋〉が強く売り出そうとしている戯作者《げさくしゃ》がおりましてね。雨矢冬伝といいまして、読本《よみほん》はまだ二冊ほどしか出しておりませんが、その才をわしは高く買っているのです。怪奇ものといいますか、怪談を書くのを得意としているのですが」

「怪談というと、百物語のような?」

興味を持ったのか、お花が大きな目をぎょろりとさせる。文左衛門は「ええ、そうなのです」と頷いた。

「それで来月の初めに、うちから新作を上梓《じょうし》することになりましてね。その伝〈宣伝〉と冬伝のお披露目《ひろめ》を兼ねて、〈怪談噺《かいだんばなし》の会〉を開きたいと思っているのですが、こちらをお借りすることは出来ませんでしょうか」

お市たちは顔を見合わせる。お紋が訊《たず》ねた。

「その会を開かれるなら、貸し切りになりますね。どれぐらいの人が集まるんでしょうかね」

「ええ、まだはっきり分かりませんが、こちらとしましては三十名ほどは集めたいと思っております。それで、まことに厚かましいお願いなのですが、その〈怪談噺の会〉の引き札をお店に貼っていただいたり、配っていただいたりして、広めてくださるとありがたいのですが。……いや、図々《ずうずう》しくてまことに申し訳ございません。御礼は必ず、しっかりさせていただきますので。もちろん、紙代などもこちらで持たせていただきます」

「引き札を配るのは、お花がやってくれるよね？」

「あたいはいいけど、三十人集めたとして、百物語みたいに一人ずつ怖い話を語っていくんですか？　ずいぶん時間が掛かりますよね」

「いいえ、そのようなことはいたしません。雨矢冬伝に怪談噺を語らせるのです。講談みたいなものですよ」

「自らお書きになったものを、自らがお話しなさるのですか」

「そうなのです。その噺といいますのが、来月に上梓する作品の、前置きのようなものなのです。人魚に纏《まつ》わる怪談なのですが」

「人魚？」

女三人、声を合わせて鸚鵡《おうむ》返しする。文左衛門は笑った。

「ええ、雨矢冬伝という男は、どうやら人魚に非常に惹《ひ》かれているようで、上梓する読本も人魚に関する連作怪談集なのですよ」

「人魚に惹かれているって、面白い人だね、その冬伝さんって」

お紋が目を瞬《しばたた》かせる。文左衛門は酒をきゅっと呑み、再び笑った。

「いや、冬伝というのはなかなかいい男なんですよ。怪談なんて書いている割に爽やかな二枚目で、歳は二十七、裕福な旗本の次男坊でね。まあ、少し変わってはいるのでしょうが」

「あら、お若いのねえ」

爽やかな二枚目と聞いてお紋の目の色が変わったのを、お市もお花も見逃さなかった。お紋は身を乗り出し、お市に代わって、文左衛門に酌をする。文左衛門は「いや大女将、ありがたい」と盃《さかずき》を傾《かたむ》けた。

「冬伝は期待の若者です。今まで表に出てこずに謎の戯作者で通していたのですが、ここらでぱっとお披露目をして、新たな読者を摑《つか》みたいと思いましてね。見《み》栄《ば》えのよさで、女人《にょにん》に人気が出るのではないかと」

「まあ、それほどの二枚目で」

お紋はすぐさま酒を注《つ》ぐ。廻《まわ》ってきたのだろう、文左衛門の血色のよい顔はさらに赤みを帯びていた。

「ええ、弁舌も爽やかでねえ。講談師にしても成功を収めそうな男なんですよ」

「なるほど、それで〈怪談噺の会〉を思いついたという訳なんですねえ」

膝《ひざ》を乗り出すお紋を、お市はさりげなく遮《さえぎ》り、先ほどから気に懸かっていたことを文左衛門に訊ねてみた。

「お話は分かりましたが、でも、この時季に〈怪談噺の会〉って、妙な気もしま
すけれど。ぞくぞくと、一段と寒くなってしまいそうで」
「そう、そこなのですよ、さすがはお市さん！　その季節外れの怪談噺のぞくぞ
く感を吹き飛ばすような、ぽっかぽかになる料理を作って、集まった皆様に振る
舞っていただきたいのですよ。そのような、身も心も温かになる料理を提供出来
るのは〈はないちもんめ〉さんだと思い、お願いにあがったという訳なのです」
「まあ、そのようなことですか。それならば……お引き受けしない訳には参りま
せんわね」
お市に優しく微笑まれ、文左衛門はいっそう顔を紅潮《こうちょう》させる。二人に目をや
りながらお紋は白々と酒を啜り、そんな祖母を眺めてお花は苦笑いだ。文左衛門
は嬉々とした。
「いや、安心いたしました。こちらにお任せすれば、誰もが満足する料理を、必
ずや作ってくださいますからな！」
「お褒めのお言葉ありがとうございます。板前に伝えておきます」
すると丁度《ちょうど》目九蔵が〆《しめ》の料理を運んできたので、お市が簡単に〈怪談噺の会〉
について説明をすると、目九蔵は「精一杯作らせていただきます」と文左衛門に

約束した。六十二歳の目九蔵は京の出で、寡黙《かもく》であるがその腕前は折り紙付きである。

「期待しておりますよ。今日の料理も、たいへん美味でした。おかげでよい一年になりそうです」

「ありがとうございます。〝鯛茶漬け〟で温まってください」

「大旦那様はお市のお酌で、身も心もとっくに熱々でいらっしゃるけれどね」

お紋の憎まれ口に、お市は「まあ」、文左衛門は「おやおや」と酸《す》っぱい笑顔になる。目九蔵は微《かす》かに苦笑し、礼をして退がった。

文左衛門は椀《わん》を持ち、匂いを吸い込んで、うっとりとした。白い御飯に、薄桃色の鯛の切り身が載せられ、三つ葉と刻《きざ》み海苔《のり》が散っている。その彩《いろど》りも、如何《いか》にも食欲をそそった。

「おお、これは旨そうだ。お茶の香りがまたいいですねえ。ではいただきましょう」

ずずっと啜って、箸を動かし、鯛と御飯を一緒に搔《か》っ込む。上にちょこんと載せられた山葵《わさび》を溶かすと、また格別だ。文左衛門をはじめ、お相伴にあずかった女三人も、言葉を忘れて鯛茶漬けを頰張る。さっぱりしながらも出汁《だし》が利いていて、嚙み締めると鯛の瑞々《みずみず》しい旨みが口に広がり、喉《のど》を転がっていく。皆、一粒、一滴残らず平らげ、「御馳走様でした」と手を合わせた。

「吉田屋様、本当に御馳走様でございます。私たちまで図々しくいただいてしまって……」

恐縮《きようしゆく》するお市の肩を、文左衛門はそっと叩いた。

「そんな、気になさらないでください。今年も一つよろしく。〈怪談噺の会〉、頼みましたよ」

お市は「かしこまりました」と丁寧に頭を下げ、お紋とお花もそれに倣《なら》った。

すると戸が開き、けたたましい声が響いた。

「明けましておめでとう！　お花ちゃんいる？」

お花は急いで立ち上がり、声の主を見て、顔をぱっと明るくした。

「ああっ、二郎丸《じろうまる》どんに三郎丸《さぶろうまる》どん！　お久しぶり、今年もよろしくね！」

二郎丸と三郎丸は、三河万歳の二人組。二郎丸が太夫《たゆう》で、三郎丸が才蔵《さいぞう》だ。普段は二郎丸は三河で、三郎丸は我孫子《あびこ》で百姓をしているのだが、正月になるとこうして江戸へ出てきて万歳をして稼《かせ》ぐ。そして二人は毎年江戸へ来ると必ず〈はないちもんめ〉を訪れるのだ。二人は、元気のよいお花を気に入っているようだった。

お市が娘に目で合図をすると、お花は文左衛門に「どうも御馳走様でした」と丁寧に礼を述べて退がり、三河万歳の二人組の席へといった。

「お花さんも頑張《がんば》っているねえ」

「あれで、なかなかしっかりしてきたんですよ」

「もう十八だものねえ。番茶も出花《でばな》とは言ったもんだよ」

そんなことを話していると、また戸が開いて、今度は馴染《なじ》みのある声が聞こえた。

「よう、おめでとさん！」

文左衛門の太い眉がぴくりと動く。恋敵《こいがたき》の出現に気づいたようだ。声の主は、八丁堀《はっちょうぼり》の同心、木暮小五郎《こぐれこごろう》だった。木暮もお市を目当てにこの店に通っている常連の一人なのだが、この男、仕事場では上役にがみがみ言われ、家では女房の尻に敷かれ、風采《ふうさい》の上がらぬ三枚目であるのに、どういう訳か美女のお市と気が合っているのだ。

それがゆえに文左衛門はヤキモキするのだが、木暮もまた然《しか》りのようで、この店で鉢合《はちあ》わせしたりすると、喧嘩《けんか》まではせずとも火花が散ることがある。

文左衛門が顔を顰《しか》めているのを承知で、お紋は娘に目配せをする。――木暮の旦那に挨拶《あいさつ》してきな――と。お市は母親に目配せを返し、姿勢を正して文左衛門に頭を下げた。

「お客様がいらっしゃいましたので、ちょっと御挨拶して参ります」と。

引き留める訳にもいかず、文左衛門は「どうぞ」と答える。お市は再び礼をして、席を立った。

座敷に上がろうとする木暮と、文左衛門の目が合い、二人はそっと会釈《えしやく》をする。文左衛門の表情を窺《うかが》うのが、お紋は楽しいかのようだ。空《から》になった盃に、お紋は酒を注いだ。

「お市じゃなくて私で申し訳ありませんねえ」

文左衛門ははっとしたように、笑顔に戻った。

「いやいや、大女将にお酌をしていただけるなんて、縁起がよいことこの上ないではないですか。ありがたいです」

「あら、さすがは大旦那様、嬉しいこと仰《おつしや》ってくれますねえ。お市なんてあんな子にゃ、もったいないったらありませんよ、こんな色男」

「いやいや、お上手な」

お紋に流し目を送られ、文左衛門、満更《まんざら》でもないようだ。各々《おのおの》の席で、笑い声が弾《はじ》ける。〈はないちもんめ〉は今年も賑やかに始まった。

〈はないちもんめ〉の創業者であり、お紋の夫だった多喜三《たきぞう》が病《やまい》で逝《い》ったのは、二十年前のことだ。

腕のよい板前だった多喜三とお紋は惚《ほ》れ合って夫婦《めおと》となり、懸命《けんめい》に働いて念願の店を持った。店の名を〈はないちもんめ〉とつけたのは、多喜三の母であったお花、女房のお紋、娘のお市の名を繋げ、語呂のよいものをと考えたからだ。そのお花と多喜三は病で相次いで亡くなり、お紋は三十五歳で寡婦《かふ》となった。

その一年後、店を手伝っていたお市は十七歳で夫を持った。〈はないちもんめ〉で板前をしていた順也《じゅんや》という男だった。そしてお市の娘は、「花」と名づけられた。先代のお花は明るく穏《おだ》やかで、とてもよい気性だったので、お紋は義母に敬意を籠《こ》めて、孫に同じ名をつけたのだ。

こうして〝はな〟〝いち〟〝もん〟が再び揃った。順也が労咳《ろうがい》で亡くなった八年前には目九蔵が板前として店に入ったので、図《はか》らずもまさに〈はないちもんめ〉と相成《あいな》り、今に至っている。

多喜三が店の名に籠めた、「一匁《もんめ》の花のように素朴《そぼく》で飾り気なく、でも、皆を和《なご》ますことが出来る、そんな店にしたい」という信条を守りながら。

仕事始めの日、ありがたいことに昼も夜もお客が多く訪れてくれて、店を閉める頃には皆くたくたになっていた。

「ああ、くたびれた。この着物滅多に着ないから、肩が凝《こ》っちまったよ」

お紋は自分の肩を揉みつつ、大きな欠伸《あくび》をする。

「でも心地《ここち》よい疲れよね。年末年始と七日も休んだから、躰が鈍《なま》ってしまったみたい」

「あたいも、この着物もうやだ！　どう見たって、あたいは〝梅の花〟なんて柄じゃねえもん。明日からまたいつもの黄八丈《きはちじょう》にする！　いいだろ、おっ母《か》さん」

頬を膨らませるお花に、お市は溜息をついた。

「人日《じんじつ》（正月七日）までは松竹梅の着物でいこうと思ったけれど、いつものほうがやっぱり動きやすいかしら」

「うちみたいな気さくな店で、正月だからといってなにもカッコつけることなんかないんだよ。お花、明日はいつものでいいよ。私も市松模様の着るからさ。あっちのほうが落ち着くんだ。私も〝松に雪〟なんて柄じゃないさ。お市、あんただって、縞《しま》の着物のほうがすらりと粋に見えるよ」

「あら、そうかしら」

女三人であれこれ言っていると、着替えを終えた目九蔵がやってきて挨拶をした。

「ではお先に帰らせていただきます。明日もよろしくお願いします」

「お疲れさま。〈吉田屋〉の大旦那に頼まれた料理、考えておいてね。今年も頼りにしているよ」

お紋に肩を叩かれ、目九蔵は「へえ、頑張りますわ」と素直に頷く。

「それと、雑煮を作っておきましたので、よかったら召し上がってください。京風の奴です」

女三人、顔がぱっと明るくなる。

「ええ、嬉しい！　あたい、京風の雑煮、大好物だからさ」

「あんた気が利いてるねえ、本当に」

「ありがとう。皆でゆっくりいただくわね」

笑顔の三人に見送られ、目九蔵は帰っていった。

戸締まりをし、三人は二階へ上がって炬燵に入り、雑煮を味わった。凍《い》てつく夜、ずずっと汁を啜ると、躰の芯まで温《ぬく》もるようだ。

「京風って、この白味噌《しろみそ》がいいんだよね。とろとろした舌触りが、餅《もち》と合うんだよ。丸餅って伸びがよくて好きさ」

「大根《だいこん》に人参《にんじん》、里芋《さといも》に油揚《あぶらあ》げも入って、躰によさそうだ。こんなの毎日食べてたら、風邪《かぜ》も引かないだろうよ」

「お餅って本当に力が出るわよね。それに、お餅を食べた次の日って、不思議とお肌もモチモチしているように感じるんだけれど、気のせいかしら」

お紋は餅を嚙み締めつつ、娘をじっと見やる。

「お前は餅を食べなくても、餅肌だろ。肌だけじゃない、胸もお尻もモチモチして、まるで餅女だ」

「ははは、そりゃ面白いや！　おっ母さん、餅の妖怪かもな」

「冬の怪談かい？　ぺったんぺったん餅をついたら、いつの間にか臼《うす》の中の餅が人の形になっていって、お市が出来上がりました、なんてね」

「よっ、餅から生まれた餅女！」

母親と娘にからかわれ、お市は頰を餅のように膨らませる。

「酷《ひど》いこと言うわね。なによ、吉田屋様に頼まれたからって、すっかり怪談づいちゃって」

「でも冬に〈怪談噺の会〉だなんて、面白いこと考えるよね、あの大旦那も」

「何かにかこつけて、おっ母さんに言い寄りたいんだよ。まあ、うちは儲《もう》けにもなるし、店の名を広めることが出来るからありがたいけれどね」

「大旦那、今年こそはお市を妾《めかけ》にしたいって燃えてるんだろうよ。お市、あんたも罪な女だよね。ああいうお得意様をのらりくらりとかわし続けてさ」

お市は母親をきっと睨んだ。

「お母さん、人聞きの悪いことを言わないでよ。かわし続けているもなにも、私にはそのような気持ちは端《はな》からまったくございませんって、吉田屋様に前々から申し上げているのですもの。吉田屋様だって分かっていらっしゃるはずだわ」

「ふん。口では分かっているようなことを言ってたって、そう簡単に諦《あきら》める訳ないじゃないか。隙《すき》あらば、って目を光らせてるんだよ、あの狸親爺《たぬきおやじ》」

「でもさ、あれぐらいの大旦那になると、駆け引きみたいのを楽しんでるってのもあるだろうね。押したり引いたり、おっ母さんの顔色を見て、出方を考えているんじゃない？」

お市は今度は娘を睨《ね》めた。三人とも雑煮を食べ終わり、蜜柑に手を出している。

「なに分かったようなことを言ってるのよ。近頃とみに生意気なんだから」

「お花、そういうあんたこそ、どうなんだい？　もう十八だろ。今年こそいい相手見つけて、所帯でも持ったらどうだい」

口の周りに皺《しわ》を寄せて蜜柑に吸いつきながら、お紋が言う。お花は首筋をぽりぽりと掻いた。

「いいんだよ、あたいは！　好きなことやって、独り気ままに生きていくのがお似合いなのさ」

「そんなこと言って、強がっちゃって」

「ふん。男なんて一人に絞らないで、取っ換え引っ換えでもいいだろうよ。そうやって生きてる女なんていくらでもいるさ」

「まあね。あのお蘭《らん》さんもそうだからね」

お蘭とは〈はないちもんめ〉の常連の一人で、深川《ふかがわ》遊女だったところを呉服問屋《ごふくどんや》の大旦那に身請《みう》けされ、今は呑気《のんき》な妾暮らしに甘んじている。実に妖艶《ようえん》な二十九歳だ。

「ねえ、お花。あの新平《しんぺい》さんなんてどう？　魚河岸《うおがし》で働いているなら、活きのいいお魚を持ってきてくれそうじゃない」

「ちっ、うるせえなあ。いいんだよ、新平ちゃんは気の合う友達で。自分のことは自分で考えるさ！　ほっといてくれよ」

むくれるお花を見やり、お市とお紋はにやにやする。

「まあ、亭主を持つ持たないはともかく、お前も今年からはもう少し女らしくしなさいよ。化粧を丁寧にするとかさ。お客相手の商《あきな》いだからね。身だしなみは大切だよ」

「面倒くせえんだよなあ、身だしなみ、なんて。今日だってあの着物の窮屈《きゅうくつ》なこと！」

ぶつくさ言う娘をじっと見詰め、お市は溜息をついた。

「でも、いいわよね。なんだかんだ言って、お花は若いんですもの。ああ、私ももう一度、十八ぐらいの頃に戻りたいわあ！　肌なんか、やっぱり違うって思うもの。つるつる、ぴかぴかで」

「お花は色黒だけれど、確かに滑《なめ》らかで綺麗な肌をしているよね。健《すこ》やかなんだろうよ」

「そうかな？　自分じゃ分かんねえや。でも、若いってそんなにいいもんかね」

「お前、それはね、若いからそんなこと言ってられるんだよ。『婆あ』なんて言われる歳になってごらん！　『ああ、十八の頃に戻りたい』って思うよ。切実にね」

お紋の言葉に、お市は大きく頷く。

「そうよ。私だってお花ぐらいの頃は、水を弾くような肌だったもの」

お花は母親を見てにやりと笑う。

「ふうん。おっ母さんは餅肌に飽き足らず、その〝水を弾くような肌〟をもう一度手に入れたくて、美人水なんかをたっぷり使って肌の手入れに余念がないのか。小間物屋で色々買ってるみたいだもんな。紅《べに》や白粉《おしろい》だけでなく」

「べ、別にいいじゃない。私の勝手でしょ」

お市は思わず狼狽《うろた》える。

「美人女将なんて謳《うた》われちまうと、それを維持するのがたいへんだろ？　なに、お前が手入れに余念がないのは、お花も私もお見通しさ。その点、『歯欠け婆あ』で通っている私なんざ気楽なもんだ」

お紋はけらけら笑う。お花も蜜柑を頬張りつつ、憎まれ口を叩いた。

「美人とおかちめんこ、どっちが得か分かんねえや」

「ホントだ。私なんか、紅も白粉代もそんなに掛かんないしね」

「もう……。人の苦労も知らないで、好きなこと言って！」

お市は頬を膨らませる。

「いやね、若さを保《たも》つってのも、御苦労なこったと思ってね」

「あら、そんなこと仰いますけど、お母さんだって若さを保つために、面白いことしてるじゃない、近頃」

「ああ、あれか！　そうだよ、婆ちゃん、人のこと言えねえよ。『これが若返る秘訣《ひけつ》だよ』なんて吹いてただろ」

お花は懐手《ふところで》でげらげら笑う。お紋は舌をちらと出した。

「おや、痛いところを突かれたね。ああ、そうさ。〝一日一悶《もだ》え〟が、このところ私の若さの源《みなもと》だ」

お紋言うところの〝一日一悶え〟とは、壁に貼った、市村座《いちむらざ》の看板役者である澤向銀之丞《さわむかいぎんのじよう》の錦絵《にしきえ》を眺めつつ、「銀之丞～」と叫んで躰をくねらせながら身悶えすることだ。

年末の休みにお紋は歌舞伎《かぶき》を観にいき、一目で銀之丞に夢中になってしまった。それからは寝ても覚めても銀之丞で、すっかり生き甲斐《いがい》となっている。お紋曰く、「銀之丞〜」と声を上げて悶えると、躰がぽかぽかして血行がよくなり、心なしか肌も潤《うるお》うという。

お市はお紋をじっと見て、目を瞬かせた。

「でも……確かにお母さん、肌の色艶《いろつや》が前よりよくなっているような気がするわ。ときめきって、やっぱり大切なのかもしれないわね」

「分かってくれたかい？　高価な紅も白粉も、ときめきには勝てないと思うのさ。血の巡りがよくなれば、健やかにだってなるだろ？　いいことずくめさ」

得意げな顔をしている祖母に、お花は鼻白む。一人でときめいている祖母が、なんだか癪《しゃく》なのだ。

「ふん。その澤向銀之丞、今はすらりとした二枚目かもしれないけれど、そのうちぶくぶくに肥《こ》えて、目も当てられなくなるかもしれねえよ」

「いいんだよ。あれほどのいい男なら、肥えたってなんてことないさ！　なんなら役者を廃業して私んとこ来てくれれば、お世話するよ。美味しいものをたっぷり与えてね」

お紋は夢見るような眼差《まなざ》しで、嬉々とする。

「婆ちゃん、猫《ねこ》に餌《えさ》やってんじゃないんだからさ」

「そりゃ猫可愛《かわい》がりするるさ。心ゆくまでね」

ほんのり頬を染めている祖母を、お花は怪訝《けげん》そうに見る。

「なんだか婆ちゃん、可愛いんだか不気味なんだか、分かんねえよ」

「お花。お前にも、恋する女の気持ちだとか、慈悲深《じひぶか》さというものを知ってほしいんだよ」

「慈悲深いが聞いて呆《あき》れるわ！　ただの助平《すけべい》根性だろうよ」

「おや。お前は、私が娘時代から慈悲深いことで通っていたのを知らないね？」

「知るか、そんなもん！　初めて聞いたわ」

「そうかい、じゃあ、耳の穴かっぽじってよーく聞いて、よーく覚えておきな。私は昔からよく言われたもんだよ。慈悲深さが顔にまでも滲《にじ》み出ている、お紋さんこそ生き菩薩《ぼさつ》、生きる仏のようだとね」

「御陀仏《おだぶつ》さ」

「なにをっ」

「なんだとっ」

祖母と孫、蜜柑を放って摑み合いになりそうになり、お市が止めに入る。

「もうさ、今日は疲れたから、これぐらいでやめにしましょう！　明日も早いんだから、もう寝ましょうよ。ね？」

三人とも心なしか息が上がっている。お紋とお花は睨み合いつつ、どちらからともなく言った。

「この決着はいつか必ずつけてやるからな」

「望むところよ」

そして二人は立ち上がり、襖《ふすま》を開くと、ぷいっと顔を背《そむ》けて互いの部屋へと向かう。ばたん、どたん、と襖を閉める音が響き、お市は溜息をついた。

急に静かになった部屋で、疲れがどっと出る。お市は炬燵に潜《もぐ》って寝転がり、――私は夢の中で段士郎《だんしろう》さんに会いたいわ――などと思いながら、そのまま暫《しば》し眠ってしまった。

旅役者の段士郎と、お市は一度だけ契《ちぎ》りを結んだことがある。もう三年以上も前のことで、いわば行きずりの間柄であったが、お市は未だに段士郎のことが忘れられず、密かに待ち続けているのだ。別れ際に、段士郎がお市に言ったことを信じて。

段士郎とのことは、母親にも娘にも決して喋りはしない、お市の甘く切ない秘密である。

二

人日の節句も過ぎた頃、木暮が同輩の桂右近《かつらうこん》と岡っ引きの忠吾《ちゆうご》を連れて、〈はないちもんめ〉を訪れた。昼餉《ひるげ》の刻、店は賑わっている。

「あら、いらっしゃいませ。桂様、忠吾さん、今年もよろしくお願いいたします」

忙《せわ》しなく料理を運んでいたお市が立ち止まり、木暮たちに頭を下げる。桂も忠吾も、「こちらこそ」と丁寧に辞儀をした。

桂右近はきりりとした二枚目である。長身かつ端整な顔立ちで、仕事も優秀。しかし、四十三歳の木暮より二つ年下というのに非常に薄毛であり、付鬢《つけびん》（付け毛）をしている。禿《は》げを巧《うま》く誤魔《ごま》化《か》せたと澄《す》まし顔だが、そう思っているのは本人だけで、木暮をはじめ周りの者たちは皆気づいていた。

岡っ引きの忠吾は木暮に忠実ないかつい大男で腕っぷしも強いが、睫毛《まつげ》が妙に長いのがなんとも言えない二十八歳だ。

するとお紋もやってきて、三人に挨拶をした。

「おや、旦那方、お揃いで！　待ってましたよ。とはいっても、〝日暮《ひぐれ》〟の旦那の顔は店を開けた五日からずっと見てるけどね」

　桂と忠吾はにやりと笑った。

「なるほど、木暮さんは今年も早々からこちらに通い詰めということですね」

「旦那は女将の顔を一日でも見ないと、寂しくて死にそうになるんじゃゃねえかと」

　お市の前でやりこめられ、木暮は苦笑いだ。

「おいおい、頼むよ！　……というか大女将、今年こそ俺のことを〝日暮〟と呼ぶのはやめてくれねえかな。昨年は大きな事件も解決し、この頃は奉行所でも一《いち》目《もく》置かれている俺様だぜ」

　木暮が胸を張るも、お紋はすぐさま打ち砕《くだ》く。

「なに言ってんだよ！　あんたがあの手柄を立てられたのは、私たちの力添えがあったからこそだろ！　あんた一人じゃ到底《とうてい》解決出来なかったくせに、大きな顔するんじゃゃないよ」

「いや、旦那は、顔は元々デカいほうですぜ。遠くからでもすぐに分かりやすもん」

忠吾の突っ込みに、後ろを通り掛かったお花が「兄い、笑わせないでくれよ」と口を挟む。苦い顔で黙ってしまった木暮に、お紋は、ふふんと笑った。

「ほら、言い返せないだろ。私が言ったとおりだからね。それなのにあんたときたら、酔っ払うと調子に乗って私たちのことを〝三莫迦《ばか》女〟だの〝ずっこけ三人女〟だの、言いたい放題だ！　私が〝日暮〟の旦那と呼ぶことぐらい大目に見てもらいたいね」

「……分かりましたよ。ほら、大女将、お客様がお呼びだよ！　さっさと注文取りにいきなさい」

「あら、私としたことが。いやね、あんたの顔見ると、つい何か言いたくなっちまうんだよ。あんたも罪な男だねえ」

お紋は「ほほほ」と笑いながら去っていく。苦虫を嚙み潰《つぶ》したような顔の木暮に、お市は優しく声を掛けた。

「旦那、ごめんなさいね。大女将ったら、相変わらず口が悪くて。美味しいものお出ししますから、召し上がってくださいね。皆様、温まってくださいね」

「うむ。意地悪婆あがあっちにいったことだし、ゆっくり食っていくか」

お市に優しく微笑まれ、木暮の顔はたちまち緩む。桂と忠吾はほくそ笑んでいた。

〈はないちもんめ〉は、八丁堀の旦那たちの役宅近くの北紺屋町《きたこんやちょう》にあるので、与力や同心、岡っ引きたちの溜まり場にもなっているのだ。木暮たちは座敷の一角に通され、刀を置いてくつろいだ。

「やっぱりこの店は和みますね」

桂も忠吾も首を軽く回し、凝りをほぐす。木暮はお茶を啜りながら店を見回し、或るものに目を留め、眉をぴくりと上げた。

するとお市が料理を運んできた。

「本日の昼餉、〝むじなうどん〟です。お好みで唐辛子《とうがらし》を掛けて、どうぞ。温まりますよ」

湯気が立つ椀を眺め、忠吾がごくりと喉を鳴らした。

「いい匂いっすねえ、堪《たま》りませんや！　でも、〝むじなうどん〟って初めて聞きやした」

「私もです。〝きつね〟でも〝たぬき〟でもなく、〝むじな〟なのですね」

お市は微笑んだ。

「そうなんです。板前が考えた、新しい品書きなんですよ。御覧のように、油揚げと揚げ玉が、半分ずつの量入ってますでしょ？　きつね半分とたぬき半分で、むじななんですって」

「それは面白いですね。油揚げと揚げ玉が両方入っていて、これ一つでたぬきときつねの両方を味わえるなんて、得をした気分です」

「ほんと、葱《ねぎ》もたっぷりで贅沢《ぜいたく》な一品ですぜ！　あっし、蕎麦《そば》やうどんを食う時、いっつもたぬきかきつねかで悩むんですが、この〝むじなうどん〟があればもう悩まないで済みやすわ。さすがですわ、早速《さっそく》いただきやす」

忠吾は汁をずずっと啜り、ずるずると豪快に食べ始める。桂は姿勢を崩さず品よく味わい、「出汁が利いております」と感嘆の息をつく。しかし木暮はぶすっとした顔で箸をつけようとしないので、お市は心配になった。

「旦那、おうどんお好きよね？　お蕎麦のほうがよかったかしら」

木暮はお市を見やり、唇を尖らせた。

「なんだかよお、〝むじなうどん〟なんて、妖《あやかし》を連想させるじゃねえかよ。怪談づいてるんじゃねえか、やけに」

そう言って木暮は顎《あご》で、壁に貼られた引き札を差す。吉田屋文左衛門に頼まれた、例の、雨矢冬伝の〈怪談噺の会〉の案内だ。

――男の人っていくつになっても大人げないのね――と思いつつ、お市は木暮に優しく微笑み掛けた。

「〝むじなうどん〟は、別にあの〈怪談噺の会〉を意識した訳ではありませんけれど。旦那は怪談はお嫌い？　お時間がありましたら、いらっしゃいません？　引き札に書いてあるとおり、十五日の小正月に開くので。お酒もお出ししますよ」

「けっ、なにも小正月に怪談なんか聞かなくてもいいよ！　どうせあの獅子舞《ししまい》みたいな顔した大旦那もくるんだろ」

獅子舞と聞き咎《とが》め、桂と忠吾は頬張りながらも「くっ」と笑う。お市は酸っぱい顔をした。

「獅子舞だなんて……失礼よ」

「そうですよ。〈吉田屋〉の大旦那だって木暮さん同様、こちらのお店にとっては大切なお客さんの一人なんでしょうから」

「桂の旦那の仰るとおりですぜ。それより旦那、さっさと食わないと、うどん伸びちまいやすよ。もし食わねえんでしたら、あっしがいただきやしょうか」

忠吾が手を伸ばそうとすると、木暮は椀を摑んで「これは俺のだ」と搔っ込み始めた。

桂と忠吾に助け舟を出され、お市は二人にそっと頭を下げる。するとお花が顔を見せ、こんなことを訊ねた。

「ねえ、瓦版《かわらばん》に書いてあったんだけど、美人局《つつもたせ》が横行してるんだって？　騙《だま》された人たちは、男の沽券《こけん》に関わるからって、泣き寝入りだっていうけど。それゆえ、なかなか捕まえられないから気をつけるべしって、瓦版は呼び掛けてたよ」

「美人局が横行しているのは本当のようです。あちこちで噂《うわさ》を聞きますから。しかしお花さんが言ったように、届け出る人が滅多にいないのですよ。美人局などに引っ掛かって恥ずかしい、という後ろめたさがあるのでしょうね。恐らく、奪われる金子《きんす》も、それほど多くはないのでしょう」

「それゆえ、訴え出て恥を掻くぐらいなら、口を閉ざしちまったほうがよいと考えるんでしょうな。女に誘われてふらふらついていって、いざというところで怖い男がぬっと現われ、『俺の女になにしてんだ！　落とし前つけてもらおうじゃねえか』と凄《すご》まれて泣く泣く金子を差し出す……。確かに引っ掛かる奴は間抜けですが、そんなことで悪稼ぎしようなんてのも卑劣《ひれつ》ですわ」

桂も忠吾も腕を組む。なんだかんだと〝むじなうどん〟をぺろりと平らげ、汁の最後の一滴まで呑み干した木暮が続けた。

「しょっ引いてやりたいのは山々だけどよ、どんな奴らがやっているかさっぱり手懸《てが》かりがねえからな。やってるのが一組だけとは限らねえし」

「瓦版には、『あちこちで複数の者がやっているらしい』って書いてあったよ。なんでも去年の秋頃から流行《はや》っているって」

「変なものが流行っているのねえ」

溜息をつくお市に、木暮は楊枝《ようじ》を嚙みながら鼻白んだ。

「ふん。女ってのは妖だからなあ。〝むじなうどん〟なんかで騙されて、ずるずると丸裸にされないよう、俺も気をつけねえとな」

「まあ、酷い！　うちの店がそんなことする訳ないでしょう」

目を剝《む》くお市に、お花が茶々を入れる。

「そうそう、旦那。おっ母さんには気をつけたほうがいいよ！　〝妖怪餅女〟だからね！　肌も胸もお尻も、全身餅で出来てる、餅から生まれた妖なんだよ」

「ちょっとお花、なによ」

お市は娘を睨むも、木暮はにやりとする。

「そうか、女将は〝餅の妖〟だったのかい。どうりで着物を纏っていても、躰中がモチモチしているのが分かるんだな。女将を見ると喰いつきたくなる訳が分かったぜ」

「もう、旦那ったら！」

お市は頰をほんのり染めて慌《あわ》てる。お紋もぬっと顔を出して、「おやおや赤らんだりして、今度は桜餅に化けて騙そうって魂胆《こんたん》だね」と茶々を入れ、お花と木暮たちは大いに笑い、お市は頰をぷうっと膨らませた。

三

小正月、〈はないちもんめ〉で、戯作者・雨矢冬伝の〈怪談噺の会〉が催《もよお》された。店は貸し切りで、六つ半（午後七時）には三十人以上のお客が集まり、好調な滑《すべ》り出しとなった。

〈男前の戯作者による自作の講談〉という引き札の謳い文句につられてか、お客は八割方が女人である。文左衛門をはじめ〈吉田屋〉の奉公人は数名来ていたが、木暮たちはやはり顔を見せなかった。

お市たちは皆に、まずは福茶を配って和んでもらった。福茶とは、漬小梅《つけこうめ》、黒豆、山椒《さんしょう》の三味を入れて煮た、縁起物のお茶だ。福茶を味わい、まったりとしたところで、文左衛門の簡単な挨拶があり、いよいよ雨矢冬伝の登場となった。

お紋が明かりを消すと、お客たちが微かにざわめいた。闇に包まれ、何も見えなくなる。ひゅうっと冷たい風が吹き過ぎたような気がして、皆、思わず肩を竦《すく》めた。

すると暗闇の中、どこからか足音が聞こえてきた。お客たちは再びざわめく。闇は消えた。足音の主は、百目蠟燭《ひゃくめろうそく》を手にしていたからだ。薄鼠《うすねず》の着流しに黒い帯、漆黒《しっこく》の総髪はふさふさと、蠟燭に照らされた顔は彫《ほ》りが深く整っている。

雨矢冬伝は、なるほど、文左衛門の言葉どおりの二枚目であった。冬伝が蠟燭を燭台《しょくだい》に置き、二枚重ねの座布団《ざぶとん》に腰を下ろしてお客たちに向き合うと、彼の女らの間から「あら、素敵！」という黄色い声が上がった。

冬伝は一礼し、爽やかな笑顔で挨拶をした。

「お初にお目に掛かりまする、雨矢冬伝と申します。本日はお集まりくださって、まことにありがとう存じます。寒い季節に怪談の宴《うたげ》とは面妖《めんよう》でございましょうが、この際、ますます寒くなっていただきまして、そしてその後で美味しい料理で存分に温まってくださいますよう。拙《つたな》くもこの冬伝が作り出したる怪談噺、心ゆくまで御堪能《ごたんのう》いただけますれば幸《さいわ》い至極《しごく》に存じまする」

冬伝は再び、深々と礼をした。精悍《せいかん》な戯作者の淀《よど》みない話しぶりに、お客たちは感嘆の息を漏らす。冬伝は出端《でばな》からすっかりお客たちの心を摑んでしまったようだった。お紋も目を瞬かせ、冬伝に見惚《みと》れている。

お市はお花と一緒に目九蔵を手伝いつつ冬伝をちらちらと見やり、——怪奇話を書くような人にはとても見えないわ。清潔感が漂っていて——などと思っていた。

百目蠟燭の明かりが揺れる中、冬伝自作の怪談噺が始まると、お客たちは息を吞んで聴き惚《ほ》れた。〈雪達磨《ゆきだるま》の中の人魚〉と題された噺は、次のような内容だった。


——江戸の或る町に、人魚に取り憑《つ》かれている男がいた。人魚に憧《あこが》れるあまり、現実の女を愛《め》でることが出来なくなってしまうほどに。男はよく人魚の夢を見た。人魚と暮らすことが、男のただ一つの願いだった。

冬の或る朝、その男が仕事に行こうとすると、家の前にどうしてか雪達磨があった。

——なんでここに？　誰が作ったのだろう？——

長屋のほかの家を見渡しても、雪達磨が作られていたのは男のところだけだ。男は不思議に思いつつ出掛け、帰ってくると、雪達磨はだいぶ融けていた。

——明日の朝までにはすっかり融けるだろう——

男はそう思い、晩飯を食べ酒を少し呑んで、そのまま眠ってしまった。……が、夜中に腰高障子《こしだかしょうじ》の戸を叩《たた》く音がして、男は目を覚ました。眠い目を擦《こす》りながら戸を開けると、ほとんど融けて消えかかった雪達磨の中に〝腕〟が見えた。いや、〝腕〟と気づくまで、少し掛かっただろう。男はその時、初めて知った。恐怖が極まると、悲鳴を上げることすら出来なくなるということを。

男は総毛立ち、戸を閉めて布団《ふとん》に潜り込んだ。がたがた震えていると、また戸を叩く音がした。男は恐ろしくて、勿論《もちろん》出ていくことなど出来ない。布団を被《かぶ》ったまま震えるばかりだ。恐怖を抑《おさ》えようと酒をぐっと呑むと、少し落ち着いた。

すると、再び戸を叩く音がした。

恐怖に些《いささ》か慣れてきた男は、酒の勢いも手伝って、震えながらも戸を開けた。誰もおらず、やはり融け掛かった雪達磨と腕だけがある。真っ白でしなやかで綺《き》麗《れい》な腕だ。女の腕ということはすぐに分かった。

男は歯をがちがち言わせながら、提灯《ちようちん》を灯《とも》してよく見た。美しい腕の先、手の指はまさに白魚のようで、爪は桜貝のよう……ではなく、桜貝そのものだ。華奢《きやしや》な手首には真珠《しんじゆ》を繋《つな》いだ腕輪がつけられ、腕全体には真珠の粉が塗されている。

煌《きら》めく白い腕を見詰めながら、男はふと思った。

――この腕は人魚の腕なのではないか――

真珠の別名は、〝人魚の涙〟でもあるのだ。

そう思うと、あたかも波が引くように、恐怖はすっと治まった。男はその腕を拾い上げ、大切に抱えて家の中へと入った。恐怖は忽《たちま》ち〝愛《いと》しさ〟へと変わった。

男はまるで想い人を愛でるように、美しい腕を愛でるようになった。来る日も来る日も、宝を扱《あつか》うかのように、男は腕を丁寧に磨き上げた。

その一途《いちず》な思いが通じたのだろうか。或る日、男が仕事から帰ってくると、腕が人魚へと化身《けしん》していた。人魚はそれはそれは美しく、男は瞬《まばた》きをするのも忘れて見惚れた。

夢にまで見た暮らしが始まった。男と人魚は愛し合うようになり、甘い日々を送った。

しかし……それも長くは続かず、人魚は「そろそろ海に戻りたい」と言い始めた。

人魚を手放したくない男は、人魚が歩けないのをいいことに、監禁しようとした。男のあまりの束縛《そくばく》に疲れた人魚は、美しい手で、男の脚をもぎ取ってしまう。

今度は男が歩けなくなる。人魚は脚を得て、去っていこうとした。

「いかないでくれ」と男の啜り泣きが響くも、人魚は「私は海の中でなければ、永久《とわ》に生きることは出来ないから」と寂しそうに言い、「脚をもらった代わりに、片腕を置いていくわ。私と思って大切にして」と、右腕を置いていく。あの日、雪達磨の中にあった腕だ。

脚を失ってしまった男は、人魚の腕を抱き締めながら過ごすようになる。

季節外れの大雪が降った翌日、川のほとりに、ひときわ輝く雪達磨が見られた。

陽の光に照らされ、雪達磨が融けると、真っ白な腕を抱き締めた両脚のない男が転げ出た。

男の死に顔は眠るように安らかで、微かな笑みさえ浮かべていた――。

冬伝の弁舌は巧《たく》みで、百目蠟燭が灯る中、皆背筋をぞくぞくとさせた。講談が終わると、あちこちから熱い吐息《といき》が漏れた。

「怖いけれどどこか切なくて素敵」

「噺に引き込まれたわ」

怪談噺は大好評で、皆、冬伝をうっとりと見詰めていた。

その後は、冬伝を囲んでの懇親会《こんしんかい》となり、料理が振る舞われた。

まずは〝あん刺し〟。鮟鱇《あんこう》の白身の薄造りである。旬の鮟鱇の蕩ける舌触りに、皆、声を上げた。

「いやあ、美味しい！」

「さっぱりしつつも適度に脂《あぶら》がのっているわね」

酒も配られ、皆、上機嫌《じょうきげん》だ。和んできた頃、お市が簡単に挨拶した。

「この店の女将を務めております。本日は〈怪談噺の会〉とのことですので、見た目は少々怪奇でありますが、その実とても美味な〝鮟鱇〟のお料理をお出ししたいと思います。皆様、雨矢冬伝先生とのお話に花を咲かせながら、ごゆっくり召し上がってくださいますよう」

お市が一礼して退がると、お紋とお花が今度は〝鮟鱇の肝《きも》の甘辛煮《あまからに》〟を運んできた。

「鮟鱇は見た目はあれだけれど、躰にも美にもよいっていいますからね。女の人には特にありがたい食べ物ですよ」

お紋が言うと、女たちは嬉々とした。

「こんなに美味しくて、綺麗にもなれるなんて、最高ね」

「あん肝を食べると肝《かん》ノ臓《ぞう》がよくなるって聞いたけれど本当かしら」

「同じところを食べると、そこが丈夫になるとは言うわよね」

〝鮟鱇の肝の甘辛煮〟に舌鼓を打ちつつ、女たちは喧《かまびす》しい。酒も入って、緊張がほぐれてきたのだろう、冬伝に話し掛ける者も現われ始めた。

「あの……先ほどの講談、とても真《しん》に迫っていらっしゃったのですが、雨矢先生御自身も人魚がお好きなんですか？」

二十歳《はたち》ぐらいの女に上目遣《うわめづか》いで訊ねられ、冬伝は静かに微笑んだ。

「ええ。興味がないと言えば嘘《うそ》になります。来月上梓する読本も、人魚に関する連作集ですから。人魚に惹かれるのは確かでしょうね」

「どうして人魚なのでしょう。やはり、妖の中でも、美しい部類だからかしら。日本の人魚は微妙だけれど、異国の人魚はとても美しいと聞いたことがあるわ」

　また別の女が膝を乗り出す。冬伝は酒を啜り、再び静かに笑った。

「仰るように、鳥山石燕《とりやませきえん》が『画図百鬼夜行《がずひゃっきやこう》』で描いた人魚は半魚人にしか見えませんが、異国で描かれた人魚は麗《うるわ》しいといいます。私が想起する人魚も、美を象徴《しょうちょう》するものなのです。八百比丘尼《やおびくに》の言い伝えはご存じですか？」

「ええ、聞いたことがあります。人魚の肉を食べて長生きをしたとか」

「そうです。八百比丘尼は人魚を食べて、不老長寿を手に入れて八百歳まで生きたといわれます。八百歳ですよ？　それでいて見た目は十七、八ぐらいだったとのこと。素晴らしいと思いませんか？　若く美しいまま、長寿を全《まっと》うする。恐らくすべての人が手に入れたい願いが、人魚を食べることで叶うのです。それゆえ、人魚とは壮健と美を司《つかさど》る全能の妖と、私は思うのですよ」

　熱弁を揮《ふる》いながら、冬伝は女たちに流し目を送る。女たちはドキドキしながら、箸で摘まんだ〝鮟鱇の肝の甘辛煮〟を見詰める。皆、思っていただろう。

　――これを人魚の肝と思って食べれば、私も永久《とわ》に若く美しくいられるかもしれない――と。

新しい料理が運ばれる。ほかほか湯気の立つ〝鮟鱇鍋〟だ。鍋は大きく、一つに五人分ぐらい入っている。

「周りの方と仲よく召し上がってくださいね」

お市たちは、七輪《しちりん》、小皿と取り分け用のお玉、薬味の柚子と唐辛子も配った。

「待ってました！ やっぱり寒い時には鮟鱇鍋よね」

「人参に葱に芹にエノキまで入ってる。壮健にも美にもよさそうだわ」

「柚子を搾《しぼ》れば、いっそう躰によさそう」

「うーん、この鮟鱇、ぷりぷりと弾力があって堪らないわ！ お出汁の味がいいの。昆布《こんぶ》を使ってるわね」

賑やかな女たちに気圧《けお》されているが、少ない男のお客たちも料理と酒を楽しんでいた。

「くーっ、鮟鱇鍋を突《つつ》きながら呑む酒は、また格別だ。温まるったら」

「ぽかぽかを通り越して、熱々になってきやがった」

鼻の頭に汗を掻きつつ、男たちは鮟鱇鍋に食らいつく。女たちに皿によそってもらい、冬伝も鍋を楽しんだ。

酔っ払ってよい気分になった男のお客が、声を上げた。

「雨矢先生の怪談噺、とても面白かったですぜ！　雪達磨が融けて腕が現われる辺りなんざ、ぞくぞくしましたわ。読本が出たら必ず買いまさあ」

「俺も楽しみにしてます！　影響受けて、俺もなんだか人魚に嵌《は》まっちまいそうですわ」

笑い声が起こる中、冬伝が嬉しそうに返す。

「ありがとうございます。是非、人魚に嵌まってみてください。男ならば誰しも、人魚の魅力には抗《あらが》えないと思いますよ」

「あれまあ、先生、そこまで仰るの？　それほど人魚って魅力的なのかしら。なんだか妬《や》けちゃう」

女のお客の一人が、頰を膨らませる。その連れが、溜息混じりに言った。

「男は皆、人魚に憧れて、女は皆、人魚になりたがる、ってことかしら」

冬伝は瞠目《どうもく》した。

「おお、それはけだし名言！　次の戯作で是非使わせていただきたいですな」

「あら、私のこんな戯言《ざれごと》でよろしければ、いくらでもお使いになってくださいまし。先生に使っていただけますなんて、光栄の至りでございます」

「いや、ありがたい」

皆すっかり和み、あちこちで笑い声が上がっている。鍋もそろそろ空になる頃、お市たちは〆の蕎麦を運んだ。

「鮟鱇やお野菜の旨みがたっぷり染み込んだお汁に入れて、お召し上がりくださいね。雑炊《ぞうすい》がいいかとも思いましたが、怪談に因んでお蕎麦にさせていただきました」

お市がにっこりすると、男のお客の一人が訊ねた。

「『本所《ほんじょ》七不思議』の一つ、〈燈無蕎麦《あかりなし》〉かな？」

「そうです。あのお話のお蕎麦屋さんの軒行灯《のきあんどん》はいつも消えておりますが、この店の軒行灯はいつも温かく灯っております。皆様、機会がございましたら、またいらしてくださいね。お待ちしております」

お市が丁寧に辞儀をすると、「必ず来ます」「お料理本当に美味しいものね」「皆でまた押し掛けようぜ」と声が上がり、お紋とお花もほくほく顔だ。

ちなみに『本所七不思議』とは本所を舞台に伝承される怪談噺で、ほかに〈置《おい》行堀《てけぼり》〉や〈送り提灯〉などがある。

鍋で煮込んだ蕎麦を手繰《たぐ》り、皆、唸《うな》った。

「うーん、コクのある汁がお蕎麦に絡《から》んで」

「なんとも絶品だわ」

「鮟鱇鍋の〆にお蕎麦って、意外に合うのねえ」

鍋は忽ち空っぽになって、鮟鱇料理は終《しま》いとなった。

誰もが満足げな顔で、「温まったなあ。よく食べた」とお腹をさする。怪談噺のぞくぞくはどこへやら、皆、額《ひたい》に汗を滲ませていた。

「人魚噺に鮟鱇料理とは、まことに乙《おつ》でございました」

冬伝が恭《うやうや》しく述べてお開きとなり、お客たちは笑顔で帰っていった。

冬伝を駕籠《かご》に乗せて送ると、文左衛門はお市に礼を言った。

「皆さん楽しんでくださって、大成功でしたよ。これもお市さんたちのおかげです。恩に着ます」

「お役に立てて、こちらこそ嬉しいですわ。鮟鱇料理は板前の提案でしたので、皆様が喜んでくださいましたこと、伝えておきますね。『本所七不思議』に因んで蕎麦を考えたのも、板前なんですよ」

「目九蔵さんは本当に物を識《し》っていらっしゃいますねえ。感心いたします」

「板前は、雨矢先生の読本も一冊持っているそうですよ。そちらにも人魚について少し書かれてあったとか。『怖がらせながらも最後は切ない気分にさせる、実に巧みな戯作者さんでいらっしゃる』とえらく褒めてましたよ、先生のこと」

「それはありがたい。見識ある目九蔵さんのお墨付きならば、心強いですよ！　私が礼を申していたと、伝えておいていただけますか」

「はい、必ずお伝えいたします」

微笑み合う二人に、突然お紋が割って入った。

「まあまあ、本日の成功を祝って、どうぞ御一献《ごいっこん》」

お紋は文左衛門とお市に盃を持たせ、自分も手にしているそれと突き合わせる。

「大女将、ならばお花さんと目九蔵さんも呼びましょう」

文左衛門が気遣うも、お紋は「いいのいいの、あの二人は熱心に片付けているから」と取り合わない。お紋は酒を一息に呑み干し、文左衛門の肩をそっと叩いた。

「大旦那様、さすがお目が高くていらっしゃる。雨矢冬伝、期待以上のいい男だったわ！　読本売れますよ、間違いなく」

「お紋さんにそう言っていただけますと、心強いです。私たちも冬伝を熱心に推《お》していくつもりでおります」

「役者にしてもいいような男だもんね。弁舌爽やかで、驚いたよ」

「弁が立つわよね。私も驚いたわ。本物の講談師のようだったもの。怪奇ものを書いているような人にはとても思えないわ」

文左衛門は笑った。

「その落差が冬伝の魅力なのですよ。気品があり爽やかな若者が、些か気味の悪い戯作を書くという」

「些かどころではないね。雪達磨から腕が出てくる……なんて、充分気味悪かったよ、私《わたし》ゃあ」

「私も充分ぞぞっとしたわ」

母と娘は頷き合った。

〈怪談噺の会〉の様子は瓦版の記事になり、雨矢冬伝の名をいっそう広めた。〈はないちもんめ〉にとってもよい伝となり、鮟鱇料理を求めてお客が押し寄せた。同じ鍋でも、あん肝まで溶かした〝どぶ汁〟が好評で、〈はないちもんめ〉初春の目玉となった。

《楽しく陽気に、ごった煮だ。〈はないちもんめ〉のどぶ汁で、元気いっぱい始

めよう》

そのような文句の引き札を、お花はまたも往来に立って配った。寒さにも負けず、可愛《かわい》い鼻の頭を真っ赤にして。

第二話　雪の日のおぼろ豆腐《どうふ》

一

両国《りょうごく》の広小路《ひろこうじ》には、猥雑《わいざつ》な小屋が立ち並び、独特の危うい雰囲気が漂っている。その一つである〈玉ノ井座《たまいざ》〉は、巷《ちまた》で人気のお光太夫《こうだゆう》を一目見ようと押し掛けた人々で、大入りだった。本日は、お光太夫、新年初の舞台なのだ。

「はいはい、押さないでくださいよ！」

熱気が渦巻《うずま》く中、お客たちが揉《も》め事を起こさぬよう、小屋番たちは注意して見回る。

幕が上がり、口上、謡《うたい》、踊り、猿回し、手妻《てづま》（手品）と続き、いよいよお光太夫の軽業芸《かるわざ》である。

「待ってました！」

お光太夫目当てのお客たちは気色《けしき》ばみ、歓声を上げる。舞台に紫煙《しえん》が漂い、迫《せり》が徐々《じょじょ》に上がってきてお光太夫が現われると、大喝采《だいかっさい》と相成《あいな》った。

なんとお光太夫は、連獅子《れんじし》の〝赤獅子〟の姿だったのだ。ふさふさと長く垂れた赤髪の鬘《かつら》を被《かぶ》り、艶《あで》やかな緑色の小袖《こそで》と袴《はかま》に、金色《こんじき》の羽織《はおり》を纏《まと》っている。

「かっこいいぞ！」

お客たちが歓喜する中、お光太夫はその姿でまずは軽々と後ろ向きにとんぼ返りを二回。歓声を浴びつつ、お囃子《はやし》の賑《にぎ》やかな音色《ねいろ》に合わせて、赤髪を振り乱し、金色の羽織を翻《ひるがえ》して、舞台を飛び跳ねる。

そして踊るような身軽さで、舞台の上手《かみて》から下手《しもて》へと前向きにとんぼ返りを繰り返して進み、次は下手から上手へと後ろ向きにとんぼ返りを繰り返して戻る。回転する時「はっ、はっ」と気合の声を上げながらも、お光太夫は輝く笑顔を見せている。

「あの恰好《かっこう》でよくあんなに動けるな」

「人間技とは思えん。妖《あやかし》か？」

お客たちが呆気《あっけ》に取られていると、舞台の上から鞦韆《しゅうせん》（ぶらんこ）がするすると下りてきた。細長い棒の両端に、頑丈《がんじょう》な紐《ひも》が括《くく》りつけられている。お光太夫が鞦韆にぴょんと飛び乗り、紐を両手でぐっと摑《つか》むと、今度はするすると上がっていく。お光太夫を乗せたまま、舞台から一丈（約三メートル）ぐらいの高さで止まった。

宙吊りのようになり、宙に浮かぶ赤獅子に、お客たちは喝采を送る。

「なんだか幻想的ねえ。素敵！」

「凄《すげ》えぞ！」

お光太夫は宙に浮かんだままお客たちに手を振ったり、笑みを投げたりしていたが、三味線《しゃみせん》や鼓《つづみ》の音色が高まってくると、鞦韆からぴょんと足を外した。

「うわああっ」「きゃあっ」

命綱もつけぬまさに命知らずのお光太夫の芸は、今にも落下しそうに危なげで、お客たちが悲鳴を上げる。

しかしお光太夫は平然としたものだ。今度は、足を乗せていた棒を両手で摑んで、鞦韆にぶら下がる形になった。

お客たちはひやひやしながらも、お光太夫から目が離せない。

そしてお光太夫は躰を前後に揺さぶりながら弾《はず》みをつけて、十八番の大回転を始めた。赤獅子姿の、長い赤髪を振り乱しての大回転は、大興奮を巻き起こした。

「これこれ、これが見たかったのよ！」

「ひゃあっ、凄いねえ！　まさに物《もの》の怪《け》だ！」

お囃子の音色もますます高まり、赤獅子・お光太夫は三十回ほど連続して大回転を見せ、小屋に歓声を巻き起こした。

熱狂の中、お光太夫の手が鞦韆からぱっと離れると、お客たちは再び悲鳴を上げた。しかし、そんな心配は無用とばかり、お光太夫は笑みを浮かべて宙をくるくると三回転し、ふわりと舞台へ着地した。

割れんばかりの喝采が起こる。

すると、白獅子までも現われた。白獅子は大柄で、どうやら男のようだ。白獅子が跪《ひざまず》くと、赤獅子のお光太夫はその肩に跨《また》がった。白獅子が赤獅子を肩車して立ち上がり、お客たちに向かって威勢《いせい》よく声を合わせた。

「どうぞ皆様、縁起のよい一年をお過ごしくださいますよう！」

そして一本締め。

大喝采のうちに、白獅子が赤獅子を肩車したまま、迫が下がっていく。紅白の獅子が見えなくなった後も、熱狂は続いた。

この赤獅子のお光太夫こそ、なにを隠そうお花である。店が休みの時などに、両国の小屋で〈女軽業師・お光〉に化けて、人気を博しているのだ。濃い化粧を施《ほどこ》し、色黒の全身に白粉《おしろい》を塗って〈お光〉へと生まれ変わると、自分でも驚くほどに大胆な芸が出来て、光り輝けるという訳だ。

お花がこんなことを始めた理由の一つは、店の給金以外に、もっと自由になる金子《きんす》がほしかったということ。もう一つは、美人の母親に対する鬱屈《うっくつ》とした思いを克服《こくふく》することだった。祖母に「牛蒡《ごぼう》のよう」などとからかわれるお花は、正直なところ、予《かね》てからお市に少々引け目を感じていたのだ。それゆえ、お光に化けることで鬱憤《うっぷん》を晴らしていたのだが、どうしてかこの頃は、母親に対する引け目も薄れてきた。

それは、お花が成長したということなのだろうか。小さな舞台でも喝采を浴び、自信がついたからだろうか。お花は近頃、こう思えるようになっていた。

――あたいはあたい。おっ母《か》さんはおっ母さん。それぞれ、いいところがあるんだ。悪いところも結構あるけれどね――と。

この仕事で得たことは大きいが、だからといってお花はそれをお市やお紋に話すなどという気は少しもない。お花にとって、お光に化けることは誰にも内緒で、自分だけの密《ひそ》かな愉《たの》しみ、危なげな秘密なのだから。

着替えて楽屋を出ると、お花は小屋主から給金を渡された。

「いやあ、おかげで大盛況《だいせいきよう》だ！　今年もよろしく頼むね」

「こちらこそよろしくお願いします。頑張《がんば》りますんで」

すると先ほどの白獅子、一座の仲間である長作《ちょうさく》が声を掛けてきた。

「お花ちゃん、お疲れさん。赤獅子、かっこよかったぜ」

「ありがと。白獅子も粋《いき》だったよ」

長作はお花より二つ上の、気が優しくて力持ち。座長の息子である。長作は小《こ》鬢《びん》をちょっと掻《か》き、お花に訊《たず》ねた。

「俺、今度お花ちゃんの店に食いにいきてえんだけど、いっちゃ駄目かな」

「別にいいけど……。あたい、ここでの仕事のことは、おっ母さんや婆ちゃんには内緒にしているんだよね。だから何も言わないでくれるなら、いいよ」

「もちろん、分かってるよ！　お花ちゃんに迷惑を掛けるようなことは絶対にしねえ」

「なら、いつでも来てよ！　待ってるからさ」

お花は長作に笑みを掛け、「じゃあ、お先に」と小屋を出ていった。

お花はその給金を握《にぎ》り締め、薬研堀《やげんぼり》のほうへと向かった。邑山幽斎《むらやまゆうさい》という大人気の占《うらな》い師が、この近くの米沢町《よねざわちょう》三丁目に占い処《どころ》を構えているので、そこへいくのだ。お花は幽斎に憧れているのだが、占ってもらうには金子がいる。軽業の仕事に密かに励《はげ》んでいるのは、幽斎に占ってもらう金子を稼ぐためでもあった。

親からもらう給金では足りないがゆえに。

お花が舞台用の濃い化粧を落とさずに幽斎のところへ行くのも、少しでも艶やかな姿を見てもらいたいという女心からだ。家に戻る前に、湯屋へ寄って洗い流せば、お市やお紋にも怪しまれずに済む。お花はいつもそうやって、〝秘密の愉しみ〟の証を消していた。

幽斎の住処《すまい》兼占い処には、占ってもらいたい女たちが今日も列をなしていた。占いが非常に中《あた》るということに加え、幽斎は二枚目で、三十を過ぎている割に若く見えて妖《あや》しい色気を漂わせているため、女人《にょにん》に大層人気があるのだ。

お花は待っている間、並んでいるほかの女たちをちらちらと眺《なが》めていた。

――皆、結構、粧《めか》し込んでいるんだよな――

幽斎の客はお花と同い歳ぐらいから、四十路《よそじ》ぐらいまで幅広い。それらの女たちが一様に頰を仄《ほの》かに紅潮《こうちょう》させているのを見ていると、嫉妬《しっと》心のようなものが湧いてくる。

いつもは「女の戦いなんて好きじゃねえや。もっとさっぱりいこうぜ！」などと豪語しているお花だが、なんだかんだと競争心は持っているようだ。

ほかの女たちを一人一人眺めるうち、いつの間にか目つきが険《けわ》しくなってく自分のことは棚に上げ、――ふん。なにもあんなに念入りに化粧してくることねえのによ――などと心の中で悪態《あくたい》をついているのだ。

一刻（二時間）ほど待ち、――漸《ようや》く次は自分の番だ――と胸を高鳴らせていると、中から声が微《かす》かに漏《も》れてきた。

「ありがとうございました」などと言っているところをみると、終わったようだ。障子戸《しょうじど》が開き、娘が出てきた。

お花と同い歳ぐらいの娘は、白兎《しろうさぎ》のように可愛《かわい》らしい顔を妙に紅潮させ、含羞《はにか》むような笑みを浮かべている。娘は振り返り、幽斎に丁寧《ていねい》に頭を下げた。

その時、お花は見てしまったのだ。

幽斎がとても優しい笑みを浮かべて、娘に礼を返したのを。

その笑顔を見て、お花の胸がずきっと痛んだ。なぜなら、幽斎は気難しい顔をしていることが多く、ほとんど笑みなどを見せない男だからだ。時折、冷めたような笑いを浮かべることはあるが、優しい笑顔など滅多《めった》に見せはしない。

そんな笑顔を、自分ではないほかの娘に向けたとあれば、悔《くや》しい。お花は唇《くちびる》を嚙《か》み締《し》めた。娘は去る時、お花にもそっと会釈《えしゃく》をした。娘の楚々《そそ》とした残り香《のこりが》が、お花をいっそう傷つける。お花は悲しくなったが、同時に〝怒り〟も覚えた。

「では、次の方」と呼ばれ、お花は仏頂面《ぶっちょうづら》で、幽斎の前に座った。唇を尖《とが》らせてぶすっとしているお花に、幽斎は目を瞬《しばたた》かせた。

「何か不愉快なことでもありましたか？」

「いえ……別に」

お花は幽斎を上目遣《うわめづか》いで眺める。

今日の幽斎も、やはり素敵だ。血の気のない顔は透き通るほどに白く、切れ長の目は妖しく光り、薄い唇は紅を差してもいないのにやけに色づいている。黒い着流しに黒い帯を締め、黒い羽織を纏《まと》い、漆黒の髪は撫《なで》の糸垂《いとだれ》。占術《せんじゅつ》のほか加持祈禱《かじきとう》や憑《つ》き物祓《ものばら》いなども行なう、いわば陰陽師《おんみょうじ》である幽斎は、男にも女にも見え、はたまた美しき妖のようでもある。

お花は、自分とはまるで違う雰囲気を持つこの幽斎が、堪《たま》らなく好きだ。好きで好きで、仕方がないのだ。

そして幽斎を素敵と思えば思うほど、先ほどのことについていっそうカッカとしてくる。つまりはお花はヤキモチを焼いているのだ。

幽斎の胸倉《むなぐら》を摑《つか》んで、「さっきの娘とはどういう間柄ですか！」と質《ただ》してみたいが、そんなことをすればここに出入り禁止になるかもしれないので、ぐっと堪《こら》える。

幽斎はいかにも喧嘩《けんか》が弱そうだ。お花がちょっと突き飛ばしただけで、倒れてしまいかねない。否《いな》、骨が二、三本折れてしまうかもしれない。乱暴はやめておいたほうが無難だろう。

そんなことを考えながら唇を尖らせているお花を、幽斎はじっと見詰めた。

「何もないのでしたら、よかったです。お花さんはいつも明るくお元気なので、具合でも悪いのかと心配してしまいました」

「そんな……心配だなんて」

気遣いのある言葉を囁《ささや》かれ、カッカしていたのも徐々に静まっていく。

――そうか。さっきの笑顔は単に、お客への、仕事用のものだったのかもしれない。あたいだって、店にくるお客には、仕事用の笑顔を見せることだってあるもん――

そう思うと、単純にも、胸の痞《つか》えが取れたような気がした。笑顔が戻ったお花に、幽斎は頷《うなず》いた。

「やはりそのほうがよろしいですよ」

「あ、いえ、そんな。……で、今日占っていただきたいことですが」

お花は娘心をときめかせつつ、相《そう》を見てもらうべく、幽斎に手を差し出した。

幽斎のちょっとした言葉で、お花のヤキモチという憑き物は、すっかり落とされてしまったようだった。

二

お花が軽業の芸で沸《わ》かせた翌日、両国で大きな騒ぎがあった。両国橋の百本《ひゃっぽん》杭《ぐい》に二つの死体が引っ掛かっていたのだ。

明け方に通り掛かった者が発見し、慌《あわ》てて自身番に知らせにいったという。木暮と桂が駆けつけた時には、死体は引き上げられ、並べて菰《こも》に寝かされていた。

水死体というのに、二体ともそれほど膨れ上がっておらず、着物は着せられたままで、死に顔は美しい。男と女ということははっきり分かり、左の手首と手首が、赤い紐でしっかりと結ばれていた。群がった野次馬《やじうま》たちは「心中かね……でも」と、首を傾《かし》げている。

死体にはともに、右腕がなかったからだ。

木暮と桂は死体をじっくりと見た。

「この状態ですと、川に流されて一日も経《た》っていないように思われますが」

「うむ。あまり傷《いた》んでいないからな。……まあ、殺されてから流されたのは間違いねえな。水をそれほど飲んでいないようだし、二体とも右腕を斬《き》られているしな」

「これは刀で斬ったのではありませんね」

「恐らく鎌か何かだろう。しかし、ずいぶん下手だ。これは斬るのにかなり手間取ったんじゃねえかな」

「殺した後に斬ったのでしょうか」

「いや……どうだろうな。この切り口だと、生きていながら斬られたとも考えられねえか？」

「まさか、二人で斬り合ったなんてことはありませんよね」

「斬り合って出血多量で死んだところを、誰かが左手を赤い紐で結んで、川に流したってのか？　ずいぶんと手間の掛かった心中じゃねえか。やはりここは、殺されたとみるのが妥当《だとう》だろうよ。誰かに斬られて、流されたんだ」

「この状態ですと、身元は分かりそうですよね。顔もほとんど崩れておりませんし」

「うむ。男も女もずいぶんと綺麗《きれい》だよな。二人とも美男美女で目立ってたんじゃねえかな。人相書《にんそうがき》を作って瓦版《かわらばん》なんかに載せれば、身元は割れそうだ」

「これほど綺麗な水死体は、珍しいですよね。真っ白で、蠟《ろう》で出来た人形のようです」

「傷まなかったのは、寒い時季というのもあるだろうな」

詳しく検死するため、死体は奉行所へと運ばれていった。〝右腕が斬られた美男美女の水死体〟は恐怖とともに好奇心を煽《あお》り、忽《たちま》ち噂《うわさ》となって広まった。

検死の結果、木暮たちの推測が概《おおむ》ね正しかったと分かった。即《すなわ》ち、死後一日から二日であること。死亡してから流されたこと。死因は失血死であり、恐らく生きたまま腕を斬られたということ。男も女も二十歳《はたち》前後であろうこと。

いつも検死を手伝ってくれるのは、掛井無道《かけいむどう》という二十九歳の医者だ。その無道が声を潜《ひそ》めて木暮に告げた。

「それで、男のほうなのですが、恐らくは男色家であったと思われます」

「その形跡があったのか？」

「はい。尾籠《びろう》な話で恐縮なのですが、その、かなり傷んでいたといいますか、使い込まれておりましたので、もしかしたらそのような商売をしていたのではないかと」

「陰間《かげま》ってことか？」

「はい。もしくはどこぞのお稚児《ちご》さんとか」

「乱暴されたような跡はなかったんだろう？」

「それはありませんでした。女のほうも同様です。二人とも躰に傷などもなく、綺麗なままでした。ただ右腕が斬られていただけで。あ、流れてきた時に杭などにぶつかって出来たような痣《あざ》はありましたが、着物を着ていたせいでそれほど酷《ひど》くはなかったです。その着物ですが、死んだ後に着せられたと思われます」

木暮は眉根《まゆね》を寄せ、腕を組んだ。

「しかし不思議だよなあ。どうして二人とも右腕を斬られたんだろう。それも生きたまま。そしてその腕はどこにあるんだ。まだ見つかってねえもんな」

「下手人《げしゅにん》がまだ持っているのでしょうか」

「そうだとしたら、右腕に何の用があるってんだろう」

「いや……私も分かりかねます」

二人とも首を傾げる。木暮が思いついたように訊ねた。

「女のほうの躰には何か目立った特徴はなかったか」

「あ、それがですね、左手の親指の先に、入れぼくろがあったのです。左腕にもいくつか見られました」

「なに？　ってことは女も遊里にいたってことか？」

「はい。生前はかなりの器量だったでしょうから、もしや吉原《よしわら》の花魁《おいらん》あがりとも考えられるのでは」

入れぼくろとは、遊女が親指の先や左腕に入れたほくろのような刺青《いれずみ》である。いわゆるお客に見せる証の如《ごと》きもので、遊女の手練手管《てれんてくだ》の一種なのだ。ちなみに陰間とは、歳の頃は十三、四から二十くらいの男娼《だんしょう》のことである。彼らを置いていたのが陰間茶屋で、お客は主に男だったが、女のこともあった。木暮は唸《うな》った。

「男は陰間で、女は花魁あがりか。もしそれが本当だったとしたら騒がれるだろうなあ」

「ええ、そうなるでしょう。でも、これだけ特徴が見られましたら、身元は早く割れるのではないでしょうか」

「うむ。人相書を巧《うま》く描いてもらって、それを持って陰間茶屋をあたってみるか。女のほうは、〝行方《ゆきがた》知れずになっている妾《めかけ》〟ってのを探ってみたら、辿《たど》り着けるかもしれねえな」

木暮は目を鋭《するど》く光らせた。

木暮は懇意《こんい》の絵師・戸浦義純《とうらよしずみ》に頼み、死に顔から想像される生前の顔を描いてもらった。戸浦は四十五歳、人相書の腕は誰しも認めるところである。

次に瓦版屋に頼んで、それを載せてもらうことにした。その瓦版屋は〈井出《いで》屋《や》〉といい、そこの主の留吉《とめきち》とも木暮は懇意の間柄だ。瓦版にも色々なものがあるが、〈井出屋〉は良心的であり金儲けに走るようなこともなく、木暮はそこを見込んでいた。

「旦那のお頼みとあれば、よろしいですぜ。お力添えいたしやしょう」と、留吉は引き受けてくれた。歳は三十七、強面《こわもて》だが情に厚い、なかなかの男前である。

〈井出屋〉の瓦版が《百本杭に、美男と美女の腕なし死体。残った片腕、手首は赤い紐で固く縛られ。殺しかそれとも心中か》と書き立て、人相書を添えると、飛ぶように売れた。

すると直《ただ》ちに、「うちの奥様かもしれません」と申し出てきた女がいた。

トメというその女は、四十五、六歳の太り肉で、地味《じみ》だが仕立てのよい着物を着ていた。トメは或る大店の大旦那の妾宅《しょうたく》で、お染《そめ》という女に仕《つか》えているとのことだ。トメは語った。

「奥様、四日前に出掛けたきり、帰っていらっしゃらないのです。それで私も、もちろん大旦那様も心配しておりまして、自身番へ届け出ようと話していたところ、瓦版を見たのです。人相書は奥様にとても似ておりまして、死体の特徴、背丈や躰つきも一致しております。それに、親指と左腕の入れぼくろも、確かに奥様にありました」

「なるほど。それで確認したいという訳だな」

「はい。それほど傷んでいないようでしたら、遺体を見れば分かるかと思いまして」

「よし、では先に確認してもらおう」

木暮はトメに遺体を見せた。

トメが検《あらた》めたところ、女の死体は、確かにお染とのことだった。片腕が斬られた姿はやはり衝撃だったのだろう、トメは口を押さえてふらっとしたが、木暮に支えられて気を保った。トメが落ち着くと、木暮は訊ねた。

「ところでお染の旦那だったって男は、誰なんだい？」

「はい……。伊勢崎屋甚兵衛《いせざきやじんべえ》でございます」

「〈伊勢崎屋〉か。大店の酒問屋《さけどんや》だな。京橋《きょうばし》は山城町《やましろちょう》にある」

「はい。左様でございます」

「お染はやはり吉原の花魁だったのか」

「はい。二年ほど前に大旦那様に身請《みう》けされ、囲われておいででした」

「妾宅はどこにあるんだ」

「はい。三囲稲荷《みめぐりいなり》の近く、洲崎村《すざきむら》にございます」

「向嶋《むこうじま》のほうか。ってことは、死体が見つかった両国橋の辺りと、それほど離れてねえよな。三囲稲荷の傍《そば》の吾妻橋《あづまばし》と両国橋は、大川《おおかわ》一本で繋がっている」

木暮は腕を組み、眉根を寄せた。

「大旦那が最後にお染と会ったのは、いつだ？」

「はい。奥様がいなくなってしまった日の、前々日でした」

「その時、何かおかしな様子はなかったか？　言い争うようなことなどは」

「いえ、ございませんでした。いつもどおり、仲睦《なかむつ》まじくていらっしゃいました」

「そうか……。二人の仲はよかったのだな？　お染には、ほかに男がいるというようなことはなかったか？　正直に言ってくれ」

トメは木暮からふと目をそらし、少し考え、答えた。

「いなかったと思います。少なくとも洲崎の家に男を連れ込むなどということはございませんでした。これは誓って申し上げます」

「だが、お前さんは『いなかった』とは断言しなかった。『いなかったと思います』と言った。それはどうしてだ」

「それは……もしかしたら奥様は、大旦那様以外の男の方と、外で会っていたかもしれないと思ったからです。奥様は、一人でふらりと出掛けてしまうことがありましたから」

「行き先も告げずにか？」

「はい。『お出掛けになる時は、一声お掛けください。お出掛け先も教えてください。大旦那様に叱《しか》られますので』といくら申し上げましても、奥様は聞いてくださいませんでした」

「勝手な女だったのだな」

トメは小さく頷き、溜息をついた。

「奥様は吉原でも非常に人気の花魁で、大旦那様は大金を払って身請けなさって、甘やかしていらっしゃいましたから。御自分の美貌《びぼう》に自信があるゆえか、我《わが》儘《まま》な方でした。そのようなところも、また魅力だったのでしょうが」

「なるほど。美人で我儘で、奔放《ほんぽう》だったという訳だな。で、お前さんの同性の勘で、お染は外で男と会っていたかもしれねえと」

「いえ、本当に会っていたかどうかは、分かりません！　ただ……ひょっとしたら、と思ったのです。奥様、この頃やけにウキウキなさっていましたから」

「うむ。大旦那っての は幾《いく》つだい？」

「五十三歳でいらっしゃいます。奥様は二十二歳でいらっしゃいました」

「親子ほど離れているなあ。女にしてみれば、若い男と楽しみたいってのはあるかもしれねえな。お前さん、お染がよく行っていたところって、一つも分かんねえかい？　どんなことでもいい。何か覚えてねえか？　たとえば、どこかに芝居を観にいったとか、何か食いにいったとか、お染が話していたこと、何でもいいんだ」

「そうですねえ……奥様は中村座《なかむらざ》や市村座にはよくいらっしゃってたみたいで

す。そのほかはお花見や紅葉狩《もみじが》りにいったり……でもそれらは大旦那様と御一緒でした。あ、そういえば」

トメは目を瞬かせて、木暮を見た。

「昨年の秋頃から、ふらりと出掛けては、酔っ払って帰ってくることが多くなりまして。色々召し上がってもいらっしゃったようで、せっかく夕餉《ゆうげ》を御用意しておりましても、まったく箸《はし》をつけてくださらないのです。それで、『どちらの料理屋で召し上がってくるのですか。ずいぶん美味《おい》しいんでしょうねえ』と嫌味っぽく訊ねましたら、奥様、笑ってお答えになったんです。『煮売り酒屋よお！気取らなくって楽しいわよ』って。私、驚きましてね。奥様が煮売り酒屋に？って」

「ほう、どこの煮売り酒屋だい」

「入谷《いりや》とか仰《おつしや》ってましたね。なんでも甘露煮《かんろに》がとても美味しいそうで。いわゆる、通人《つうじん》の間で密かに人気のある店、というところでしょうか。店の名前までは詳しくは訊きませんでしたが」

「入谷っていやあ、吉原の近くじゃねえか。あの辺りはほとんど田圃《たんぼ》だがな。入谷の甘露煮が旨い煮売り酒屋か……。なるほど、教えてくれてありがとよ」

トメはふと思い出したように、言った。

「そういえば、奥様、酔っ払って帰ってきて、おかしなことを口走っていたんです、二月《ふたつき》ほど前に」

「ほう、どんなことだい」

「なんだかやけに嬉しそうに、くすくす笑いながら、『わちき、人魚になるの』と」

「人魚だと？」

「はい。酔っ払いの戯言《ざれごと》と思って聞き流していたのですが、何だったのでしょうね。そんなことが三回ほどあったように思います」

「人魚になろうとして、川に流れて仏になっちまったってことか」

木暮は思った。

――お染という女は、頭が足りないという訳ではないが、少し変わっていたようだ――と。

木暮はトメに、「すまないが、もう片方の死体も検めてみてはくれないかな」と頼んだ。「男に見覚えがあるかどうか、確かめてほしい」と。

トメは手拭《てぬぐ》いで鼻と口を押さえながら死体を検め、はっきり答えた。

「私にはまったく覚えがございません。洲崎の家に訪ねてきたこともございませんし、近所で見掛けたこともございません。どこのどなたかまったく存じません」

木暮はトメを真っすぐに見た。

「でもよ、左手首が紐で結ばれてたってのは、どういう訳なんだろうな。この二人はどういう間柄だったんだろう」

「すみません……本当に存じ上げません」

トメは深く項垂《うなだ》れる。木暮はトメの肩をそっと叩いた。

「ところで大旦那は今、本宅か？　店には出ていないだろう？」

「洲崎の家にいらっしゃいます。心配なさって、昨夜から泊まられているのです。瓦版を見て大旦那様、衝撃を受けられたようで、寝込んでしまわれて……。それで私が一人でやって参りました」

「そうか、妾宅で寝ているのか。話を少しでも聞くことは出来ないかな」

「はい。大丈夫とは思いますが、奥様の御遺体だったとはっきりお分かりになりましたら、取り乱されるのではないかと……。心配ではございます」

「うむ。大旦那はお染のことを本気で好いていたのだな。まあ気の毒ではあるが、このように怪奇な事件なので、一応話は聞かせてもらおう。悪いが案内してくれ」

木暮はトメと一緒に、舟で大川を渡って洲崎村へと向かった。冬の曇《くも》り空の下では、長閑《のどか》な景色も色褪《いろあ》せて見える。凍《い》てつく風が肌にひりひりと突き刺さるようだった。

伊勢崎屋甚兵衛は小柄で気弱そうで、大店《おおだな》の大旦那という貫禄《かんろく》は微塵《みじん》も感じられなかった。木暮がトメに遺体を確認してもらったことを話すと、甚兵衛は床に突っ伏《ぷ》して「お染、お染」と繰り返しながら号泣《ごうきゅう》した。その姿を見て、トメもそっと涙をこぼす。

甚兵衛の嗚咽《おえつ》が収まってくると、木暮は少しずつ訊ねた。甚兵衛も、お染がふらりと遊びに出掛けてしまうことを知っていたようだ。

「でも、うるさく言うと嫌われてしまうと思い、あいつの好きにさせていたのです」

甚兵衛は青褪《あおざ》め、声を掠《かす》れさせている。木暮は訊《き》き難《にく》そうに、切り出した。

「その……正直に答えてほしいのだが、お染にほかに男がいると疑ったことはあるか？　瓦版で読んだかと思うが、お染の死体は、男のそれと一緒に揚《あ》がったのだ」

するとは甚兵衛の唇は真っ青になり、ぶるぶると震え始めた。甚兵衛は微かに血走った目で木暮を睨《にら》み、再び床に突っ伏した。

「そんなこと、ある訳がありません！　何かの間違いです。そんな……お染がほかの男とだなんて。私は信じません……そんなこと……ある訳がない……ある訳が……」

甚兵衛の額《ひたい》には、青い筋がくっきりと浮かんでいる。取り乱していて、しっかりした供述は取れそうにもない。涙にくれる甚兵衛を見ながら、木暮は溜息をついた。


こうして女のほうの身元はすぐに割れたが、男のほうはやや手間取った。トメのように「知り合いかもしれない」と申し出る者が現われなかったからだ。

そこで検死での遺体の特徴などから、陰間茶屋に狙いを定め、人相書を持って探ることにした。

木暮は、それを忠吾と坪八《つぼはち》に頼んだ。坪八とは、忠吾の子分の下っ引きだ。大男の忠吾の半分ぐらいの小男だが、顔はやけに長く、驚くほど出っ歯である。ちょこまかと動き回り、ちょっとした隙間からも忍び込むため、八丁堀界隈《かいわい》では親分の忠吾とともに、〝羆《ひぐま》の忠吾〟〝鼠《ねずみ》の坪八〟として知られていた。この坪八、男色の気《け》のある忠吾と違い、まったくの女好きなので、その点は木暮は安心している。

忠吾は実は木暮に惚《ほ》れており、いつもはその恋心を抑《おさ》えているが、酔っ払うと思いが迸《ほとばし》って時に暴走することがあるからだ。それがゆえに忠吾は木暮のまことに忠実な手下という訳だが、忠吾にくねくねと擦り寄られるのは、木暮は好ましく思っていない。否……はっきり言って、迷惑だった。

陰間茶屋と聞いて、忠吾は坪八を連れて喜び勇《いさ》んで向かった。陰間茶屋が特に集まっている場所といえば、僧侶《そうりょ》が多い湯島天神《ゆしまてんじん》門前町や、芝居小屋の多い日本《にほん》橋《ばし》は芳町《よしちょう》である。

二人で手分けをして探すうち、湯島天神の門前町で、「行方知れずになっている陰間がいる」という話を耳にした。早速その陰間茶屋へと向かい、主に人相書を見せて訊ねると、渋々答えた。

「瓦版を見て、気づいてはいたんですが、届け出たりすると面倒なことになりそうで、放っておいたんです。すみませんでした」と。

男は〈白虎屋《びゃっこや》〉という見世《みせ》の、藤弥《ふじや》という十八歳の陰間だった。

「なかなか売れっ子だったので、残念に思っております」

などと取ってつけたようなことを言う主に、忠吾はお染の人相書も見せて凄《すご》んだ。

「おい、この女に見覚えはねえか？　すべて正直に話してもらうぜ」

強面《こわもて》の大男である忠吾に睨まれると、大方の者は震え上がってしまう。寒い季節というのに主は額に汗を滲《にじ》ませ、おどおどと答えた。

「はい……すみません、この人には覚えがありません」

「客で来ていたということはないか？　藤弥を買ったりしてなかったか。よく思い出せ、この野郎」

「はっ、はい……。すみません、本当に覚えがないのです。こんな美人でしたら、お客でいらっしゃったら、必ず覚えていると思うんですが。……うーん、でも、そう言われてみれば、どうなんでしょう。うちには頭巾《ずきん》で顔を隠して訪れる方もいらっしゃいますからねえ。女の人は特に多いですよ、そういう方が。だから、もしかしたら頭巾を被《かぶ》っていらっしゃったことがあるかもしれません。……でも、やはり確かなことは言えませんねえ」

「うむ。微妙ってとこか。じゃあ、藤弥について教えてもらおう。藤弥にはどんな客がいたんだ？　特に執着《しゅうちゃく》していたような奴はいなかったか？」

「はい、お得意様と申しますか、藤弥をとても贔屓《ひいき》にしてくだっていた方がお二人ほどおりました。一人はお坊様で、もう一人は女の方で、はっきりとした素性《すじょう》は分かりませんが、どこぞのお武家か大店の奥様もしくは後室（後家）とも思《おぼ》しき、上品な美女です。その方がいらっしゃると、藤弥は皆に羨《うらや》ましがられておりました。恐らく本名ではないでしょうが、〝鶴代《つるよ》〟と名乗ってらっしゃいました」

「その鶴代ってのは幾つぐらいだ」

「三十半《なか》ばぐらいでしょうか。いつも優美な着物をお召しになって、色白ですらりとして、目が覚めるほどお美しかったですよ。もしかしたらもっとお若いかもしれませんが、落ち着きがありましたので、それぐらいのお歳かと。こぼれるほどの色気もございましたねえ」

主がにやけたのを、忠吾は見逃さない。陰間茶屋の主といっても女好きのようだ。

「で、鶴代の詳しい身元は分からないのか？　これっぽっちも？」

「ええ。藤弥曰《いわ》く、どこぞの旗本の後室という話でした。まあ、私はどこぞの旗本の妾で後家と踏んでおりましたけどね。それ以上は本当に分かりません。身分のある方であればあるほど、このような場所で遊ぶのに、そういうことは隠しますからね」

「鶴代は顔は隠していなかったのか」

「やはり御高祖頭巾《おこそずきん》を被っていらっしゃることが多かったですが、隠してないこともございました」

「じゃあ、顔はちゃんと見たことがあるんだな」

「はい、ございます」

「よし、では坊主について訊こう。どこの寺の、なんていう名の坊主だ？」

すると、主は明らかに躊躇《ためら》いの色を見せた。

「いえ……それは」

「なんだ。すべて正直に話してもらうって言っただろう？　はっきり答えやがれ！」

羆のような忠吾が威嚇《いかく》すると、主は震え上がった。

「はっ、はい。谷中《やなか》の本宗寺《ほんそうじ》の、善覚《ぜんかく》というお坊様です」

「そいつはどれぐらいの頻度《ひんど》で来てたんだ？」

「はい、だいたい五日に一遍《いっぺん》ほどです」

「けっ、生臭坊主《なまぐさぼうず》か。それで鶴代はどうだった？」

「はい、鶴代さんは十日に一遍ぐらいでしょうか」

「なるほどな、よい御身分だ」

忠吾は主を締め上げ続け、仲間の陰間たちにも話を聞いて、それを木暮に注進（報告）した。

仲間によると、藤弥も最近なんだかウキウキと浮かれていて、「金を儲けることが出来そうだ」などと嘯《うそぶ》いていたという。

「いったい何をして儲けようとしてたんだ？」

「さあ、肝心《かんじん》なことについては誰にも言ってなかったようですぜ」

「その儲け話には、善覚とか鶴代とかいう連中が関わっているんだろうか」

「坪八と一緒に、もう少し探ってみやしょうか」

「頼むぞ、忠吾。心強いぜ」

「はい、任せておくんなせえ、旦那！」

木暮に頼られ、忠吾は肉厚の頬を仄《ほの》かに染めた。

男と女、ともに身元が割れたので、瓦版はこぞって書き立てた。斬られた右腕、《謎の死体は、男は陰間、女は元花魁。殺しかはたまた心中か。今やどこもこの話題でもちきり今いずこ》

扇情的《せんじょうてき》な文句が並んだ瓦版は、売れに売れ、今やどこもこの話題でもちきりだ。

「元花魁と陰間なんて、この怪奇な事件に不謹慎《ふきんしん》だけれど、なんだかときめくのよねえ」

「藤弥って人、凄い男前だったんでしょ。人相書よりもっと二枚目だったって。ああ、私も一度会ってみたかったなあ！」

「お染って女、吉原の〈あずさ屋〉のお職《しょく》だったんだってな。俺も一度でいいから拝んでみたかったぜ」

などなど嘘《うそ》か真か、江戸っ子たちは口さがない。ちなみにお職とは、その妓楼《ぎろう》で一番の位《くらい》の花魁のことだ。

寒月が皓々《こうこう》と照る中、木暮たちは吐く息を白く煙らせながら、〈はないちもんめ〉の戸を開けた。

「あら、いらっしゃい。お待ちしていました」

お市が出迎えると、寒さで強張《こわば》っていた木暮の顔は忽ち緩《ゆる》む。

「女将《おかみ》、温めてくれよお」

甘えた声を出してお市に凭《もた》れ掛かろうとすると、お紋がぬっと現われ、木暮のお尻をむんずと摑んで揉んだ。

「うわあっ、なにすんだ！」

驚きの声を上げる木暮に、お紋は欠けた前歯を覗《のぞ》かせて笑った。

「温めてあげてんじゃないか。寒い時にはね、こうやってあちこち摑んで揉むのが効くんだよ。でも旦那、お市を勝手に揉んじゃ駄目だよお！　高くつくからねえ」

桂も忠吾も坪八も大笑いだ。お紋は今度は、木暮のお尻をぱんと叩く。

「うわっ、痛《いて》えじゃねえか！　やめろ！」

通り掛かったお花もげらげら笑う。

「婆ちゃんも助平《すけべい》だな、旦那のこと言えねえや」

お紋は木暮のお尻を摑みながら、「さあさあ、旦那、皆さんも上がって、上がって！」と座敷へと案内する。

木暮は「まったく、やってらんないぜ」とぶつぶつ言いながらもお紋に従い、桂たちはそれに続く。お市は微笑みを浮かべて一同を眺めていた。

――お母さんったら、もう。でも旦那もなんだかんだ言いながら、嬉《うれ》しそうなのよね――などと思いながら。

座敷に腰を下ろして一息つくと、木暮は「今日のお薦《すす》めはなんだね」と訊ねた。深々と冷える夜、火鉢《ひばち》も用意されている。

「〝どぜう鍋〟か〝柳川鍋《やながわ》〟だけれど、どちらにする？　柳川のほうが些《いささ》かお値段は張るけどね」

お紋はにっこり微笑む。〝柳川鍋〟は卵を使うので割高になっても仕方がない。この時代、卵は一つ、七文《もん》から二十文（約百四十円から四百円）したのだ。

「おいおい、柳川のほうを頼んでほしいって顔だな」

苦笑いを浮かべる木暮に、お市がさりげなく薦める。

「〝どぜう鍋〟だって美味しいわよ。〝柳川鍋〟では泥鰌《どじょう》を開いて煮込むでしょう？　開かずに丸ごと煮込む〝どぜう鍋〟のほうを好く人も多いわ。冬の泥鰌は太っているから、それを丸ごと味わうのは乙《おつ》なものよ」

忠吾と坪八は唇を舐《な》め、ごくりと喉を鳴らす。

「女将のお話を聞いてるだけで旨そうですわ」

「ホンマですわ。〝どぜう〟でも〝柳川〟でも、どちらでもええから、早く食いたいですわ」

坪八が出っ歯を剝く。この坪八、大坂《おおさか》の出で、時たま目九蔵と上方《かみがた》の思い出話をすることもあるが、寡黙《かもく》な目九蔵に対してちゅうちゅうと騒がしいので、殆《ほと》ど坪八ばかりが喋《しゃべ》っているという有様《ありさま》になる。

それはさておき、〝どぜう〟にするか〝柳川〟にするか、木暮はお市を見やりつつ少し考え、言った。

「よし、両方頼むわ！　皆で突《つつ》こう。俺は〝柳川〟を中心に食いたいがな。泥鰌に卵に牛蒡とくりゃ、精力つくだろ」

「そうこなくちゃ！　でも旦那、本当に助平だねえ。お市のことを眺めながら、精力つけようと考えるなんてさ」

お紋がにやにやすると、木暮は慌てた。

「う、うるせえなあ！　下手人しょっ引くために精力つけようと思ってんだよ。ほら大女将、さっさと持ってこいや」

「はいはい。しっかり仕事しないとねえ」

お紋は鼻唄を唄いながら板場へと行った。その後ろ姿に目をやり、木暮は舌打ちをする。

「まったく、助平なのはどっちだってんだ。人の尻を勝手に揉みやがって」

「ごめんなさいね。後で注意しておくわ」

「いや……女将が謝ることじゃねえよ」

お市に見詰められると、木暮は忽ちおとなしくなってしまう。桂が口を挟んだ。

「そうですよ、女将が気遣うことはありません。それに木暮さん、大女将に触れて結構喜んでましたよ」

「確かに、そうでやした」

「妙に嬉しげでしたさかいに」

忠吾も坪八も桂に同意し、木暮は「まいったなあ」と小鬢《こびん》を掻いた。

お市が七輪《しちりん》を用意している間、木暮たちは手酌《てじゃく》で酒を楽しんだ。少し経つと、お紋と目九蔵が〝どぜう鍋〟と〝柳川鍋〟を運んできた。それを七輪に載せ、お紋が言った。

「もう煮込んであるから、すぐに食べられるよ。滋養《じよう》たっぷりだ」

ぐつぐつ煮え滾《たぎ》る鍋の中、泥鰌がごろごろ入っている。醬油《しょうゆ》と味醂《みりん》と酒が混ざり合った芳《こう》ばしい匂いが、また堪らない。〝どぜう鍋〟には葱《ねぎ》がたっぷり載り、〝柳川鍋〟には笹掻《ささが》き牛蒡がたっぷり入って卵で綴《と》じられている。

木暮たち四人は目を輝かせ、舌舐めずりしながら、すぐさま食らいついた。嚙み締め、呑み込み、息をつき、言葉も忘れてひたすら搔っ込む。濃厚な味付けで煮込まれた泥鰌は、酒を進ませるようだ。

鍋にぎっしりの泥鰌がみるみるなくなっていく様《さま》は、壮観であった。

「ああ、暑くなってきた。しかし冬の泥鰌ってのは旨えもんだな。大女将が言ったように、肉厚で脂がのってて、食い応えがあるわ」

鍋も終わりになってきた頃、ようやく木暮が口を開いた。

「いや、夢中で食べてしまいました。どちらも極上ですが、やはり卵が入っているせいか〝柳川鍋〟のほうがより濃厚《のうこう》ですね。でも女将が仰ったように、〝どぜう鍋〟も実によい。コクがありながらも、葱のおかげか、さっぱりといくらでも箸が進みます」

と、桂も見事な食べっぷりだ。

「どちらも贅沢《ぜいたく》な味わいですわ。甲乙《こうおつ》つけられやせん」

「ホンマありがたいですわ。こないに旨いものを御相伴《おしようばん》に与《あずか》ることが出来まして、わて感激してますぅ」

坪八は話しながらも、驚くほどの出っ歯で泥鰌に食らいついている。お市はにっこりした。

「よろしかったです、御満足いただけて。皆さん、お疲れでしょうから、少しでもお元気になっていただけましたら嬉しいです」

「いやいや、女将。泥鰌の鍋のおかげで、すっかり精力が漲《みなぎ》ったわ！　そうだろ、皆？」

「まったくです」

木暮が問うと、桂たちは声を揃えて頷く。酒も廻《まわ》って、皆、頬を上気させ、額に汗を微かに滲ませている。

鍋をすっかり空《から》にし、四人が楊枝《ようじ》を銜《くわ》えていると、常連客を送り出したお紋がやってきた。

「ところでさ、今話題の、元花魁と陰間の事件って、どうなってんのさ？　下手人の目ぼしはついてんのかい？」

お紋の目には好奇の色が浮かんでいる。木暮は楊枝を嚙みながら答えた。

「まだなんとも言えねえなあ。色々な噂は流れているみたいだけどよ」

「皆、あれこれ言っているわよね。うちの店でも、その話で持ちきりよ」

お市は酌をしながら相槌《あいづち》を打つ。お紋は興味津々《しんしん》で堪らないようで、さらに訊ねた。

「その二人ってのは、やっぱり男と女の間柄だったんだろうね？」

「うむ。そこなんだがなあ、探ってはいるのだが、今のところはっきりとした証拠がねえんだ」

木暮が顔を曇らせると、桂が続けた。

「二人で一緒にいるところを見た者がいないのです。男が女を訪ねたところを見た者もいなければ、女が男を訪ねたところを見た者もいない。二人が睦まじくしていたという証がまったく出てこない。つまり、二人に接点が見えないということなのです」

「ええ、そうなのかい？　てっきり私ゃあ、陰間の藤弥って男が、元花魁のお染って女の間夫《まぶ》かなんかで、二人の間柄を知って逆上したお染の旦那が殺《や》っちまったのかと思ったんだけどね」

「私も大女将と同じように思っていたわ。うちのお客様たちも、ほとんどそう考えているようよ。……ところで〈伊勢崎屋〉さんはたいへんね。大旦那様の名前が割れてしまって、商《あきな》いにも影響が出るのではないかしら」

お市は声を潜めた。お紋もつられて小声になる。

「ホントだよね。こんなに疑われて、気の毒に。ねえ、その大旦那っての、取り調べはしたのかい？」

「うむ。しょっ引いてはいかなかったが、お染を囲ってた家で話は聞いたぜ。だがなあ、あの大旦那に、二人を殺して、川に投げ込むなんてことが出来るかなと思うんだ。小柄で、ひ弱そうな男だったからな。事件の衝撃で、床《とこ》に臥《ふ》せっちまっているようだしな。それに、大旦那は、お染が殺されたと思われる刻、別のところにいたという証言があるんだ」

「どこにいたんだい？」

「京橋の本宅で、本妻と一緒にいた。使用人たちも皆、口を揃えてそう言っている。まあ、身内の証言だから、なんとも言えんがな」

「誰かに指図したってことはないかね？」

「うむ、それも考えてはいるがな。あの大旦那が直接手を下さなくても、どこかの破落戸《ごろつき》に金子を払って頼めば、始末してくれるだろうからな。しかしながら、お染と藤弥が本当に男女の間柄だったのか確証を得られなければ、そんな話も想像の域を出ないからなあ。大旦那をしょっ引く訳にはいかねえのよ。一応、妾宅のすべての部屋と庭の物置小屋を見せてもらったが、血痕《けっこん》などは微塵もなかったしな」

「ねえねえ旦那たちさあ、本当にちゃんと探索やってんの？」

屏風《びょうぶ》の裏からお花がぬっと顔を出す。隣でお客をもてなしながら、聞き耳を立てていたようだ。そのお客とは、魚河岸《うおがし》で働く新平である。お花の生意気な物言いに、木暮たちはむっと顔を顰《しか》めた。

「お前に言われなくても、ちゃんとやってるぜ！　まったく、どいつもこいつも、野次馬根性丸出しにしやがって」

ぶつくさ言う木暮に、お花は畳み掛ける。

「だってさあ、お染も藤弥も目立つ容姿《ようし》だったろうから、二人でいれば勿論《もちろん》、一人でいても人目を引いたと思うんだよね。お染の妾宅の周りもしつこく探った？　藤弥を見たことがあるって人、本当にいなかった？　一目でも見たら覚えていそうだけれど」

「お花、お前が言ってることは確かにそのとおりだ。二人とも人目を引いたに違いねえんだ。お染も藤弥も、一度見れば、うっすらとでも覚えているだろう。それぐらいは俺たちだって分かっている。妾宅の周りだって念入りに聞き込んださ。それでも、藤弥らしき男を見たという者は一人もいなかったんだ」

「そうなんだ……。じゃあ、藤弥が働いてた陰間茶屋は？　そこで、或《あ》るいはその周辺で、お染らしき女を見たって人も、本当にいないのかい？」

木暮に代わって、忠吾が答える。

「はい、まだ一人も見つかっておりやせん。陰間茶屋のほうはあっしと坪八であたっておりやして、湯島天神から神田明神《かんだみようじん》、湯島聖堂《ゆしませいどう》の辺りまでぐるぐる回って聞き込んでおりやすが、お染らしき女の気配があったことはまだ摑めておりやせん」

「藤弥のお得意様の一人が女だったといいますさかい、もしやそれがお染だったのかと、見世の者たちに人相書を押しつけて何度も確認しましたが、別人に違いないようですわ。まあ、歳も違いますからな。そのお得意様は三十半ばぐらいとのことですさかい」

「もう一人のお得意様だったお坊さんも疑われているよね。本宗寺の僧侶なんだろ？　善覚とかいう」

木暮が眉根を寄せる。

「皆、聞き耳早えなあ！　うっかり何かに巻き込まれたりするとたいへんだわ、こりゃ。まあ、今は瓦版でも〈春聞堂《しゅんぶんどう》〉みたいに、根掘り葉掘り探り出して、あることないこと醜聞《しゅうぶん》仕立てに書き立てるところもあるからなあ。えげつねえよ、まったく」

「あまりに変な噂が流れると、寺の名に傷がつくんじゃないかね」

お紋も眉を顰める。

「まあ、『陰間を買っていた』ぐらいの噂ならまだしも、『実は下手人なんだって』なんて言われたりしたら迷惑至極《しごく》だろうよ」

「坊さんが下手人だとしたら、大旦那と同じように、動機はやはり嫉妬だよね。藤弥とお染が本当にデキていたとして、その間柄を知ってしまって、かっとした挙句《あげく》二人とも殺っちまったってことかい」

「まあな。でも、坊さんのほうは、探るとしてもしょっ引くのは難しいんだ。寺社奉行の管轄《かんかつ》になるからな」

「藤弥のお得意様だった女のほうは、誰だかまだ分からないんだろ？」

「うむ。こちらも身元が知れ、事件に何か関わりがあると分かっても、武家の者ならばしょっ引くのは難しい。町方は、武家屋敷には容易《ようい》には踏み込めぬからな」

木暮は大きな溜息をついた。

「まあ、まずはお染と藤弥の間柄を突き止めないとな。本当にデキていたのか。どこかで密かに会っていたのか。それが分からなければ、大旦那の嫉妬ゆえの犯行だ、坊主の嫉妬ゆえの犯行だといくら騒いだって、ただの想像で終わっちまう」

桂が続けた。

「お花さんが言ったように、あのような容姿の男女が二人でいたら、必ず覚えている者がいるでしょう。それに期待して、私は出合茶屋を執拗《しつよう》にあたっているのですが、二人揃ってはおろか、どちらか一人でも見たという者すら、まだ現われておりません。人相書を手に、暫《しばら》く続けて出合茶屋をあたってみるつもりですが、苦戦しております」

「そうなんだ……本当に分からないんだね、二人が睦まじかったか否か」

皆の話を聞いてお花がおとなしくなってしまうと、新平が陽気に声を上げた。

「八丁堀の旦那方を甘く見るなってことですよ。ね、皆さん！」

「おう、そのとおりよ！　いつもいつも若い娘にやられてたまるかってんだ。ほらお花、新平をちゃんともてなしてやれ。お前を贔屓にしている奇特な客だ」

「あいよ」とお花が答えるも、新平は「俺もその事件が気になるから、旦那たちの話を聞きてえ」などと言う。

「まったく、どいつもこいつも」と、木暮は再び顔を顰めた。お紋は腕組みをして、目を瞬かせる。

「なるほど、今んところはまだ二人が睦まじかった証拠が見つかっていない、と。……ってことはさ。見ず知らずの二人が、ともに殺されて、ああして手首を繋がれて川に流されたってこともあり得るのかい？」

　木暮は唸った。

「うむ。そうなんだ。すると、ますます分からなくなってきちまうんだよな」

「まったく接点のない二人が、あんなふうに繋がれて流されるなんて、妙な話よね」

　お市は肩を竦《すく》める。

「いや、まったくないってことはないのだろう。ああして死体を繋がれたのだからな。どこかに、必ず何かの接点があるはずなんだ。だが、それをまだ見つけられねえんだよ」

木暮はまたも溜息をつく。

忠吾が酔ってくねくねし始める前に、明日も早いからと、木暮たちは帰っていった。帰り際、木暮はお市に礼を言うのを忘れなかった。

「旨えものをいつもありがとよ。泥鰌料理のおかげで、また張り切って探索出来るぜ」と。

三

夕べやけに冷え込んだからか、明け方から雪に見舞われた。木暮は傘を差し、身を縮こませて、入谷へと向かった。お染がよく通っていたと思《おぼ》しき、煮売り酒屋を突き止めるためだ。桂は出合茶屋、忠吾と坪八は陰間茶屋の近辺を入念に探っていてそれぞれ忙しいので、一人で赴く。

――あーあ、こういう時は探索などせずに、女将と一緒に雪見酒といきたいものだなあ――

仕事中にも拘《かか》わらず不謹慎《ふきんしん》なことを考え、木暮は思わずにやける。大川を猪牙《ちょき》舟《ぶね》で真っすぐいき、山谷堀《さんやぼり》を抜けて吉原の前を通り過ぎる。舟から眺める雪景色というのも風流なものだが、如何《いかん》せん寒い。片手で傘を持ち、もう片手は懐《ふところ》に入れて、木暮は白く染まっていく町並みを眺めていた。

下谷の辺りで舟を降り、入谷に着くと、木暮はお染の人相書を見せながら、「この女に見覚えはないか」或いは「甘露煮や煮染《にしめ》が旨いことで評判の煮売り酒屋を知っているか」と熱心に訊ね歩いた。

すると二八蕎麦《そば》の屋台の主から、このような証言が得られた。

「ああ、見たことがありますぜ。確か、この女だったと思います。えらく美人で、粧し込んで歩いてました。なんていうか素人《しろうと》には見えなくて、妾奉公でもしてるんじゃないかなんて思ってましたよ」

「どこかの店に入っていくようなところを見たことはないか？　煮売り酒屋によくいっていたというが」

「ああ、煮売り酒屋ね。そこに入っていくところは見たことがありませんが、旨いと評判の煮売り酒屋なら知っています。たぶんそこに行ってたんじゃないかと思いますよ。〈おぼろ〉っていう路地裏の小さな店で、お稲《いね》っていう婆さんが一人でやってるんですが」

木暮はその店の場所を詳しく聞き、屋台の主に礼を述べ、蕎麦は食べずに少しばかりの心付けを置いて去った。

〈おぼろ〉は路地裏にひっそりと佇《たたず》んでいた。間口二間《けん》の狭い店だ。雪が舞い散る中、木暮は肩を竦めながら戸を開けた。

店は六坪《つぼ》ほどで、総菜を盛った皿が飯台《はんだい》に並び、奥には狭い座敷がある。総菜を買って帰ることも、ここで食べていくことも出来るようだ。しかしながら、昼餉の刻にはまだ少しあるので、お客はいなかった。板場にいるのだろう、お稲という老婆《ろうば》の姿も見えず、木暮は声を上げた。

「ちょいと寄らせてもらうよ」

しかし、何の返事もない。

──耳が遠いのかもしれん──などと思いつつ、さらに大きな声を出すと、板場からお稲がやっと出てきた。

「いらっしゃいまし」

腰の曲がった小さい老婆は、姉《あね》さん被《かぶ》りした頭を丁寧に下げた。黒ずんだ顔には温かな笑みが浮かび、如何《いか》にも人が好《よ》さそうだ。歳はお紋と近いかもしれないが、髪はほとんど白く、ずっと老けて見えた。

「忙しいとこ悪いが、少し話を聞かせてもらいてえんだ」

木暮が十手を見せると、お稲はもう一度頭を深々と下げた。

「ここで申し訳ございませんが」

お稲は木暮を座敷へ上がらせ、お茶を出した。同心が突然訪れたので、お稲は動揺しているようだった。木暮はお茶を一口啜《すす》り、——やけに旨いな——と思いつつ、懐から人相書を取り出してお稲に見せた。

「この女に覚えはないか？」

お稲は「失礼します」と人相書を手に取り、顔に近づけて、目を細めたり見開いたりしてじっくり眺めた。そして、首を少し傾げながら答えた。

「もしかして……お染さんですかね。よく食べにきてくださる方ですが。この人相書に似ているとは思います。……この人、何かしたのですか？」

お稲はどうやら、事件のことをまだ知らないようだ。木暮がかいつまんで話すと、お稲は驚きのあまり言葉を失ってしまった。

お稲は暫し呆然《ぼうぜん》としていたが、漸く声を絞り出した。

「本当に……お染さんだったんですか、その御遺体は」

「お染の下女に実際に遺体を見てもらって、確認を取ったからな。この人相書だって、絵師に遺体を見ながら描いてもらったものだ。それを見て、お前さんだってお染だと思ったのだから、間違いはなかろう」

お稲はがっくりと肩を落とした。

「そうなのですか……信じられません。あのお元気だったお染さんが……。まだお若いのにねえ。どうしてそんなことに。……よく食べにきてくれたんですよ、こんな小さな店にねえ」

お稲は指でそっと目を擦《こす》る。お染の酷い死に様に衝撃を受けたのだろう、お稲は微かに震えていた。

「すまんな、嫌なことを聞かせてしまって。それで、お染を殺《あや》めた下手人を捕らえるために、どんなことでもいいから、お染について知っていることを聞かせてほしいんだ。お染はいつもここで一人で食べていたのか？」

お稲は洟《はな》を少し啜り、掠《かす》れる声で答えた。

「一人の時もありましたが、男の人と一緒の時もありました。女の人と一緒の時も」

「それはどんな男だった？　もしや、こんな顔をしていなかったか」

木暮は身を乗り出し、今度は藤弥の人相書を見せた。お稲はそれを手に取り、再び顔に近づけ、じっと眺めた。そして首を傾げ、答えた。

「いえ……この人ではなかったように思います」

「確かか？　もう一度よく見てくれ」

お稲は人相書を舐めるように眺め、首を振った。

「違います。この人ではありません。もっときりりとしていて、もう少し年上の人でした」

「いくつぐらいだった？　その男の特徴をもっと教えてくれないか」

「そうですねえ。二十六、七歳ぐらいでしょうか。総髪で礼儀正しく、爽やかな感じの方でした。御浪人のようでしたが、身なりもきちんとしていましたので、何か教えていらっしゃる方かと思ってました」

「その男とは、どんな話をしていたか分かるか？」

「そうですねえ……。お客さん同士が話していることを、盗み聞きするのはよくないと思いましてね。だからどんなことを話していたかは分からないですが、ただ、よく〝人形〟がどうのこうのと言っていたような気がします。あれ……〝人魚〟だったかしらねえ」

お稲は耳も遠いようだ。木暮はふと思い出し、眉根を寄せた。

——人魚、か。そういや、お染の女中だったトメが言っていたな。殺される前、お染が酔っ払って『あちき、今度、人魚になるの』などとのたまっていたと——

木暮はさらに身を乗り出す。

「その男と、人魚がどうのと話していたのだな。もしや、その男とは芝居の話などもしていなかったか？」

「いえ、話の内容までは……ちょっと。本当に、盗み聞きはよくないと思っていましたから。私、耳もよくないですし。すみません」

お稲は曲がった腰をさらに曲げ、身を縮める。

「いや、知ってることを話してくれるだけでもありがたい。恐縮しないでくれ。それで、男の名前は分かるか？　お染はなんと呼んでいた？」

お稲は額に手を当て暫し考え、答えた。

「うーん、御浪人さんのほうは、はっきり覚えてませんねえ。お染さんが先に来て、このお座敷で待っていると、その御浪人さんがやってくるという感じだったから、私は御浪人さんとはあまり話したこともなくて……」

「そうか。いいぞ、覚えていることだけで」

木暮は次に、お染が会っていたという女のほうについて訊ねた。

「こちらも知っていることだけでいいから、教えてくれ。どんな女だった？」

「はい。とてもお美しくて、品のある方で、いつもよい留袖《とめそで》を着こなしていらっしゃったので、どこぞのお武家の奥方様か、もしくは大店のお内儀様かと思っておりました」

木暮は「ふむ」と少し考え、訊ねた。

「その女はすらりとした躰つきではなかったか？」

「はい。柳腰《やなぎごし》でいらっしゃいました」

「そうか。それで幾つぐらいだった？」

「そうですねえ。三十歳から三十四、五歳ぐらいでしょうか」

「女のほうも名前は分からぬか」

「ええ……すみません」

「いや、仕方がない。それで、お染はその女とも二人で会っていたのだな？」

「ええ、お二人の時もありましたが、御浪人さんも交えて三人でお話しなさっていることもありましたよ」

「なに、三人で？」

「はい。仲がよろしいようでした」

木暮は腕を組んだ。

――不思議な組み合わせだな。三人はいったいどういう間柄なのだ？　バラバラのように思えるが、どうやって知り合ったというのか――

考えを巡らせながら、木暮はまたもお稲に訊ねた。

「その男と女というのは、以前からの知り合いだったのだろうか」

「さあ、どうでしょうねえ。二人で一緒に来ることはなかったです。三人でお会いになる時も、バラバラにいらして、ここで集《つど》うという感じでした。ここで待ち合わせをしていたようです」

「その男と女というのは、以前からの客だったのかい？　いつ頃からこの店に来るようになった？」

「二人とも、昨年の秋頃からでしょうか。お染さんが来るようになった頃と、ちょうど同じ頃です」

「……ってことは、三人は前々からの知り合いだったとも考えられるな。お染がこの店を二人に教えて、待ち合わせの場所にしていたのかもしれん」

「ああ、そうかもしれません」

「その男と女、どこら辺に住んでいたかは分からねえか？」

「すみません、そこまでは」

するると戸ががらがらと開き、お客が入ってきた。近くの長屋のおかみさんのようだ。お稲は「あら、いらっしゃい」と声を上げ、木暮に「ちょっと失礼します」と一礼して立ち上がった。

おかみさんは総菜を眺め、お稲に訊ねた。

「どれも美味しそうで迷っちゃうねえ。今日のお薦めはどれ？」

「鯊《はぜ》の甘露煮かねえ。鯊の時季はもうすぐ終わってしまうから、食べておいたほうがいいよ」

「この店の甘露煮は最高だもんね！　よし、じゃあ甘露煮と、薩摩芋《さつまいも》と油揚げの煮物をちょうだい」

「はい、ありがとうございます。すぐ包むから、少し待っててね」

するとまた次のお客が入ってきて、徐々に賑わい始める。忙しく立ち働くお稲の姿を、木暮は――忙しいのに申し訳ねえな――と思いつつ眺めていた。

お客は続けて四人来て、一段落するとお稲は戻ってきた。

「人気の店ってのは本当だな。すまねえな、そろそろ昼餉の刻だ。混むだろう」

「いえ、まだ大丈夫ですよ」

お稲は人の好い笑みを浮かべ、木暮の湯呑《ゆのみ》に温かなお茶を注いだ。

「ありがとよ。ここはお茶まで旨いな。一つ、飯を食っていくか。鯊の甘露煮がお薦めって言ってたな。俺にもそれをくれ。飯と味噌汁《みそしる》もな」

「かしこまりました」

お稲はすぐに用意して、持ってきた。木暮はまず味噌汁を啜り、目を細めた。

「おぼろ豆腐と小松菜《こまつな》の味噌汁とは、堪らんな。崩れる豆腐の蕩《とろ》ける味わいに、しゃきしゃきと歯応《はごた》えのよい小松菜。生姜《しょうが》も入ってるな。この香りもそそる。いや、温まるわ」

「嬉しいです、褒《ほ》めていただけて」

「このおぼろ豆腐も、自分で作っているのかい」

「はい、苦汁《にがり》から作ってます」

「うむ。非常に旨い。雪の日におぼろ豆腐とは洒落《しゃれ》ている。どちらも、土の上で、舌の上で、融けて消えちまう。でもその美しさ、美味しさは、ずっと心に残る」

木暮はうっとりと味噌汁を味わい、ほかほかの御飯を頬張り、瞠目《どうもく》した。

「うむ、飯も軟《やわ》らか過ぎず、硬過ぎず、いい塩梅《あんばい》だ」

そして鯊の甘露煮に箸を伸ばし、微笑んだ。

「箸で摘まむと、ほろほろと崩れるほどに軟らかく煮てある。どれ」

嚙み締め、呑み込み、木暮は恍惚《こうこつ》とする。

「小骨をまったく感じない。生臭さもまったくない。なんという甘露煮だ。甘過ぎず、辛過ぎず、コクがあるのに諄《くど》くない。甘露煮ってのは、この塩梅が難しいと思うんだ。ただ甘辛く煮ただけの甘露煮ってのは、食えたもんじゃねえからな。鯊の甘露煮ってのはあまり食ったことがなかったが、これほどいい味なのか。いや、絶品だ」

甘露煮をむしゃむしゃ食べる木暮を眺め、お稲はいっそう優しい笑顔になった。

「本当にありがたいです、お褒めのお言葉」

「お前さん、腕がいいぜ。全部、一人でやってるんだろう。たいしたもんだ」

「そんな……恐れ多いですよ」

お稲は身を縮ませた。また戸が開き、「こんちは！　食べてっていい？」とお客が現われる。混んできそうなので木暮は急いで食べ終え、勘定《かんじょう》を置いて立ち上がった。そしてお稲の瘦《や》せた肩にそっと手を置き、言った。

「突然押し掛けたのに、色々話してくれてありがとうよ。また力添えを頼むことがあるかもしれないけれど、その時はよろしくな」

「はい、いつでもいらしてください」

お稲はまたも深々と頭を下げた。

店を出ると、来た時よりもいっそう雪が舞い散っていた。柿《かき》の木の枯れた枝にも、降り積もっている。

木暮は黒羽織を翻し、白く煙る中を歩いていった。


その夜、木暮は桂とともに〈はないちもんめ〉を訪れた。夜になっても雪が降り止まず、かなり積もってきたせいか、店は空《す》いている。

座敷に通され、火鉢で手を温めていると、お市が料理と酒を運んできた。

「よくいらっしゃってくださいました。〝力蕎麦〟です。ぽかぽか温まって、元気が出ますよ」

湯気の立つ蕎麦に、揚げた餅が載っており、その上には大根おろしと刻んだ冬葱が掛かっている。

「雪の日に、こういう蕎麦ってのは風流だな」

出汁《だし》の利いた香りを吸い込みながら、木暮と桂は喉を鳴らす。二人は待ち切れぬように椀を摑んで汁を啜り、蕎麦を手繰《たぐ》った。

「大根おろしの溶けた汁が、また味わい深い」

「その汁が、餅の衣《ころも》に染みて、堪らんのよ」

「餅は焼いても煮ても旨いですが、揚げたのもまた格別です。さくっとした後で、とろりと」

「蕎麦の滑る食感と、餅の粘つく食感が交互に楽しめるなんざ、贅沢ってもんよ」

二人は満足げな笑みを浮かべ、ずずっという音を響かせる。汁一滴残さず、二人はあっという間に平らげ、お腹をさすった。

「腹に溜まると温かくなるよなあ」

「力も出て参りました。こちらの料理に、いつも助けられております」

「そう言ってくださると、本当に嬉しいです。お酒、お注《つ》ぎしますね」

ふんわり餅肌のお市に酌をされ、木暮はにやけ、桂も顔をほころばせる。

「疲れも吹き飛ぶなあ」

木暮の言葉に、桂は「まことに」と大きく頷いた。するとお紋とお花が顔を出し、「探索は進んでいるかい」と訊ねてきた。どうやら好奇心を疼かせながら、木暮たちが食べ終えるのを待っていたようだ。

お紋とお花にせっつかれ、木暮は呆《あき》れる。

「まったくお前らというのはなあ！　もう少し物静かに出来ねえもんかね。今日、探索にいってきた煮売り酒屋の婆さんなんか、おとなしいもんだったぜ。一人で甲斐甲斐《かいがい》しく働いて、旨いもんを振る舞うその姿がけなげでよ」

「あら、そんなに美味しかったのかい」

お紋が衿《えり》を正しながら、訊き返す。

「ああ、鯊の甘露煮、あれは絶品だったわ。舌の上でほろほろ蕩けるようで、骨なんか微塵も感じねえのよ。あれで酒を呑みたかったなあ。昼間だから諦《あきら》めたが」

「その煮売り酒屋って、どこの店だい？」

自分の店の中でほかの店を褒められたからか、お紋の声には険《けん》がある。木暮はにやりと笑って酒を啜った。

「入谷よ。路地裏の小さな店だ。でも評判どおり、味は確かだったぜ。客も入っていたしな」

「女将一人でやってるんだね。いくつぐらいの人かい？」

お紋はやはり気になるようだ。

「話した感じだと、大女将と同じぐらいじゃねえかな。見た目はもっと老けてるけどな。腰も曲がって、肌もかさついてた。枯れてたぜ。でも、いい笑顔をしてた」

木暮はお紋を眺めつつ、腕を組んで唸った。

「そう考えると、大女将ってのは、まだ潤《うるお》ってるほうなのかもしれねえな。婆あといっても、干《ひ》からびている感じはしねえもんな」

するとお紋の声音《こわね》はがらりと変わった。

「あら今気づいたのかい？　まだまだ捨てたもんじゃないだろ、私だって！　干からびるどころか、近頃じゃますます艶々《つやつや》してるなんて言われるよお。銀之丞のおかげでさ！」

品を作って「うふふ」と笑うお紋に、木暮は思わず顔を顰めた。

「気味悪《わり》いなあ。婆あのくせに色気づきやがって」

「まあ、よろしいじゃないですか。それが大女将の活力になっていらっしゃるのならば。お元気でなによりです」

「さすが桂の旦那は分かってらっしゃるよ！　そうなんだよ、銀之丞にときめくことが、私の活力の素、若さの秘訣《ひけつ》なんだよ。それで艶々と楽しくいられるんだったらいいじゃないか！　誰にも文句言わせないよお」

頬を染めて腰をくねらせる祖母を怪訝《けげん》そうに見つつ、お花は話を変えた。

「それで、その煮売り酒屋で何を探ってきたのさ？」

「うむ。その店には、殺されたお染がよく通っていたんだ。それでその女将に話を聞かせてもらった」

木暮は知り得たことを、はないちもんめたちに話した。三人は真剣な表情で聞き、話が終わると顔を見合わせた。

「どうしたんだ。何か気になることがあるのか？」

「うん……。お染とその男ってのは、人魚がどうのとか、本当に話していたの？」

「女将はそう言っていたが、それがどうかしたか」

「ちょっと思い当たる節《ふし》があってね。人魚に、斬られた右腕に、お染さんが会っていたって男……」

「私も思ったよ。ドキッとした」

「あんまり一致していて怖いぐらいね」

お市が肩を竦める。

「なんだ、どういうことだ」

三人は再び顔を見合わせ、お花が切り出した。

「ほら、小正月の日、この店で〈怪談噺の会〉ってのを開いただろ？　戯作者《げさくしゃ》の雨矢冬伝って人が、自作の怪談を読んで聞かせたんだけれど、その怪談ってのが、〝人魚の腕、それも斬られた右腕が雪達磨《ゆきだるま》の中から出てくる〟って話だったんだ」

木暮と桂の顔色が変わる。

「本当か、それは」

はないちもんめたちは頷く。お紋が付け足した。

「しかも、旦那の話を聞いた限りだと、お染さんが煮売り酒屋で会っていた男っていうのが、その冬伝を思わせるんだよ」

木暮は膝《ひざ》を乗り出した。

「その冬伝って男はどんな男だ？　特徴を教えてくれ」

お紋が答えると、木暮と桂は目を瞬かせた。

「なんてことだ、ほぼ一致してるじゃねえか。じゃあ、あの店でお染が会っていたってのは、その雨矢冬伝ってことか？」

「もし本当にそうだとしたら……どういうことだろう」

「お染は『人魚になるの』なんて言ってて、腕を斬られて殺されてしまった。冬伝は、腕を斬られた人魚の話を書いていた。……怖い、なんだか」

「気味が悪いわね」

はないちもんめたちも顔色が変わっている。木暮は酒をぐっと呑み、訊ねた。

「その冬伝って男、芝居の台本などは書いてないのか？　お染は『人魚になる』なんて言っていたところを見ると、もしや芝居に出るのを誘われていたんじゃねえかと思ったんだ。人魚の役で出ることになっていたんじゃねえかと」

「台本を書いていたかどうかは知らないけれど、その線も考えられるね。別の名前で書いてるってこともあるかもしれないしね。今度〈吉田屋〉の大旦那に聞いておくよ」

お紋が木暮に頷く。お花は腕を組んで唇を尖らせた。

「思ったんだけどさ。お染が会ってたっていう女のほう。話を聞いた限り、なんとなくだけど、藤弥のお得意様だったたっていう女に似てないかい？」

「よく気づいた。そうなんだ。三十から三十半ばぐらいの、お武家もしくは大店の奥方か後家と思しき、柳腰の上品な美人。ほぼ似ている」

「本当に同一人物だとしたら、お染と藤弥の接点が見つかったことになるよね。その謎《なぞ》の女で繋がっていたんだ」

お花の声が昂《たかぶ》る。

「うむ、そのとおりだ。……だが同一人物だったとして、その女は、どこの誰か今のところまったく手懸《てが》かりが摑めていない。陰間茶屋で名乗っていた鶴代ってのは、偽名のようだしな。分かっているのは、見た目とおおよその年齢、それらから推測出来る身分ぐらいだ。女がいったい何者か、探っていかなければな」

「その煮売り酒屋の女将に、人相書を作るのを手伝ってもらおうと考えているのです。人相書を作ったからといってすぐに身元が割れる訳ではありませんが、それを陰間茶屋の主に見せれば、同一人物かどうかははっきりしますので」

「でも人相書ってよく描けてるとすぐに分かるようだけれど、分からないこともあるらしいね。十割、あてになるってことはないんだろう?」

「まあな、人の覚えなんてものは、案外あやふやなこともあるからな。しかし人相書は一応作るつもりだぜ。まあ、あの店にまた行って、甘露煮を食いたいってこともあるがな」

木暮がにやりとすると、お紋は鼻の穴を膨らませた。熱燗《あつかん》を運んできた目九蔵も、つい口を出す。

「甘露煮ってのは難しいですからな。軟らかくしようと思って煮過ぎると崩れてしまいますし、やけに味が濃くなってしまうんです。その塩梅が易《やさ》しくないんですわ。その甘露煮がそれほど美味しいんでしたら、大女将どうです、一度、味を見てきては」

目九蔵がお紋に微笑み掛ける。

「案外、その女将さんと、気心知れるかもしれないわよ」

「そうだね。婆さん同士で」

お市とお花にも唆《そそのか》され、お紋はむすっとしつつ「まあね、暇な時にでもね」と答えた。

木暮は腕を組み、大きく頷いた。

「まあ、お染が会っていた男が本当に冬伝かどうか探る必要はあるが、前進はしたぞ。さっきお花が言ったように、何の接点もないと思われたお染と藤弥を繋いでいたのは、その〝謎の美女〟ってことだ」

木暮は絵師の戸浦義純にまたも頼み、お市たちに力添えしてもらって、雨矢冬伝の人相書を作った。

それを持って煮売り酒屋の〈おぼろ〉へと再び赴《おもむ》き、「お染と会っていたのはこの男ではなかったか」とお稲に見せた。

お稲は目を細めたり開いたりしてその人相書をじっくりと眺め、答えた。

「はい。この人に間違いないように思います」と。木暮は礼を述べ、「お前さんにも、人相書を作るのに力添えしてもらいたい」と頼んだ。木暮は、謎の女のほうの人相書もほしかったのだ。

「はい。……でも、私は目も悪いですし、前にも申しましたが、失礼かと思いましてお客さんをじろじろ見るのは控えておりますので、細かいところまではっきり覚えていません。髪形ですとか、お召し物ですとか、顔のだいたいの感じですとか、おおざっぱにしかお伝え出来ません。口元に目立つほくろがあったことは覚えておりますが」

「なに、口元にほくろがあったのか？　それだけでも充分な手懸かりになるぞ！どんな些細《ささい》なことでもいいから話してほしい。店が忙しいだろうから、手透《てす》きの時で構わない。お前さんの都合のよい時に絵師をここに連れてくるから、どうか力添えをしてくれないか。頼む」

木暮はお稲に頭を下げた。お稲は「やめてください」と恐縮し、答えた。

「分かりました。それほどまで仰るのなら、お力添えさせていただきます。でも、出来上がった人相書がそっくりにならなくても、お許しください」

「まことにありがたい」と木暮は再び頭を下げた。

ほっとしたので木暮はお稲の作った甘露煮を再び食べ、浅蜊《あさり》の佃煮《つくだに》を買って帰った。冷え込む夜は、これで茶漬けを掻っ込めば最高だろうと考えながら。

睦月《むつき》も終わる頃、木暮が一人でふらりと〈はないちもんめ〉を訪れた。お市に酌をされ、辛口の酒をきゅっと呑む。

「力添えしてもらった人相書、役に立ったぜ。ありがとう」

「よかったわ。じゃあ、あの煮売り酒屋の女将さん……お稲さんですっけ。確認が取れたのね。やはり冬伝だったの？」

「うむ。そのようだ。それで冬伝の住処に話を聞きにいったんだ」

「まあ、よく分かったわね」

木暮は苦い笑みを浮かべた。

「仕方ねえから、板元の〈吉田屋〉まで行って、訳を話してお願いしたんだ。冬伝の住処を教えてくれとね。そしたら渋々教えてくれたよ。あそこの若旦那がね」

「そうだったの。それで、どこに住んでいるの？」

「千住大橋《せんじゅおおはし》の近くだ。それも長屋などではなく、大店の別宅とか妾宅とか、そのような造りの一軒家だ。老爺もいたよ。御浪人の戯作者などを気取っているが、あいつは旗本の次男坊だからな。どう見たってあの家は、親の持ち物を譲《ゆず》り受けたんだろうよ」

「そういえば、苦労知らずのお坊ちゃんといった感じだったわ」

「まさにな。俺も会ってみて、思ったよ。『話がある』と言ったら、思い切り嫌な顔をされたが、渋々中には通してくれたんだ。しかし酷い態度でね。奴《やっこ》さん、お染の事件については知っていたが、煮売り酒屋で聞き込んだ件に関しては知らぬ存ぜずを決め込んで、『はあ、そんなところに私は行ったことなどありません。そんな店も知りません。お染という女とも面識などありません。何かの間違いでしょう』と言い張るばかりだ。挙句《あげく》の果てには『私の父を誰だかご存じですか？　おかしな言い掛かりをつけると、貴殿の首が飛ぶかもしれませんよ』ときたもんだ。冬伝は本名を奥山宏二郎《おくやまこうじろう》といって、父親の宏忠《ひろただ》は小納戸頭《こなんどがしら》で、兄の宏一郎《こういちろう》は小納戸役だ。小納戸頭といえば千五百石の身分だからな。まずいことが起きれば親がなんとかしてくれるなどと、未《いま》だに思っているのだろう。まったく、舐めた野郎だぜ」

「追い返されたという訳ね」

お市はそっと酒を注ぐ。

「そういう訳だ。……まあ、いずれにせよ、まだしょっ引くなんてことは出来ねえからな。お染と会っていたという疑いがあるだけで、お染を殺めたなんて証拠はどこにもないんだ。今の段階では、あくまで参考人という程度だ」

「解決まで時間が掛かりそうね」

「うむ。仮にお染殺しに冬伝が関わっていたとしても、親が小納戸頭ではどうにかして揉み消してしまう恐れがある。厄介《やっかい》なことになるかもしれん」

木暮は苦々しい顔で酒を啜る。お市は木暮の肩にそっと触れ、微笑み掛けた。

「旦那、あまり根詰《こんつ》めないで。冬伝のほうが面倒なことになりそうなら、そちらは少し様子を見つつ、謎の女のほうを追ってみたら？　お稲さんに力添えしてもらえることになったんでしょう？」

「うむ。ありがとうよ。そうだな、そちらの女のほうをどうにか探り当てることにしよう」

木暮は、肩に置かれたお市の手にそっと自分の手を重ね、顔を和《やわ》らげた。

四

店の休み刻、お紋はいつもの稲荷へお詣《まい》りにいき、それから猪牙舟に乗って亀《かめ》島川《じまがわ》から日本橋川を渡り、大川へと出た。入谷の例の煮売り酒屋へ行くためだ。

冷たい風が吹き過ぎ、お紋は懐手にして温石《おんじゃく》を握り締める。

「大女将、相変わらずお元気ですな」

顔見知りの船頭《せんどう》に言われ、お紋は「あら、ありがとう。あんたも元気そうじゃない」と笑顔で返した。

だがお紋は、躰に関することで、誰にも話していない秘密を持っていた。それは、余命が後一年と数月ということだ。八月《やつき》ほど前にお紋は下腹に刺すような痛みを感じて、医者に診《み》てもらった。その医者は悠庵《ゆうあん》といい、お市の亭主だった順也を診てもらっていたこともあり、信頼が置けた。そしてお紋は、その時、余命が二年ほどだということを知らされた。腹部に大きな腫物《はれもの》が出来ていて、手の施《ほどこ》しようがない、と。

お紋の頭の中は真っ白になった。悠庵は言った。

「残された時間を、どうか精一杯生きてほしい。貴女《あなた》はそれが出来る人だと思ったから、正直に話したのだ」と。お紋は酷く動揺しながら家に帰った。いつか死を迎えることは分かっていたが、その時がこんなに早く訪れようとしているとは思いもよらなかったからだ。お紋は色々と考えを巡らせ、病《やまい》のことは誰にも話すのをやめようと決めた。

病のことを話したら、腫物に触るような扱いになることは目に見えており、それがお紋には辛かった。お紋は皆に「殺しても死なないような元気な婆さん」と思われていたかったからだ。

どん底まで落ち込み、悩みに悩んだら、却《かえ》って気持ちは落ち着き、心は定まった。お紋は思った。死がやってくるその時まで、精一杯楽しく生きてやろうと。お紋がつい出しゃばり過ぎたり、はしゃぎ過ぎたりするのも、そのせいなのだ。

悠庵のところにも、それきり行っていない。定期的に通えば、余命ということを常に意識しなければならなくなる。お紋には、それが却って悪い影響になるように思われたのだ。

——倒れたら倒れたで、その時だ——

お紋はそう考え、悠庵からもらった苦い薬も簞笥《たんす》の奥に仕舞《しま》い込んだ。痛みが襲ってきてどうしようもなくなる時まで、取っておこうと思ったのだ。念のために遺言《ゆいごん》もしたため、簞笥の奥深くに仕舞った。もはや覚悟は出来ていた。

だが。お紋は近頃、こんなふうに思うようにもなっている。

——悠庵先生は不治《ふじ》の病のように言っていたけれど、毎日を楽しく元気に過ごしているうちに、もしや治ってきているのではないか——と。

そういえば「病は気から」という。大きくなっていた腫物が、少しずつでも縮んでいってくれれば、儲けものである。果たして腫物がそんなに簡単に大きくなったり小さくなったりするかお紋には分からないが、心掛け次第で少しずつでも小さくなっていってくれれば、ありがたいことこの上ない。

悠庵が診たように、いつか病に倒れるのであろうか。それとも奇跡が起きて、お市やお花と一緒に元気なまま暮らしていけるのだろうか。

——運は天に任せよう。一匁《もんめ》の花のように、気取らず、驕《おご》らず、さりげなく、風にそよがれながら——

お紋はそう思いつつ、移ろいゆく景色を眺めていた。

入谷に着くと、お紋は真っすぐに〈おぼろ〉へ向かった。今にも崩れそうな空模様だったので傘を持ってきたのだが、降られることはなかった。ぺんぺん草が生えている、寂《さび》れた路地裏。そんなところに、〈おぼろ〉はひっそり佇んでいた。

「ごめんなさいよ」

お紋は戸を開け、中へと入る。お稲は、大皿に総菜を継ぎ足しているところだった。

「いらっしゃいまし」

手を休め、お稲は丁寧に頭を下げる。木暮が言っていたように、物静かで如何にも人の好さそうな老婆だ。お紋はお稲に微笑んだ。

「今、休み刻ではないんでしょ？　こちらの甘露煮が絶品と聞いたから、食べにきたんだけれどね」

「絶品だなんて、恐れ多いです。うちの料理は皆、素朴《そぼく》なものですから。……でも、心を籠《こ》めて作っております。うちは昼の休み刻というのはありませんので、どうぞお召し上がりください」

「よかった！　じゃあ、座敷に上がらせてもらうよ。しかし、休憩もなく、よく働くねえ」

「いえ、その代わり閉めるのが早いんですよ。七つ半（午後五時）までですので」

「そうなんだ。うちも店をやっているんだけれど、昼も夜も開けて、その間に休憩を取ってるの。八丁堀でやってるから同心の旦那たちもよく来てくれて、こちらのことも木暮の旦那から聞いたのさ。料理がえらく美味しい、ってね」

お紋にお茶を出し、お稲は目を丸くした。

「では貴女がお紋さん？　これは失礼しました。木暮様からお話を伺《うかが》っております。八丁堀で評判のお店の、大女将でいらっしゃると」

「あら、あの旦那、そんなこと言ってた？　たまには気の利いたことを言うんだねえ、あんなすっとこどっこいでも」

二人は顔を見合わせ、笑みを浮かべる。お紋はお稲をさりげなく眺めつつ、訊ねた。

「歳は私と同じぐらいだね。話が合いそうだ」

「そんな……お紋さんのほうがお若いでしょう。私なんて腰が曲がってしまって、お恥ずかしいです」

お稲は黒ずんだ顔を伏せ、肩を竦める。

「そんなことないさ！　私は五十五歳、明和《めいわ》五年（一七六八）の生まれだ」

「そうなのですか。では私とそれほど変わりませんね。私は明和四年（一七六七）生まれの五十六歳ですので」

「そうだろう？　変わらないと思ったよ。じゃあ丁亥《ひのとい》か。私は戊子《つちのえね》だ」

「はい、仰るとおりです」

「一つ上なんだね。よろしくお願いしますよ」

お紋に微笑まれ、お稲は「こちらこそ」と慌てて頭を下げた。

お稲はお紋に、鮒《ふな》の甘露煮、御飯、おぼろ豆腐と大根の味噌汁、大根の漬物を出した。お紋は鮒の甘露煮を味わい、ほう、と息をつく。

「これは美味しいねえ、本当に。骨がないと思うほどに軟らかくて、臭みもまったくない。まさに蕩けるようだ。これは下煮に番茶を使ってるの？」

「はい、番茶と梅干しで煮ています」

「なるほど、下煮から丁寧にやるから、こんなにいい味になるんだねえ。見習わなくちゃね」

「そんな、恐れ多いです」

お稲は身を縮こませた。ちなみに甘露煮を作る時、お稲のように番茶と梅干しで魚の下煮をすると、骨が軟らかくなり臭みも取れる。

お紋はぱくぱくと頬張り、御飯をお替わりした。

「この味噌汁も胃の腑に染み渡るようだ。おぼろ豆腐も作っているの？」

「はい。よい苦汁《にがり》が手に入りますので。あとは大豆《だいず》があれば出来ますから」

「水に浸《ひた》した大豆を擂《す》り潰《つぶ》して、それに水を加えて煮詰めて、濾《こ》すんだよね。その濾した汁と、苦汁を混ぜながら煮ればよいのかい？」

「そうです。大豆を擂り潰すのにちょっと手間が掛かりますが」

「丁寧に作ってるねえ。いえね、半年以上も前のことなんだけれど、懇意《こんい》にしていた仕入れ先の豆腐屋に、つまらない理由で急に値上げされちまってね。なんだか拗《す》ねちまって、それ以来豆腐の料理にやる気をなくしていたんだ。でも……手作りってのも、いいね」

「よろしければ、よい苦汁が手に入るところ、御紹介しますよ」

お稲の言葉に、お紋は目を見開いて喜ぶ。

「それはありがたいよ！　嬉しいねえ、そうしてくださると。いやあ、こちらまで来た甲斐があったよ。こんなに美味しい料理を食べられて、苦汁まで教えてもらえるなんて。お稲さんにも会えたしね」

「私も嬉しいです。お紋さんとお話し出来て」

二人の老婆は微笑み合う。

米一粒残さず平らげたお紋は、店を出る時「また来てもいいかい」と訊ねた。お稲は「もちろんです。お待ちしております」と答え、店の外までお紋を見送った。

〈はないちもんめ〉へ戻る道すがら、お紋の心はぽかぽかと温かだった。

――お稲さんとはよい友達になれそうだ――そんな思いで、心が満ちていた。


木暮はお稲に力添えしてもらい、お染が会っていたという女の人相書を戸浦義純に再び描かせた。それを手に、湯島天神門前町の陰間茶屋〈白虎屋〉へと赴き、藤弥を買っていた女の客と同じ者かどうか確かめた。

主や仲間だった陰間たちは首を少し傾げながらも、「まあ、絵ですからそっくりとは思いませんが、七割から八割方似てますねえ」と声を揃えた。

「実物のほうがもっと優しい顔つきだったように思いますが、そうそう、口元にこんな色っぽいほくろがありました。髪形や着物も、いつもこのような感じでした」と。

――それだけ一致しているのなら、ほぼ同一人物と思っていいだろう。やはり藤弥とお染は、この女を介して繋がっていたのだな——

木暮はそう考え、主たちに礼を言って陰間茶屋を後にした。

忠吾と坪八は女の人相書を手に、ほかの陰間茶屋や出合茶屋だけでなく、町中でも「この女に似た者に心当たりはないか」と聞き込みを始めた。しかし広い江戸で、武家の女であっても大店の女であっても、一人の女を探し出すのは容易ではなかった。

木暮は奉行所の者たちにもその人相書を見てもらい、「どこかの武家の女人にこのような者がいないか、誰かご存じではありませんか」と訊ねたかった。しかし殺人に関わっているとして、もし身分が高い女だと有耶無耶《うやむや》にされてしまい、下手をすると自分の立場が危うくなるかもしれないので、それはまだやめておくことにした。

木暮は冬伝に再び会いにいき、女の人相書を見せて「貴方《あなた》がこの女人と一緒にお染と会っていたのを、目撃した者がいる。この女人はいったい誰だ」と問い詰めてみたかった。しかし、冬伝を今度下手に怒らせると父親に告げ口しかねないので、逆撫《さかな》でするようなことは、やはりまだ控えておいた。

それにもし女の正体が分からずとも、冬伝が次に何かを起こした場合、その場で捕らえることは出来る。その時に自白させれば、女が誰でどう関わっていたのかもすべて分かることだろう。木暮は冬伝の動きに注意し、忠吾と坪八に頼んで交互に見張らせていた。

第三話　不老長寿《ふろうちょうじゅ》の料理

一

如月《きさらぎ》（二月）に入り、青空の下でほころび始めた梅の花を眺《なが》めながら、木暮と桂は昼餉《ひるげ》を食べに〈はないちもんめ〉へと向かった。

「あら、いらっしゃいませ」

お市の美しくふくよかな笑顔を見ると、木暮はつい鼻の下を伸ばしてしまう。縞《しま》の着物に呉絽服連《ごろふくれん》の帯をきりりと締めたお市は、なんとも艶《あで》やかで粋《いき》である。

お市は二人を座敷に通し、お茶を出した。

「本日の昼餉のお品書きは、御飯、お味噌汁《みそしる》、鰤《ぶり》と大根《だいこん》の煮物、沢庵《たくあん》ですが、よろしいかしら」

「おお、この店の鰤大根は滅茶苦茶旨《めちゃくちゃうめ》えからな！　是非《ぜひ》、頼むわ。……ところで」

木暮は店を見回し、訊《たず》ねた。

「忠吾はまだかい？」

「ええ……お顔を見ていないわ。お待ち合わせ？」

「うむ。午《ひる》にここで落ち合う約束でな。まあ、いいや。先に昼餉を食うとするか。鰤大根と聞いちゃ、奴を待ってられねえや」

「そうですね。腹が鳴ります」

桂も木暮に同意する。

「かしこまりました。少しお待ちください」

お市は豊かなお尻を振りながら板場へといき、すぐに料理を運んできた。湯気の立つ〝鰤と大根の煮物〟に、木暮と桂は笑顔で「おおっ」と声を上げる。二人は舌《した》舐《な》めずりしながら早速箸《はし》を伸ばし、まずは大根を頬《ほお》張《ば》って目を細めた。

「これこれ、これよ！　味が染み込んで、旨《うま》いのなんのって！」

「鰤の油と煮汁が染み込んで、これだけでも御飯が進みます」

二人は大根一切れで、御飯を勢いよく掻《か》っ込む。鰤にも箸を伸ばし、それを頬張って、木暮は恍惚《こうこつ》の笑みを浮かべた。

「これは鰤のアラだな。アラってのがまたいいんだよなあ、軟《やわ》らかくて、脂《あぶら》がのってってよ。噛《か》み締めると、脂と煮汁が口の中にじゅわじゅわ広がって、堪《たま》らんわ」

「鰤の切り身だと少し硬いことがあるので、私はアラのほうが蕩《とろ》けるようで好きですね。アラはいっそう味が染み込むような気がします」

などと話しながら二人は忽《たちま》ち御飯一膳を食べてしまったので、お市はお替わりを持ってきた。

「このアラ、大女将《おおおかみ》が魚市場に行ってほとんど只《ただ》で手に入れてきたんですよ。うちも三人とも鰤なら切り身よりアラが好きで、よく自分たちのおかずにもしたり。大女将はいつも言ってるんです。『捨てられちまうようなアラのほうが美味《おい》しいなんてね。世間でまかり通っていることなんて本当にあてにならないさ。そんなのに惑《まど》わされず、なんでも自分の目と舌で確かめてみないとね』って」

「うむ。大女将もたまにはいいことを言う」

「けだし名言であられます」

木暮と桂は頷《うなず》きながら、御飯に煮汁の染み込んだ鰤を載せ、がつがつと頬張る。その合間に味噌汁を啜《すす》って、木暮は瞠目《どうもく》した。

「おおっ、この店で豆腐《とうふ》を見たのは久しぶりだ！」

「本当です。鰤大根に夢中になってしまい気づくのが遅れましたが、おぼろ豆腐が入ってますね」

お市はにっこりした。

「そうなんです、板前が作りました。例の煮売り酒屋のお稲さんが、大女将に作り方を教えてくれて。お稲さんは、おぼろ豆腐を御自分で作っていらっしゃるんですって。それで大女将、『うちも見習うことにする』って。お稲さんによい苦汁《にがり》を教えてもらったので、うちも板前の手作りで、この如月からまたお豆腐をお出しすることにしました」

「なるほど。このおぼろ豆腐も旨いぜ。雪みてえにふわりと蕩けるようだ」

「まことに。味噌汁に入れてもいいですが、醬油《しょうゆ》を少し垂らしただけのも食べてみたいです」

「うむ、それもいいだろうな。また今度、頼むわ。寒い時には、おぼろ豆腐の鍋なんてのもいいだろうな」

「はい、かしこまりました。板前に伝えておきます」

味噌汁を瞬《また》く間に飲み干す二人を眺め、お市は微笑《ほほえ》んだ。

「しかし、お稲って婆さんは人が好《い》いな。大女将もよかったじゃねえか、そんな知り合いが出来て。歳も近いんだろ」

「ええ。大女将、この頃なんだか楽しそうですもの、一段と」

「よい友が出来るのは、いくつになっても嬉《うれ》しいのでしょう」

木暮と桂は話しながらぺろりと平らげ、満足げにお茶を啜る。楊枝《ようじ》を嚙みつつ、木暮は首を伸ばして再び店を見回した。

「しかし忠吾の奴、遅《おせ》えなあ。なにかあったのかな」

「約束、忘れてしまったのでしょうかね」

桂も首を伸ばして腰を浮かせる。すると戸ががらがら音を立てて開き、大男が入ってきた。

「おい、忠吾！　なにやってたんだ、待ってたぜ！」

木暮が声を上げると、忠吾はいかつい躰《からだ》を揺さぶりながら向かってくる。お市はすぐにお茶を出した。

「お料理、ただいま運びますので、少しお待ちくださいね」とお市が微笑むと、忠吾は「すみやせん」と頭を下げた。

昼餉の刻もそろそろ終わりで、ほかのお客たちはほとんど帰ってしまっている。お紋とお花は、お客が食べ終えた皿などを板場へと運んでいた。

忠吾は遅れた訳を話した。

「今日は両国のほうまで足を延ばして、聞き込んでいたんです。そしたら、揉《も》め事に遭遇《そうぐう》しやして。往来で、男が突然襲われたんです。匕首《あいくち》を手にした男に」

木暮と桂は「それで？」と身を乗り出す。忠吾はお茶を一口啜って続けた。

「はい。叫び声が聞こえて、『てえへんだ！』と騒ぎ出す者がいて、あっし、慌《あわ》てて飛んでいきやした。短軀《たんく》の男が、ひょろりとした男の腕に斬りつけ、その男は血を流して蹲《うずくま》っていました。短軀の男が再び匕首を振りかざしたところを、あっしが取り押さえたという訳です。もちろん自身番に突き出してやったのですが、そいつの話を聞くに、どうやら……昨年から起きていた〈美人局《つつもたせ》〉の件に関わることだったんです。それで詳しく聞いているうちに、手間取っちまったという訳で」

忠吾は唇《くちびる》を少し舐め、木暮と桂は顔を見合わせた。

「美人局の件だと？　どういうことだ」

話を聞き咎《とが》め、何事だろうと、お紋とお花もやってくる。目九蔵が昼餉を運んできて、忠吾は鰤大根を頬張りながら、説明することとなった。

「その襲った男というのは譲二《じょうじ》という左官屋なのですが、昨年の暮れに美人局に遭《あ》ったそうで。夜道を酔っ払って歩いていたところ若い女に『遊ばない？』と声を掛けられ、いい気になってついていったそうです。出合茶屋に入るところで強《こわ》面《もて》の男が現われて、『俺の女になにしやがるんだ、落とし前つけてもらうぞ』と凄《すご》まれ、後はお決まりという訳で。その男があまりに怖くて、譲二は言われるがまま有り金の一分《ぶ》（約二万円）を渡してしまったと。自身番に届けようとも思ったそうですが、やはりそんな手口に引っ掛かった己《おのれ》が情けないということと、奪われたのが微妙な額だったので、泣き寝入りに甘んじちまったそうで。しかし、相当悔《くや》しかったようで、特に騙《だま》した女に対しては許せんという気持ちが残ったみたいで。その女、譲二が金子《きんす》を男に渡す時、思い切り嘲《あざけ》ったといいやすから」

話しながらも忠吾はあっという間に御飯一膳を食べ終え、お市はお替わりをよそいに板場へと下がる。木暮は忠吾に訊ねた。

「で、譲二が今日襲ったのは、金子を巻き上げた男だったのか？　恨《うら》みを晴らしたと？」

「いえ、それが違うんです。それゆえに面倒なことになりやして……。まあ、話を聞いておくんなせえ。その譲二は美人局に遭った後、鬱々《うつうつ》と過ごしていたといやす。すると五日ほど前、偶然、両国の広小路で自分を騙した女を見掛けたと。女はその時一人で無防備にふらふら歩いていて、強面の男の影もまったく見当たらなかったと。それで譲二の奴、急に復讐心《ふくしゅうしん》がめらめらと湧《わ》いてきたようで。女の後を尾《つ》けていき、人通りが少なくなったところで摑《つか》み掛かり、締め上げたそうです。『なんであんなことをした！』と」

お市が大盛りのお替わりを持ってくると、忠吾は「ありがとうございやす」と受け取り、鰤大根の残り汁を回し掛けてばくばくと頰張った。

「それで女はなんと答えたんだ？」

「はい。本気で怒った譲二が怖かったのでしょう、女は泣きそうになりながら正直に話したそうで。それが……ちょっと妙でしてね。なんでもその女は占いやら加持祈禱《かじきとう》のようなことに嵌《は》まっていて、『その代金やらお布施《ふせ》代がほしかった』と白状したといいやす」

占い、加持祈禱と聞いて、お花が顔色を変える。幽斎を思い出したからだ。しかしそのようなことは知る由《よし》もなく、忠吾は続けた。

「それで譲二は『その占いやら加持祈禱ってのは、なんていう奴がやってるんだ』とさらに問い詰めたそうですが、女はそれには頑《がん》として答えず、『助けて！乱暴される！』と大声で騒ぎ始めたそうで。譲二が怯《ひる》んだ隙《すき》に逃げてしまったといいやす。そこで譲二は巷《ちまた》で流行《はや》っている占い処を調べたそうで。単純に、女と出くわしたのが広小路だったからとその近辺に狙いを定め、女が嵌まるのなら男の占い師なのではと目星をつけ、邑山幽斎という者に絞りやして。それで、その占い師を腹いせに襲ったという訳です。『お前のせいで酷《ひど》い目に遭わされた』と」

お花は驚きのあまり、固まってしまった。青褪《あおざ》めるお花をちらりと見て、桂は眉根《まゆね》を微かに寄せる。絶句の後、お花は忠吾に食い下がった。

「そ、それで、その占い師の人は無事なの？」

お花の真剣な面持《おもも》ちに、忠吾は些《いささ》かたじろぎつつ答えた。

「はい。譲二を取り押さえた後、占い師のほうも自身番に連れていって医者を呼んで手当をしてもらいやしたんで、大丈夫です。傷も浅いようですが、その占い師、蒲柳《ほりゅう》といいますか痩《や》せ細って如何《いか》にもひ弱そうで。医者曰《いわ》く、神経が傷つけられた恐れがあり暫《しばら》く安静にしていないと手首に後遺症が残るかも、とのことでした」

お花は言葉を失い、忠吾を食い入るように見詰める。お花の様子がおかしいことに、さすがに皆気づき、お紋が口を開いた。

「なんだい、取り乱して。お前、その占い師のこと知っているのかい？」

お花ははっとしたように、姿勢を正した。

「う、ううん。……別に知ってるって訳じゃないけど」

お花の顔色を窺《うかが》いながら、木暮は忠吾に訊ねた。

「で、逃げちまった女ってのは、本当にその占い師へのお布施のために、美人局を働いたっていうのか？」

「いえ、それがどうも違ったようで。自身番で占い師のほうにも話を聞きましたが、その幽斎って男は、それなりの代金はもらっても、お客に無謀な額を吹っ掛けたりしたことなど一度もないと。美人局の女の特徴を話しても、『心当たりがありません。そのようなお客様は私のところにはおりません』とはっきり言ってやした」

「譲二って奴の勘違いだったってことか。とんだとばっちりだったな」

「はい。幽斎はあの辺りでは結構知られているみたいで、襲われたと騒ぎになって、女たちが駆けつけてきたんです。そいつら、幽斎を心配して、うるさいのなんのって！　で、そいつらに幽斎について訊ねてみやしたが、『幽斎さんはあくどいことをするような方ではありません。人に恨まれるようなことをする訳がありません』と口を揃《そろ》えやして。まあ、評判がよろしいことで」

「そんなにいい男なのか」

皆、お花をちらちらと見ている。

「まあ、ほっそりとした二枚目ですが、風が吹けば飛ばされそうってのがいけやせんわ。胴なんて、あっしの腿《もも》ぐらいの太さですぜ！　ちょっと咳《せ》き込んだりしたら、あばらがバキバキ二、三本折れちまいそうで。肌なんか青白く透き通っていて、まるでクラゲのようですわ」

「ふうむ、なるほどな。まあ占い師とか祈禱師なんてのは、そんなもんかもしれねえけどな。で、お花。お前もその幽斎って占い師を知ってるようだな。隠しても顔に書いてあるぜ」

木暮に問われても、お花は唇を嚙み締めるばかりだ。今、お花の心の中は、幽斎の安否を知りたい気持ちでいっぱいで、返事をする余裕すらない。そんな孫の姿を見ながら、お紋は笑った。

「お前、そんなひょろひょろした男が好みなのかい？　忠ちゃんの話を聞いてると、その幽斎さんって幽霊みたいな男じゃないか」

「本当よねえ。神経質そうな人だわ」

お花は押し黙ったままだ。憧《あこが》れの男を祖母に「幽霊みたい」とけなされても、母親にそれに同意されても、怒る気力すら湧いてこない。心配が勝《まさ》ってしまっているのだ。

忠吾は大盛り御飯をとっくに食べ終え、お茶を啜りつつ言った。

「でも、ああいう男がいいっていう女は多いんでしょう。占い処には女が押し掛けているっていいやすからね。それに、幽斎ってのは学もあるんじゃねえかと。なんでも注文しておいた本を受け取って、それを持って帰るところだったようです。襲われた時に抱えていた風呂敷を落として、書物が十何冊も往来にばらまかれましてね。そしたら彼奴《きやつ》、自分の怪我《けが》よりも、ばらまかれた書物のほうを心配して、おろおろしてましたよ。占いや祈禱をするにも、調べることが多いんでしょうなあ」

「けっ、すかした奴じゃねえか！」

木暮は鼻白《はなじろ》み、桂も同意したように頷く。

忠吾の話を聞いて、お花は思い出した。いつか幽斎が「私は孤独だった頃、書物に救ってもらったのです。ずいぶん慰《なぐさ》められたのですよ」と話していたことを。幽斎の占い処には書物が山のように並べられており、お花が驚いて眺めていると、そう教えてくれたのだ。

人気占い師の幽斎にも孤独な頃があったのだと、お花は意外だった。その時、幽斎はとても寂しげな目をしていて、お花は切なくなった。謎《なぞ》めいた翳《かげ》りさえも、幽斎の魅力の一つなのだ。

すっかりおとなしくなってしまったお花に、木暮は意見した。

「おいお花、そんなななまっちろい男を本当に好《す》いてんのか？　かーっ、嫌だね俺は、そういうひ弱なの！　やめとけ、やめとけ、そんな男か女か分からん奴は！　いいか？　男ってのはな、髪が薄かろうが、鼻がデカかろうが、鼻毛が伸びていようが、腹が出てようが、汗っかきだろうが、脚が短かろうが、足が臭《くさ》かろうが、〝男らしい〟ってのが一番なんだよ！」

「おや旦那、自分のことを言ってるのかい？」

お紋が突っ込みを入れ、お市も「私もなんだかそんなような気がしたわ」と微笑んだりするから、木暮は不貞腐《ふてくさ》れた。

「ったく、女将までよ！　兎《と》に角《かく》だ、男ってのは何よりも男らしく、男臭いのがよろしいってことだ！　よく覚えとけよ、お花！　……って、あれ？　お花はどこいった」

お花の姿が見えずに、木暮はきょろきょろとする。皿を片付けにきた目九蔵が答えた。

「とっくに飛び出していってしまいましたわ」

「誰も旦那《だんな》の説教なんて聞いてないってよ」

お紋も片付け始め、木暮はぶすっとして鼻を鳴らす。その横で、桂と忠吾は酸《す》っぱい笑みを浮かべていた。

お花は黄八丈《きはちじょう》の裾《すそ》が乱れるのも構わずに、全力で町を駆けた。心の中で——幽斎さん、幽斎さん、無事でいて——と叫びながら。

薬研堀まで猪牙舟《ちょきぶね》でいくより駆けていったほうが速いような気がして、お花は突っ走る。凄い形相《ぎょうそう》で、韋駄天《いだてん》走りを超えた走りで駆け抜けるお花に恐れをなしたのか、皆、道をよけてくれた。

本当は自身番に寄って、幽斎を傷つけた譲二という男に思い切り回し蹴りをかましてやりたかったが、幽斎の無事を確かめるほうが先だった。

幽斎の占い処に辿《たど》り着いた時には、如月というのにお花は全身に汗をびっしょりと滲《にじ》ませていた。表戸には《本日休業》と紙が貼ってあるが、そんなことは構いやしない。お花は戸を思い切り叩いた。

「すみません、すみません！」

何度も叫ぶと戸が開かれ、老婢《ろうひ》が顔を出した。老婢は「何事でしょう」と怪訝《けげん》そうにお花を見る。お花は肩で息をしながら、訊ねた。

「あの、幽斎先生が怪我されたと聞いたのですが、大丈夫でしょうか」

「はい、幸《さいわ》い傷が浅かったので。しかしながら大事を取って本日はお休みにしましたので、お帰りくださいますか」

「あの、一目会わせてくださいませんか、幽斎先生に。心配なんです。だから、お顔をどうしても見たくて」

「そう仰《おつしや》られても困りますねえ。先生は床《とこ》に臥《ふ》しておりますから」

「そこをなんとか」

お花は一歩も引かない。老婢も「駄目です。お帰りください」の一点張りで、押し問答をしていると、浴衣《ゆかた》姿の幽斎がふらりと現われた。幽斎の姿を見て、お花は気が抜けたように口を開け、独りごつように言った。

「ああ、よかった……無事でいらっしゃって」

不意に、お花の目に涙が滲んでくる。幽斎は静かな声で答えた。

「心配してくださったのですね。ありがとうございます。私は大丈夫ですよ。かすり傷程度ですから」

お花は頷き、幽斎を真っすぐに見詰めた。

「お騒がせしてすみませんでした。お顔を拝見して安心しましたので、帰ります。……本当にごめんなさい」

お花が頭を下げると、幽斎が言った。

「せっかくいらしてくださったのですから、お茶でも飲んでいってください」

「え……でも、お休みになったほうが」

「いいのですよ。傷は本当に大したことありませんし、ずっと寝ているのも退屈ですので」

幽斎の声はとても優しくて穏《おだ》やかで、お花の顔はみるみる明るくなった。

いつもの占い部屋に通され、お花は幽斎と向き合った。布で巻かれた手首は、やはり痛々しい。

「無理なさらないでくださいね」

「これぐらい平気ですよ。私はどうもひ弱に見えるようですが、これで結構逞《たくま》しいのです。剣術の心得もございます」

「そうなのですか……すみません、意外でした」

目を丸くするお花に、幽斎は微かな笑みを浮かべる。いつもの気難しい顔もいいが、笑顔の幽斎はやはり素敵で、お花は胸がきゅんとなった。

「今日は書物を抱えておりましたので、それをかばったがため、自分が傷を負ってしまいました。抱えていなければ、よけられたでしょうが。災難でした」

老婢がお茶と干菓子《ひがし》を運んできたので、お花は丁寧《ていねい》に頭を下げた。一つの皿に、小さな落雁《らくがん》が盛られている。お花がなかなか手を出さずにいると、幽斎はそれを一つ摘《つ》まみ、頬張った。

「食べないのですか。美味しいですよ」

幽斎はそう言って、落雁をまた一つ摘まみ、お花に差し出した。お花はどきどきしながら、それを受け取る。幽斎の中指と自分の中指が、微かに触れた。頬が熱くなるのを感じながら、お花は真っ白な落雁を齧《かじ》った。

障子窓から柔らかな陽が差し込み、梅の馥郁《ふくいく》たる香りが仄《ほの》かに漂ってくる。落雁は蕩けるような味だった。

幽斎はお茶を啜りつつ、さりげなく訊ねた。

「でも、ずいぶんお耳が早いですね。私が怪我したことは、そんなに広まっているのですか」

お花は少し考え、正直に告げた。

「あの……。先生を襲った男を捕らえた人がいましたよね。忠吾っていう岡っ引きですが」

「ええ、助けていただきました。では、お花さんはあの方とお知り合いなのですか」

「はい。あたい……いえ、あたしの家が料理屋をやっていることは前にもお話ししましたが、実は八丁堀にあるんです。それで町方の旦那方や岡っ引きたちの溜まり場みたいになっていて。忠吾さんもうちの常連の一人で、さっき昼餉を食べにやってきて、話を聞いたんです」

　幽斎は目を見開いた。

「そういう訳でしたか。いや、奇遇といいますか、世間は狭いものですね」

「はい。それで先生の安否が心配になってしまって、駆けつけたという訳です。勝手な真似《まね》をして、本当にすみませんでした」

　お花はもう一度、幽斎に頭を下げた。

「いえいえ、迷惑ならばこうして部屋に通すなどしませんから、恐縮なさらないでください。……そうですか、八丁堀でお店をなさっているのですね。楽しそうではないですか、色々な話が聞けるでしょう」

「ええ、賑やかな店です。それで……あの」

　お花は、幽斎の顔と痛々しい手首を交互に見て、切り出した。

「忠吾さんの話によりますと、譲二という男は、誰かと勘違いして先生を襲ったのでしょう？　その誰かって、心当たりがありませんか」

幽斎は静かに笑み、落雁をまた一つ頬張った。

「八丁堀の旦那方と親交があると、探索好きになってしまうようですね」

「……すみません。でも、気になりますので。お聞きになったかもしれませんが、先生が襲われたことには、昨年から起きている美人局事件が絡《から》んでいるようなのです。だから、先生に何か心当たりがありましたら、それがきっかけで解決出来るかもしれないと思いまして」

お花は上目遣いで、幽斎の顔色を窺う。幽斎は初めは言葉を濁《にご》していたが、お花が食い下がると、気難しい顔をしつつも話し始めた。

「心当たりといいますか……もしや、あの集まりのことではないかと思いましてね。《徐福《じよふく》の園《その》》というのですが」

「《徐福の園》……ですか」

初めて耳にする名に、お花は思わず鸚鵡《おうむ》返しをする。

「ええ。静かに話題になっていると思いますよ。絶対的な女行者《ぎようじや》が、占術、お祓《はら》い、加持祈禱を行うそうです。その女行者がなんでも魔力のようなものを持っていて、多くの女たちが夢中になっていると。祈禱料などいくら高くても、金子を惜《お》しまないということです」

「いつ頃出来たのでしょう、その《徐福の園》というのは」

「恐らく、活動を始めてまだ一年ぐらいではないでしょうか。でも急速に信者を得ているようですよ。噂《うわさ》にすぎませんが、なんでも大奥のお女中にも熱心な信者がいるとか」

「それほど魅力があるのですね」

「そのようです。……ところで、〝徐福〟の意味をご存じですか」

「あ、いえ、知りません。初めて聞きました」

「無理もありません。知っている人のほうが少ないでしょう。徐福とは、元々人の名前で、今から二千年ぐらい前、清《しん》国がまだ秦《しん》だった時代の方士《ほうし》です。司馬遷《しばせん》が記した『史記《しき》』によりますと、その徐福が求めたものとは〈不老不死の妙薬〉であります。そして《徐福の園》は、その徐福の志《こころざし》を受け継ぎ、〈不老不死〉或《あ》いは〈不老長寿〉を手に入れることを目標として掲《かか》げ、信者を集めているのです。《徐福の園》に入信すれば永久の若さと長寿が手に入る、という謳《うた》い文句で」

「そうなのですか……。そのような人たちが江戸にいるのですね」

お花は目を見開き、幽斎の話に聞き入る。

「司馬遷の『史記』によりますと、徐福は始皇帝《しこうてい》に申し出たといいます。東方の三神山である蓬萊《ほうらい》、方丈《ほうじょう》、瀛洲《えいしゅう》に不老不死の妙薬があるので、それを探しにいきたいと。徐福は始皇帝の命を受け、莫大《ばくだい》な金子を費《つい》やして旅立ちましたが、得る物がなくて一度は国に戻ったそうです。その後、徐福は再び始皇帝の許しを得て、財宝や五穀《ごこく》の種を持ち、多くの従者と一緒に旅立ちました。しかし徐福は平《へい》原広沢《げんこうたく》を得て王となり、ついに秦には戻らなかったといいます。平原広沢とは広い平野と湿地という意味ですが、興味深いことに〝平原広沢〟とはこの日の本とも考えられているのです。秦を船で出た徐福が辿り着いたのは日本で、そのまま永住し、その子孫が〝秦《はた》〟と称していたと。日本には徐福に纏《まつ》わる言い伝えが色々ありますからね」

初めて耳にすることばかりで、お花はぽかんと口を開けたまま聞いていた。幽斎の博識ぶりにひたすら感心しながら。

「熊野に辿り着いたという話が有名で、徐福ノ宮という神社もあります。まあ、徐福のことを貶《けな》す人もおりますが。妙薬を持って秦に帰る気など端《はな》からなくて、始皇帝から渡航用の金品をせしめた山師《やまし》などとね」

「では、不老不死の妙薬というのは、ついに見つからなかったのですか？」

「それがまた興味深いことに、丹後《たんご》の伊根《いね》という地で徐福はその妙薬を探し当てたと言われているのです。新井崎《にいざき》神社の付近には古くから菖蒲《しょうぶ》やよもぎなどの薬草が生えているらしく、もしかしたらそれらに紛《まぎ》れていたのかもしれませんね。或いは、そこで採れる薬草を何種か混ぜ合わせたら、その妙薬が出来たとも考えられるかと」

「菖蒲やよもぎって、それほど躰にいいんですね」

「そういえば、海苔《のり》も躰によいそうですよ。不老長寿の薬草の一つと考えられているようです」

「海苔が、不老長寿の薬草なのですか？」

お花は目を丸くする。

「海苔は元々清国から渡来したものですが、〝甘海苔〟と言われるようになったのは平安の頃で、その前は〝紫菜《しさい》〟とか〝神仙菜《しんせんさい》〟と呼ばれていたのです。そして清国では古くから不老長寿の仙人のことを〝神仙〟と呼んでおります。とすれば、〝神仙が食べる菜〟である〝海苔〟は、即《すなわ》ち不老長寿の薬草なのでは、ということでしょう」

「そうなのですか……驚きです、海苔がそんな凄い食べ物だったなんて。今度おっ母さんや婆ちゃんに教えてあげます。板前にも」

幽斎は「是非」と静かに微笑み、続けた。

「徐福なる者、果たしていくつまで生きたのか、仙人となったのか定かではありませんが、不老不死を求め続けたことは確かでしょう。そして《徐福の園》も不老不死を手に入れるべく、修験《しゅげん》に励《はげ》んでいるとのことです」

「そ、それで、効き目はあるのですか？」

「信者をそれだけ集めているのですから、それなりにあるのだと思いますよ。聞いた話ですと、たとえば鼻の横の大きなイボが長年悩みだった娘が、《徐福の園》の長《おさ》である女行者に加持祈禱をしてもらったところ、イボがぽろりと剝《は》がれた、と。すると、すぐによい縁談が巡ってきて、玉《たま》の輿《こし》に乗った。はたまた白髪《しらが》だらけになって気分が塞《ふさ》いでいた老婆が加持祈禱してもらったところ、みるみる黒い髪が生えてきて、すっかり若返った。ほかにも、月のものの不順がすっかり治って懐妊《かいにん》出来た、容色が蘇《よみがえ》って浮気していた旦那を取り戻せた、など、多くの女人たちが救われているようです」

「そんなことがあるのですね……驚きです。それがすべて本当だとしたら、その女行者って、凄い力を持っているのですね。でも……うーん、なんて言いますか、信じ難《がた》いような気もしますけれど。いかさま、とまでは言いませんが」

首を少し傾《かし》げるお花に、幽斎は微かに笑んだ。

「その女行者の神通力《じんずうりき》の真偽《しんぎ》は、それほど問題ではないのかもしれません。それよりも、信者の心の持ちようが重要なのではないかと。〝信じること〟によって、何か超人的な作用が働くということもあるからです。信じることによって、美しくなる、若返る、病が治る」

「病は気からといいますものね」

「そうです。私も加持祈禱を頼まれることがありますが、私は決して万能ではありません。そこで、私の念じる力だけではなく、相手の強い願いも必要になるのです。私の念力と相手の悲願、それが上手く融合《ゆうごう》した時にとてつもなく強い力が生まれる。それは人知では解き明かせないような、奇跡ともいうべきものなのです。その結果、病が治ることもあれば、運命が変わることもある。或いは憑《つ》き物《もの》が落ち、心身ともにすっかり生まれ変わったようになって、新しい人生を始められることだってあるのです。それは決して私の力だけではない。加持祈禱やお祓いをされるほうの、気持ち次第でもあるのです。……信じることで叶うこともあるのですよ」

「信じることで……」

幽斎の目は優しくも妖《あや》しく光っていて、お花は吸い込まれそうになりながら、こんなことを思う。

——幽斎さんに視《み》てもらう占いがよく当たるのも、あたいが幽斎さんのことを信じ込んでいるからなのかもしれない——

しかし、お花はまだ、どこか腑《ふ》に落ちない。

「先生の仰ることはよく分かりますが……《徐福の園》って、うーん、やはり胡《う》散臭《さんくさ》い気がします」

幽斎は愉快そうに返した。

「ほう、それはどのようなところが？」

「だって、強欲《ごうよく》そうではないですか。忠吾さんが言ってましたもん。お布施代が相当掛かる、って。もし、そのために信者が本当に美人局なんかをしていたというなら、ろくな集まりではありませんよ！　……そのせいで、先生まで酷い目に遭われたのですから」

「ふむ。確かに、お花さんが言うように、怪しいところはありますけれどね。作られて、それほど経ってもいませんし」

「あの……。《徐福の園》の長である女行者って、いったいどんな人なのですか？」

お花は気になっていたことを訊ねる。幽斎はお茶を啜りながら答えた。

「女行者は四十三歳とのことですが、異様に若く、二十歳《はたち》ぐらいに見えるそうです。なんでも、恐ろしいほどの絶世の美女、〈蓬莱乙姫《ほうらいおとひめ》〉なる者。蓬莱というのは、先ほどお話ししました東方の三神山の一つの蓬莱に因《ちな》んだのでしょう。信者からは乙姫様と呼ばれているそうですよ」

「乙姫様……ですか」

「左様。蓬莱乙姫は謎めいた人物で、噂に尾ひれがついて、嘗《かつ》ては大奥に勤めていたとか、伝説の花魁《おいらん》だっただのと囁《ささや》かれています。あまりに若々しい美貌《びぼう》ゆえ、それに平伏《ひれふ》してしまう信者が多いそうですよ。『この方を崇《あが》めていれば、私もその若さと美しさにあやかれるかもしれない』という女心でしょう。年齢に見合わない圧倒的な美貌を持つ蓬莱乙姫は、信者たちに不老不死の希望を抱かせることが出来るという訳です。女人というものは、誰しも、出来る限り若く美しくいたいと願うものではありませんか？　女人のそのような欲を、蓬莱乙姫は巧《たく》みに突いているのでしょうね。『永久の美貌と若さと命を、私とともに手に入れましょう』などと言って信者を唆《そそのか》し、お布施をどんどん頂戴《ちょうだい》していると思われます」

お花は幽斎の話を聞きながら、思い出した。松の内が明けてすぐの頃、お蘭とお陽《よう》が連れ立って〈はないちもんめ〉を訪れた時、話していたことだ。ちなみに二人はともに深川の遊女あがりで、以前からの常連客であるお蘭に連れられて、お陽も時たま顔を見せるようになっていた。お蘭は人目を引く華やかな美女で、花ならまさに蘭の如《ごと》く。お陽は愁《うれ》いを帯びた儚《はかな》げな美女で、花なら菖蒲の如く。

対照的な二人だが、気は合っているようだ。

その二人が往来を歩いていると、比丘尼《びくに》姿の女が執拗《しつよう》に声を掛けてきたという。それでお蘭は気分を害したようだ。

「その女、わちきたちを『美人ですね』と褒《ほ》めちぎってから、『それ以上の美貌がほしくありませんか？　永遠の美しさと若さを手に入れませんか？　私どもがお手伝いさせていただきます』って、しつこいのなんの！」と怒るお蘭に、お陽はこんなことを言っていた。

「近頃流行《はや》ってる、おかしな信仰よね。あちきたちに声を掛けてきた女もなかなかだったけれど、それ以上に物凄い美人を、神の如く崇めるんですって」

「なによ、それ。阿呆《あほ》くさいったら！　木花開耶姫《このはなさくやびめ》かってのよ」

ちなみに木花開耶姫とは、『古事記』や『日本書紀』に登場する美と繁栄を表わす女神である。

——もしや、あの二人をしつこく誘ったのって、《徐福の園》の人だったのでは——

お花は考えを巡らせつつ、気になったことを訊ねた。

「その蓬莱乙姫という人が四十歳を過ぎているというのは本当なんですか？　実際はずっと若くて、二十五歳ぐらいなのを二十歳に見せかけているのでは？　それならば騙すことも出来るように思うのですが。……なんていうか、年齢の証拠みたいのはあるのでしょうか」

「ああ、それは私も考えましたが、このような話です。信者の中にも位《くらい》がありまして、お布施を弾《はず》んで位が上になりますと、密かに蓬莱乙姫の往来手形を見せてもらえると。ご存じのように、それには本名も年齢も記されております。往来手形を見せてもらった人は僅《わず》かだそうですが、その人たちが揃って『間違いない』

と認めているので、恐らく本当でしょう」

「では、乙姫の本名を知っている信者もいるのですね」

「そのようですが、少なからず脅《おど》されてはいるでしょう。たとえば、『乙姫様の年齢について訊かれたら、本当であると答えてよい。しかし、本名は決して漏《も》らしてはならぬ。特別に教えたことを易々《やすやす》と他人に漏らしたりすれば、御利益《ごりやく》は忽ち消え失《う》せ、御身《おんみ》に災難が降り掛かるであろう』、などと」

お花はごくりと喉《のど》を鳴らす。

「信者にとって『御利益が消え失せる』という文句は恐ろしいものでしょうから、脅しの効き目は絶大でしょう。信者たちは、それで秘密を漏らさず黙っていると思われます。まあ、初めから名前のところは隠してしまって見せないようにしているかもしれませんし、本名を知られたところで平凡な名前でしたら、それだけで来《こ》し方《かた》などを探られるということもないでしょうけどね」

「なるほど……。それならば、年齢は本当なのでしょうね」

しかしお花はまだ訝《いぶか》っている。母親のお市を思い浮かべても、いくら美人であっても四十を過ぎた女が二十歳に見えるなどということがあるのだろうかと思うのだ。

幽斎は、こんなことも教えてくれた。

「《徐福の園》は〝人魚教〟とも呼ばれているそうですよ。不老長寿の象徴である人魚を、熱心に崇めているようです。ご存じでしょう、人魚の肉を食べて八百歳まで生きたという、八百比丘尼の言い伝えを」

お花はまたも目を大きく見開いた。

──ここでも〝人魚〟が出てくるの？　なんだか人魚の話をよく聞くなあ──

すると老婢がお茶のお替わりを運んできたので、お花はそれを飲み干し、幽斎に一礼した。

「お休みのところ長居してしまって、本当にすみませんでした。そろそろお暇《いとま》します。お話を聞かせてくださってありがとうございました。とても勉強になりました」

そしてお花はもう一度礼をする。幽斎は微笑んだ。

「もし美人局が今後も続くようでしたら、私から聞いたことを八丁堀のお役人方にお話しくださっても構いません。探索の糧《かて》になさってください」

お花は「ありがとうございます」と平身低頭する。そして、並べられた書物に目をやりつつ、言った。

「幽斎先生は、本当に物を識《し》っていらっしゃるんですね。今日のお話も、私が今まで知らないことだらけで、ひたすら感嘆《かんたん》して聞いていました」

「もし何か気になる書物があれば、お貸ししますので持って帰ってくださって構いませんよ」

お花は目を瞬《しばたた》かせた。

「そ、そんな……悪いです。先生が大切にしているのに。それに、あたしは寺子屋にもろくすっぽ通ってませんでしたから。読み書きは出来るけど、頭悪いんです」

幽斎は立ち上がり、夥《おびただ》しい書物を眺めつつ思案し、その中から一冊を抜き取って、お花に渡した。

「安永《あんえい》二年（一七七三）に上梓《じようし》された『料理伊呂波《いろは》包丁』です。これにとても美味しそうな大根飯の作り方が載っているんですよ。思わず食べたくなるような。よろしければ、料理の勉強にお役立てください。あ、返すのはいつでも構いませんよ。半年後でも一年後でも。ちゃんと返してくださるのでしたら」

幽斎を見詰めながら、お花の胸は熱くなった。

——仕事を離れている時の幽斎さんは、こんな笑顔を見せることもあるんだ。

とても優しくて、温かくて……生き生きしている――

幽斎に『料理伊呂波包丁』を押しつけられ、お花は目を瞬かせる。ぱらぱらと捲《めく》ってみると、お花にも読めそうだった。

「え……本当にいいんですか」

「もちろんです。色々な料理が載ってますので、眺めているだけでも楽しいと思いますよ」

「はい……ありがとうございます」

「今まで知らなかったことを知るのは、楽しいでしょう？」

「はい、とても。……違う世界が見えてくるようで」

「料理もそうではありませんか？　新しい料理を知ると、また違う世界が広がるのではないでしょうか」

お花は『料理伊呂波包丁』を胸に抱え、幽斎に向かってはっきり言った。

「あたし、美味しい大根飯を作れるように練習しますんで、いつか食べにいらしてください」

「はい、必ず」

お花は大きく頷く。『料理伊呂波包丁』はそれほど厚い書物ではなかったが、ずしりとした重みを感じた。

幽斎に何度も礼を言って、お花は帰っていった。借りた本を大切に抱えて。

この時季は日が暮れるのが早く、茜空《あかねぞら》が広がり始めていた。

――前から不思議だったんだ。幽斎さんって、あたいの周りにはずっといなかったような人なのに、どうしてか懐《なつ》かしさを感じるんだ――

お花の心も茜色に染まっていく。お花は十歳の時に父親を喪《うしな》っている。意識はしなくとも、十三歳年上の幽斎に、もしかしたら父親の像をも重ねているのかもしれなかった。


その夜、木暮と桂がまたも〈はないちもんめ〉にやってきた。「そこでばったり会ったのぉ」とお蘭も一緒だ。

お蘭は木暮たちにくっついて座敷に上がり、お市は三人に酒を出した。木暮はきゅっと呑み干し、ほかのお客を送り出したお花に向かって大声で言った。

「おい、お花！　今日の昼、俺の話もろくすっぽ聞かずに飛び出していっただろ！　あの占い師のところにいったのか！　お前はそいつといったいどういう間柄だ、正直に話せ！」

お花はぶすっとして腕を組んだ。

「どうだっていいだろうよ、そんなこと！　あたい、いい加減、嫌気が差してんだよ。戻ってきたら、おっ母さんと婆ちゃんが同じようなことを訊ねてきて、しつこいのなんの！　質問攻めに遭ったんだよ」

「お花、やっぱり占い師のところにいってたのよね。無事かどうか、自分の目で確かめたかったみたい。それで思いのほか元気だったようで、安心して、お茶まで御馳走《ごちそう》になって帰ってきたのよね」

「べらべら喋《しゃべ》るなよ、おっ母さん」

お花が膨れると、お紋が後ろを通りながら口を出した。

「本まで貸してもらって、頰《ほ》っぺた紅潮《こうちょう》させて帰ってきたんだよね。お前がその占い師に憧れてるってのはよーく分かったよ」

「いいだろうよ、あたいの勝手だ。婆ちゃんだって『銀之丞〜』って毎日悶《もだ》えてんじゃねえかよ！　人のこと言えねえよ」

「祖母と孫、お互い様ってことね。でもお花、占い処に通う金子ほしさに美人局なんてしないでよ」

お市は笑みを浮かべながらも、有無を言わせぬ目で娘を見る。お花は唇を尖らせた。

「だからさっきも言ったけど、いつもいつも行ってる訳じゃねえんだよ。給金貯めて、極《ごく》たまに行ってんだ。だから心配ねえよ」

軽業で稼いでいることは絶対に知られたくないので、お花は嘘《うそ》をついた。本当は月に二回は必ず行っているにも拘《かか》わらず。するとお蘭がなにやら嬉しそうに口を挟んできた。

「なに、なに？　お花ちゃん、占い師に夢中になってんの？」

「そうらしいな。でもよ、話を聞くと、ひょろひょろした青二才みてえな男でよ。そんな奴やめとけ！　って俺が説教するも、そんなの聞いてられんとばかりに飛び出していきやがってよ」

木暮は首筋を掻きつつ、顔を顰《しか》める。

「ねえ、その占い師、なんて人？」

「邑山幽斎、と言ってましたね」

桂が答えると、お蘭は「ああ」と頷き、声を上げた。

「やだ、お花ちゃん、ああいう人が好みなの？　全然そんなふうに見えないけどねえ」

「あら、お蘭さん、その人のことご存じなの？」とお市。

「ええ、一度占ってもらったことがあるの。結構知られた占い師よ」

お蘭が幽斎に会ったことがあると聞いて、お花は動揺した。お蘭は色白で華奢《きゃしゃ》だが胸は豊かで、色気が溢《あふ》れる美女だ。そんなお蘭が、お花は正直なところ羨《うらや》ましくもあり、疎《うと》ましくも思っている。それで揉め事を起こしているおまけにお蘭はいい男とみると、必ずちょっかいを出す。それで揉め事を起こして愉《たの》しんでいるようなところもある。つまりお蘭は危険な女なのだ。そんな女が幽斎に会ったことがあると知れば、心穏やかでいられぬのは当然であろう。

お花は唇をちょっと噛み、思い切ってお蘭に訊ねた。

「一度きりですか？　占いが中《あた》らなかったとか？」

「ううん、占いは中ったわ。でも、そういう訳ではないの。通うほど楽しくもなかったのよ。二枚目の占い師っていうから期待していったんだけれど、ああいう辛気臭《しんきくさ》いのは、わちきはちょっとね。占い師なら、日本橋界隈《かいわい》で辻占《つじうら》やってる竹仙《ちくせん》って人のほうがいいわよお！　蛸坊主《たこぼうず》みたいだけれど、話が面白くて、ああいうほうがわちきとは合うわね」

「いや、さすがはお蘭さん！　もてる女ってのは、男を見る目がやはりあるんだなあ！　伊達に男を喰ってないねえ。お花に言ってやってくださいよ！　幽霊みてえな男より、蛸坊主のほうがずっといいとね！」

木暮は嬉しそうに、お蘭に酌をする。それを啜ってお蘭はお花に微笑んだ。

「お花ちゃんはまだ若いから、幽斎さんみたいな人に惹《ひ》かれるのよ。わちきぐらいの歳になると、ああいう気難しい男は疲れちまうわ」

「そんなこと仰って、お蘭さんだって玄之助《げんのすけ》さんにちょっかい出したりするじゃない」

村城《むらき》玄之助とは、隣の水谷町《みずたにちょう》で寺子屋を開いている、二十六歳の浪人である。お市の指摘に、お蘭は、ふふと笑った。

「あら玄之助さんは、それほど気難しい訳じゃないでしょ。どちらかと言えば単純じゃない。ああいうのは好《す》くのよ、わちきは。躰つきだって、胸板厚くて逞《たくま》しいでしょ。幽斎さんは細過ぎて、あっちのほうも見るからに弱そうなんですもの」

「お蘭さんは、結局そっちかい！」

笑いが起きる中、お花は唇を尖らせてお蘭を見やる。幽斎をこけにされたのは不愉快だが、お花はほっとしてもいた。お蘭は幽斎が好みではないと知れたからだ。

――ああ、よかった。あんな女が幽斎さんを追い掛け回したりしたら、あたい、心配で眠れなくなっちまいそうだもん――

お花が胸を撫《な》で下ろしたところで、お紋が料理を運んできた。

「〝焼き大根と胡麻《ごま》と山椒《さんしよう》の和《あ》え物《もの》〟だ。これ、お花が幽斎さんから借りた本に書かれてあったんだよ。板前が早速《さつそく》作《から》ってみたので、食べてみて」

薄く切った大根を焼いて醬油を絡め、摺《す》り胡麻と山椒を振ったものだ。木暮たちは「では早速」と箸を伸ばし、一口食べて顔をほころばせた。

「大根を焼いたのって旨えなあ。みずみずしくて、しかも芳《こう》ばしい。胡麻油の風味がなんともなあ」

「わちき、山椒も胡麻も好きなのよねえ。大根に合うわあ。お酒が進むわあ」

「大根は癖《くせ》がないから、飽きませんよね。この料理は大根そのものの味を楽しめて、とてもよいと思います。胡麻と山椒が、大根の爽《さわ》やかな味を引き立てていますね」

三人は酒を啜りながら、すぐに食べ終えてしまった。するとまたお紋が次の料理を運んできた。

「おぼろ豆腐で作った〝飛竜頭《ひりようず》〟だよ。お醤油垂らして、どうぞ」

〝飛竜頭〟とは、豆腐に擂《す》った山芋《やまいも》、刻んだ人参《にんじん》、牛蒡《ごぼう》、椎茸《しいたけ》などを混ぜ合わせ、丸く形成して油で揚《あ》げたもの、いわゆる〝がんもどき〟だ。

一口食べ、お蘭はうっとりとした。

「ふわふわの皮を嚙み締めると、お豆腐が溢れ出てくるのね」

「この店で豆腐の料理をまた味わえるようになって、実に嬉しいぜ」

「細かく刻んだ野菜と豆腐を混ぜ合わせて、揚げる。それだけでなんと素晴らしい味わいなのでしょう。酒と合います、泣けるほどに」

桂は目を細め、ゆっくりと嚙み締める。お紋は桂に酒を注いだ。

「本当に毎日お疲れさま。まだ寒いもんねえ。こんな時に聞き込みするのはたいへんだろうと思うよ」

「例の事件はどうなっているの？」

「冬伝の動きもありませんし、謎の女もどこの誰かまだ摑めておりません。苦戦しております」

「ねえ、その事件って、なんの事件？」

お蘭は箸を舐め、身を乗り出す。皆、〝飛竜頭〟をあっという間に平らげ、もう一皿大盛りで注文した。お蘭の問いには木暮が答えた。

「元花魁と陰間《かげま》が殺されたって事件だ」

「ええ、それに冬伝が関わってるの？　冬伝って雨矢冬伝のことでしょ、戯作者《げさくしゃ》の」

「まだはっきりとは分からねえから、お蘭さん、口外は慎《つつし》んでくれよ。冬伝は今のところ参考人ってとこだ」

「もちろんよ！　わちき、口が軽いようでいて、よけいなことは喋らないから大丈夫。それにしてもあの事件、色々なことを好き勝手に言われたり書かれたりしているわよね。ねえ、知ってる？　あの藤弥って陰間と、そのお客だった本宗寺の善覚っていうお坊さん、その二人を模《も》した春画《しゅんが》が密かに出回っていること」

「ええ、そうなの？」

一同、目を丸くする。お蘭はさりげなく声を潜《ひそ》めた。

「結構売れてるらしいわよ。洒落《しゃれ》で買った人が、遊里なんかで見せびらかしているみたい。なんでも二人がばっちり絡み合っていて、おまけに絵の中に名前まで書かれてあるんですって。本宗寺・善覚、陰間茶屋・藤弥、って」

「へえ、そりゃ酷えなあ。その坊さん大丈夫なのかね。今に寺を追い出されんじゃねえのか」

「善覚は恐らく権大僧正《ごんだいそうじょう》だったと思います。大僧正の次の位というのに、おかしなことに巻き込まれてしまいましたね。下の僧たちに示しがつかないでしょう」

「ねえ、善覚が殺《や》ったってことはないの？」

「うむ、それも考えてはみたが、仮にそうだとしても、坊主の場合は俺たち町方はしょっ引けねえんだ。寺社奉行の管轄《かんかつ》だからよ」

「それに善覚は藤弥とお染が殺されたと思しき刻《とき》に、葬儀に出ていました」

「なるほどねえ。まあ、痴情《ちじょう》のもつれで藤弥を殺《あや》めてしまったとしても、死体の始末にあんな芝居がかったことをする訳ないものね」

木暮と桂は、お蘭を見詰めた。

「そうなんだ。そこがおかしなところなんだ。どこかに埋《う》めてしまえばいいものを、重しもつけずに川に流すなど、見つけてもらって構わないと言っているようなものだ。おまけに手首を赤い紐で結んだりしてな」

「だから我々は、殺しに慣れてない者の犯行とみているのです。しかし、お蘭さんが今仰ったことで、もしかしたら下手人《げしゅにん》はわざと演出しているのかもしれないと、ふと思いました」

「うむ、犯行を演出か。芝居、演出。そうすると、やはり思い浮かんじまうのは……冬伝だ」

木暮は苦い顔で腕を組む。お花はずっと黙って聞いていたが、切り出した。

「あのさ、今日、幽斎さんから教えてもらったことで、気になることがあるんだ」と。

お花の《徐福の園》の話を、皆熱心に聞いた。

「あたい、それで思ったんだ。冬伝の戯作、お染と藤弥の殺し、《徐福の園》。これらに共通するものは〝人魚〟だって。だから《徐福の園》にも何かが隠されているような気がしてならないんだ。無視出来ないと思うんだよ」

皆、顔を見合わせる。お花はお蘭に訊ねた。

「お陽さんと歩いていた時に、比丘尼姿の女に声を掛けられて、集まりにしつこく誘われたって言ってましたよね。あれ、《徐福の園》だったのではないですか」

「ああ……そう言われてみれば、そうかも。ジョフクって言葉が耳慣れなくて、その時は覚えられなかったんだけれど、確かにそう言っていたように思うわ。そうなんだ、徐福って言葉には、不老不死の意味合いがあるのね」

お花の話を目をぱちぱちさせながら聞いていたお紋が、真剣な面持《おもも》ちで膝《ひざ》を乗り出した。

「でも本当にそんなことってあるのかね。不老不死、不老長寿なんて、誰しも夢見ることじゃないか」

「それが本当に手に入るのなら、いくらでも金子を出すという人はいるでしょうね。若く美しく健《すこ》やかなままずっと生きていけるなんて、大女将が言ったように、誰しもの夢じゃない。本来、金子で買えないようなものが、金子で手に入れられるなら、皆、必死になるわよね」

お市とお紋は頷き合う。お蘭も、ほぅと息をついた。

「そんな妙薬があったら、わちきもほしいわあ。年々、色々なところが気になってきてね。小皺《こじわ》とか、白髪を見つけたりすると、悲しくなっちゃって。美人水なんかをたっぷり塗って頑張ってはいるけれど、寄る年波には勝てないのよ、誰しも。……だから、その、《徐福の園》の乙姫様ってのの、見てみたいわ！　四十三歳で二十歳ぐらいの容姿って、どんなのかしら！　嘘か真か、この目で確かめてみたいわぁ」

深川遊女として全盛を極め、大店の大旦那に身請《みう》けされて悠長《ゆうちょう》な妾《めかけ》暮らしに甘んじているお蘭にしてみれば、蓬莱乙姫などは憎たらしくもあり羨望《せんぼう》の的でもあるのだろう。

そこでお花は提案をした。

「あたいもこの目で《徐福の園》という集まりを確かめてみたいから、一度、占いか加持祈禱をしてもらいにいってこようと思うんだ」

「中に潜《もぐ》って、その〝人魚教〟の集まりを探索しようってのか？」

木暮が目を見開く。お花は頷いた。

「うん。実際に中に入ってみたほうが、やはり色々なことが分かると思うんだよね。もしかしたら、お染も密かに《徐福の園》の信者だったかもしれないよ。冬伝だって、どこかで《徐福の園》と繋がっているかもしれない。中に潜れば、信者たちにさりげなく聞き出すことも出来るんじゃないかな」

「でも危ないわよ、お花。よく考えてみれば胡散臭い集まりじゃない、《徐福の園》って」

お市が眉を顰める。お紋も「それはやめときな」と止めたが、お花の心は決まっていた。

「あたいは大丈夫だよ。あたいは不老不死だとか、永久の美貌や若さとか、そんなもんにはちっとも興味ないからさ。だから何にも惑わされずに、冷静に中の様子を探ることが出来ると思う。だから旦那、あたいに潜らせてよ、お願い」

お花は木暮に手を合わせる。木暮は少し考え、お蘭にちらちら目をやりつつ、答えた。

「よし、そこまで言うなら、お花に頼むか。でもお花一人で行かせるのは、女将や大女将に申し訳ない。だから、お蘭さん、お花と一緒にいってやってくださらんか」

お蘭はにっこりした。

「いいわよ。わちきも一度いってみたいって思ってたとこ！　蓬莱乙姫様を、お花ちゃんと一緒に拝《おが》んでくるわ。あ、お陽さんにも一緒にいってもらおうか？　三人なら、さらに心強いでしょ」

「いや、さすがはお蘭さんだ！　話が分かるねえ、恐れ入ったわ。ほら、女将、酒をもっと持ってきてくれ」

「はい、ただいま。お蘭さん、うちの子お願いしますね」

頭を下げるお市に、お蘭は「任せといて」と微笑んだ。

木暮たちが帰って店を閉めてからも、お紋は妙に昂《たかぶ》っていた。病の悩みを密かに抱えているお紋は、どうやら〈不老不死〉〈不老長寿〉という言葉に惹かれたようだ。お紋は目九蔵を呼びつけ、こんなことを言い始めた。

「これからうちの店でも、〈不老長寿〉を謳い文句にした料理を作って出すことにしないかい？　これを食べれば、永久の若さと壮健が手に入るっての。どうだい、そういう〈不老長寿の料理〉、当たると思わないかい？　不老不死だと大袈裟《おおげさ》だから、長寿ぐらいでいいんだ。そして、それをうちの目玉にするんだよ！」

お市、お花、目九蔵は揃って目を瞬かせる。

「それは目玉になるかもしれないけれど、お母さん、〈不老長寿の料理〉って、いったいどういうの？」

「だからそれを皆で考えようってんだ！　私がぱっと思い浮かんだのは、〝鴨《かも》〟を使った料理だね」

「でも、婆ちゃん、うちは獣肉は滅多《めった》に使わねえじゃん」

「だからこそ、新しい料理で使うんじゃないか！　目新しい食材、しかも印象の強い獣肉をもってくれば、〈不老長寿〉という謳い文句も生きるって訳さ」

お花は「なるほど」と腕を組む。お紋は続けた。

「獣肉ってのは、やはり力がつくよ。躰がぽかぽか温まってくるだろ？　鴨を使った料理を考えて、『これを食べれば、肌が潤《うるお》って、しっとりつるつる。精力が漲《みなぎ》って、若返る。風邪《かぜ》も忽ち治って、みるみる元気に』って唱えるんだ。当たるよ、きっと」

だが、お花はなんだか腑に落ちぬ。

「婆ちゃん、でもさ、鴨には本当に不老長寿の効き目があるのかい？」

「私もそう思ったわ」とお市も娘に同意する。

お紋は腕を組み、娘と孫を見やった。

「お客さんたちに、思い込ませるんだよ。〈はないちもんめ〉の料理を食べると、元気になれる、若返る、美しくなれる、そして不老長寿まで手に入る、ってね！　言っとくけれど、これは騙《かた》りなんかじゃないからね。お客さんの気持ちを慮《おもんぱか》って、本当に躰によい料理を考えるんだからさ。獣肉を使うから、お代はそれなりにいただくけれど、どこぞの乙姫様なんかとは違って、うちはあくどい真似なんかはしないよ。お客さんが納得出来る範囲さ。満足のいくものをちゃんとお出しすれば、少々高くても、誰も文句はつけないよ。それで、手始めに鴨の料理がいいんじゃないかと思ったんだ。前に蕎麦屋で鴨南蛮《なんばん》を食べたら、疲れが忽ち取れて、次の日も調子がよかったんだよ。心なしか肌もすべすべしてさ。なによりコクがあって美味しかったしね」

　黙って聞いていた目九蔵が口を挟んだ。

「確かに鴨肉は滋養《じよう》があると言います。京にいた頃、教わりました。鴨肉には、肌や髪など人の躰を作る養分がたっぷり含まれていて、にも拘わらず、食べても肥《ふと》り難《にく》いそうですわ。見た目を気にされる女人には、特に好まれる食材ちゃうかと。それに鴨を食うなら今の時季ですからな。寒い頃の鴨は、脂がのってよろしいですわ」

「さすがは目九蔵さんだ、物を識っているよ！　お市、お花、聞いただろ？　鴨肉にはやっぱり滋養があるんだよ」

「まあ、鴨肉が躰によいのは分かったけどさ」

「〈不老長寿〉とまで言ってしまって、本当に上手くいくのかしら」

　まだどこか納得がいかないといったような娘と孫を睨《ね》め、お紋はさらに大きな声を出した。

「たとえばさ。お市は餅《もち》を食べると肌がモチモチするなんて言うけれど、それだって、餅に肌を潤す効果って本当にあるのかね？　ただ、あんたがそう信じ込んで食べているから、いい作用が働いて、そういう結果になってるだけかもしれないよ」

「そういや餅は腹持ちがよくて、力が出るとはいいますけれど、肌にまでいいとはあまり聞きませんな」

目九蔵が頷く。

「そうだろ？　お市は勘違いしてるのかもしれないんだ。でもさ、勘違いでもいいんだよ。これを食べると、これをすると、効果があると信じ込むことが、よい結果へと向かわせるんだ、きっとね。私だって『銀之丞～』って悶えることで若くいようと思い込んだら、不思議と血の巡りがよくなって、肌も潤うようになってきたからね」

「お母さん、今年になってから本当に肌がつるつるよね」

「去年はだいぶ干《ひ》からびてたけれどな」

「お前は一言よけいだよ」

お紋は孫をじろりと睨め、続けた。

「つまりは、信じることが大切だと思うんだ。信じて食べることで、美しくなったり、若返ったり、病が治ったりしたら、大いに儲《もう》けものだろ！　信じることが、時として人知では解き明かせないような強い力をもたらす……っていうようなことを仰ったんだろ？　お前の憧れの幽霊先生も」

お紋はお花ににやりと笑う。お花は――〝幽霊〟先生じゃなくて幽斎先生だよ――と舌打ちしつつ、頰をぽっと赤らめた。そんなお花を、お市もお紋も目九蔵も、微笑ましそうに眺める。母親の前向きな考え方に心を動かされたのだろう、お市が頷いた。

「そうね。お母さんの言葉を信じて、〈不老長寿の料理〉やってみましょうか」

「やるからには成功させないとね！」

お花もいつの間にか乗り気になっている。

「では大女将が仰るように、初めは鴨料理でいきますか？」

「そうだね、〝鴨鍋〟なんかはどうだい？　葱も躰にいいだろ！　それで値段は、鴨南蛮が一杯だいたい四十八文（約五百八十円）だから、よし、百文（約千二百円）でいくか！　鴨と葱をちょいと大目にしてさ」

お市たちは顔を見合わせた。

「百文って……なかなか強気ね」

「いいんだよ、なんといったって〈不老長寿〉を謳い文句にしているんだもの！

安いほうが逆に訝しがられるよ、『本当に効き目があるんだろうか』ってね。少し高めぐらいのほうが御利益を感じるってもんだ。人の気持ちなんて、そんなものさ。もちろん値段に見合った料理を出したいから、目九蔵さん、腕を揮《ふる》ってよ！　頼りにしてるんだからね」

「かしこまりました。張り切って作らせていただきます。獣肉の料理、作りたいと思うてましたんで、嬉しいですわ。葱も効能ありますさかい、あの粘々《ねばねば》が。よい食材で、よい料理を作れそうですわ」

目九蔵の細い目が、優しげに垂れる。お花が口を出した。

「そういや幽斎さん、海苔も躰にいいって言ってたな」と、幽斎から聞いた海苔と不老不死に纏わる話をすると、皆「ほう」と目を丸くする。

「海苔が不老不死の食べ物と考えられていたとは、驚きだね。髪にいいとはいうけどさ」

「本当に。興味深いわね、食べ物に秘められた力って」

「では海苔も使いましょか？　鴨丼なんてのもいいかもしれまへん。海苔と葱をたっぷり散らして」

「うわあ、考えただけで美味しそう！」

お花は思わず舌舐めずりする。

「よし、〈はないちもんめ〉の〈不老長寿〉の品書き、〝鴨鍋〟と〝鴨丼〟から始めようか！」

お紋が声を上げると、三人は「合点《がってん》だ！」と笑顔を弾けさせた。

二

木暮たちは《徐福の園》の長である蓬莱乙姫について調べ始めたが、なかなか手掛かりが摑めなかった。様々な噂はあるものの、どこの誰かを突き止めることが出来ないのだから、ましてや来《こ》し方《かた》など分かろうはずもない。大奥にいたという噂があっても、どの程度の役職だったのか本名は何というのか、まったく耳に入ってこない。花魁だったという噂もあるが、どこの妓楼《ぎろう》にいて何と名乗っていたのか、まったく分からずじまいだ。

木暮は考えた。

――蓬莱乙姫の身元を割り出すには、やはりお花たちに中に潜ってもらって、実際に見てもらうことだな。そして人相書を作って、それを広めて手懸《てが》かりを得るのが最も手っ取り早いだろう――と。

　如月も早々に、雨矢冬伝作の読本が上梓された。〈怪談噺の会〉など伝の甲斐もあって、『人魚奇譚《きたん》』と題されたその本は評判となった。いくつかの短篇を纏《まと》めたもので、怪奇色が強かったが、分けてもその中の一篇が人々の目に留まった。例の、元花魁と陰間の変死を彷彿《ほうふつ》とさせる内容だったからだ。それがゆえに『人魚奇譚』はいっそう話題となり、冬伝は一躍《いちやく》時の人となった。

　そんな折、板元《はんもと》の大旦那である吉田屋文左衛門が〈はないちもんめ〉をふらりと訪れた。

「まあ、大旦那様、いらっしゃいませ」

　艶《あで》やかな笑みを浮かべてお市が迎えると、文左衛門は目尻を垂らした。

　お市は文左衛門を座敷に通し、酌をした。

「こちらで〈怪談噺の会〉を開かせていただきましたおかげで、冬伝の読本、売れに売れております。その節は本当にありがとうございました」

「それはよかったですわ。評判になってらっしゃいますものね」

　文左衛門はお市に、冬伝の読本を差し出した。

「よろしければ、御覧になってやってください。このような怪奇話は、お好きでないかもしれませんが」

お市は恐縮しつつ、受け取った。

「まあ……買おうと思っておりましたのに。ありがとうございます、是非、読ませていただきます。板前は早速買ったそうですよ。独特な才に溢れていらっしゃると、感心しておりました」

「それはありがたい。目九蔵さんによく御礼を言っておいてください」

「もちろんです。あ、少しお待ちください。お料理を運んで参りますので」

お市は板場へといき、すぐに戻ってきた。皿を眺め、文左衛門は目を丸くした。

「これは……鴨肉ですか？」

「そうです。鴨肉を醤油、味醂《みりん》、酒で煮たものです。芥子《からし》と山葵《わさび》、お好みでどうぞ」

脂の滲んだ桃色の肉に、三つ葉が載っている。文左衛門は唾《つば》を呑み込んだ。

「こちらで鴨をいただくのは初めてです。いや、これはなんともそそる」

「うちは獣肉のお料理はやっておりませんでしたが、思うところあって、今後お出しすることにしたんです。お品書きにはまだ加えておりませんが、吉田屋様には予《かね》てからお世話になっておりますので、特別にどうぞ」

「それはそれは、ありがたい。では早速、お味を拝見」

文左衛門は脂の滴《したた》る鴨肉を一切れ摘まみ、頬張った。それを嚙み締め、恍惚の笑みを浮かべる。唇を脂で濡らして、文左衛門は息をついた。

「いやあ、お見事。今まで獣肉の料理がなかったことが不思議です。鴨肉はどうかすると硬くなってしまいますが、実に軟らかくて食べやすい。肉に味付けが染み込み、それが脂と合わさって、濃厚《のうこう》です。肉の旨みというのは、やはり魚とはまったく違いますね。魚は魚でいいのですが、肉を食べると活気が湧いてくるようです。躰が喜ぶのでしょうか」

文左衛門は料理を褒めつつ、食べては呑みを繰り返す。

「何もつけなくても美味ですが、芥子をつけてもよろしいですねえ。いっそうコクを感じるようになります。山葵ですと、さっぱりとこれまたよろしい。いや、この料理、毎日でもいただきたいです」

煮た鴨肉は酒に合うのだろう、文左衛門はあっという間にお銚子《ちょうし》一本空けてしまった。文左衛門は鴨肉をお替わりし、お市は料理と酒を再び運んだ。

「実は、今日、冬伝も連れてこようと思ったんですよ。あいつも来れば、この料理に舌鼓《したつづみ》を打てたのに。惜しいことをしましたよ」

「あら、それは残念。御用があったのかしら」

「いや」と、文左衛門は声を潜めた。

「こちらの店には、八丁堀の役人方が集まっているではないですか。なんでも冬伝のところに、同心の誰かが何かを訊きにきたそうで、あいつ気分を害したようでね。それでまあ、こういってはなんですが、同心たちが集まるようなところは、今は避けたいみたいですよ」

「そうでしたか」

お市は思わず苦笑する。木暮が冬伝の住処まで話を聞きにいったことは知っていたので、──なるほどね──と納得する。

鴨肉をすっかり食べ終え、文左衛門はゆっくりと酒を啜った。

「しかしまあ、冬伝も色々な噂を流されて、たいへんですよ。お聞きになったことはありますか？　冬伝の本の一篇が、例の元花魁と陰間の事件を彷彿とさせるようだと言われているのを」

「ええ、耳にしたことはございます。でも……板前は、設定が少し似ているというだけではないか、と言っておりましたが」

「ちゃんと読んでくださって、御礼を申し上げます。冬伝の作品は、このような話なんですよ。人魚に恋い焦《こ》がれた男が、或る時偶然人魚と出会い、愛し合うようになります。しかし色々な者たちに邪魔をされ、仲を引《ひ》き裂《さ》かれそうになって、人魚と男は川に飛び込み、心中してしまうのです。人魚なのにどうして溺《おぼ》れたのかと思われますでしょう？　男は川へ飛び込む前、人魚を薬で眠らせ、人魚の胴と自分のそれを赤い紐できつく縛り付けるのです。万が一、自分だけが溺れ死んで、人魚が逃げてしまわないようにね。そして心中するのですが、引き揚げられた時、溺死《できし》した男は顔が膨れ上がって苦悶《くもん》の表情に満ちていましたが、薬で昏睡《こんすい》していた人魚はとても安らかな美しい顔のままだった、という話です」

「なんだか……怖いような、切ないような、冬伝さんらしいお話ですね。あの事件には、確かに少し似ているような気もしますが。赤い紐、とか」

「実はですね、この一篇というのは、昨年の神無月《かんなづき》（十月）から霜月《しもつき》（十一月）に掛けて或る瓦版に連載されたもので、それを新たに収録したのです。その瓦版というのは、通俗的な事件を面白おかしく書き立てる、いわゆる三文紙《さんもんし》で、怪奇物の戯作などもたまに載せるのですよ。それゆえ……穿《うが》った見方をしましたら、冬伝の連載を読んでいた者が、それを真似してあのような死体の遺棄《いき》をしたとも考えられるのではないかと」

「ああ、なるほど。それはあるかもしれませんね。戯作に影響されて、真似てみようと考えるというのは」

「同意してくださって、ありがとうございます。……しかし悲しいことに、私がいくらそのように主張しましても、世間の人々というのは好き勝手に噂をします。酷いものになると、『あの元花魁と陰間は、冬伝が殺めたのだ』などとね」

「まあ、そんなことまで」

お市は驚いてみせたが、そのようなことは木暮も既に推測している。

「そんなふうに思わせてしまうほど、冬伝の戯作には真に迫った力があるということですよ。それほど怪奇的ということで、冬伝の才なのでしょうが、それがゆえに疑われるというのも気の毒な話です。私のところにも、瓦版屋などが訊ねてきたりするのですよ。奴ら、冬伝について色々探っているようでね。私どもは決して喋っておりませんが、奴ら、どこからか冬伝の家柄や本名まで探り当てまして。それまで流れ始めています。冬伝の父親は地位のある旗本なので、何かまずいことにならなければいいのですが」

文左衛門は大きな溜息をついた。

「冬伝さん、参ってらっしゃるのではありませんか。家のことまであれこれ噂を立てるというのは、感心出来ませんわ」

お市が眉を顰めると、文左衛門は弱々しく笑った。

「ところが冬伝自身は、ちっとも参っていないんですよ。それどころか、噂のおかげで話題になって本が飛ぶように売れ、本人は『してやったり』と笑っております。心ノ臓《しんぞう》が強いんでしょうな。たいした男ですよ。……私のほうが参ってしまっているという次第で」

お市は「お疲れさまです」と文左衛門に酌をした。

「それならば、心配はないようですね。噂を笑い飛ばしてしまうなんて、さすが冬伝さん。それぐらいでなければ、戯作者としてやっていけないのでしょうね」

「まことに仰るとおりです。まあ、売れ行きは非常に好調ですので、うちとしてもありがたい限りですよ」

文左衛門は目を細めて、お市が注いでくれた酒を味わった。

お市たちは、文左衛門からもらった冬伝の『人魚奇譚』を代わる代わる読んだ。それには、「人魚と一心同体になりたいと渇望《かつぼう》する男が、人魚を殺してその肉を食べる話」や、「十七、八歳ぐらいにしか見えない美しい娘が実はとうに百歳を過ぎていて、夫を殺しては人魚に捧《ささ》げ、その代わりに不老不死の妙薬を人魚からもらっていた話」、「人魚をばらばらに切り刻んで葛籠《つづら》に入れ、それを背負って旅に出る男の話」などのほか、冬伝が怪談会で披露《ひろう》した《雪達磨《ゆきだるま》の中の人魚》も収録されていた。

「あんな爽やかな好男子が書いてるとは思えないねえ」

お紋の言葉に、お市とお花も頷く。冬伝の印象と、戯作の内容に隔《へだ》たりがあり過ぎて、それゆえいっそう気味悪く感じるのだった。

八日の事始めの日、村城玄之助が八重《やえ》を連れて〈はないちもんめ〉を訪れた。

事始めとは、正月を納めて通常の暮らしを始める日という意味だが、一月《ひとつき》も正月気分でいるとは江戸の人々は悠長なものである。

お市は二人に、〝御事汁《おことじる》〟と〝慈姑《くわい》のおろし揚げ〟を運んだ。〝御事汁〟とは、赤小豆《あかあずき》、牛蒡、人参、里芋、大根、慈姑などを入れて味噌で煮込んだもので、これを事始めの日に食べて一年の無病息災を祈る。

「お二人とも、今年もお健やかでお幸せでいらっしゃいますよう」

お市が笑顔で椀《わん》を差し出すと、玄之助と八重は「ありがとうございます」と頬を仄かに染めた。二人はともに寺子屋の師匠であり、二十六歳の玄之助は、一つ年上の八重をとても大切にしている。八重は野に咲く百合《ゆり》のように、楚々《そそ》として美しい女だからだ。

貧しい旗本の娘であった八重は、父の罪で改易《かいえき》になり苦労を重ねたが、玄之助に出会ってからは笑顔を見せることが多くなった。病身の八重の母親も、明るくなった娘を見て生きる張り合いが出てきたのだろうか、この頃は少しずつ快復してきているという。

〝御事汁〟を啜り、玄之助と八重は目を細めた。

「とっても優しい味わいです。温まります」

「旨いうえに躰によいものばかり入っておる。贅沢《ぜいたく》な一品だ」

「大女将の案で、今年、うちの店は不老長寿のお料理を目指そうと思っているんです」

二人は目を瞬かせた。

「不老長寿ですか、それは凄い」

「母にも食べさせてあげたいです」

お市は微笑んだ。

「是非、お母様にも召し上がっていただきたいです。今、品書きを板前と色々考えているところなのですが、こちらのお料理にも使っております、慈姑。板前曰《いわ》く、慈姑はとても滋養が豊富とのことです。絵師の北斎《ほくさい》さんってご存じですか」

「はい、存じ上げております。『北斎漫画』を描かれた葛飾《かつしか》北斎先生ですよね」

「そうです。北斎さんは六十二歳の今でも精力的に描いていらっしゃいますが、破天荒《はてんこう》な暮らしぶりにも拘わらずお元気なのは、板前が申しますに『どうも慈姑のおかげなのでは』と。北斎さんは慈姑が大好物とのことで、毎日食べていらっしゃるんですって！　それで板前が、不老長寿料理の食材の一つに慈姑をあげまして。早速作ってみたのがこちらの〝慈姑のおろし揚げ〟です。お熱いうちに召し上がってみてください」

お市に勧《すす》められ、二人は箸を伸ばし、一口食べて目を潤《うる》ませた。

「慈姑の揚げ物って初めていただきましたが、ふんわりとして、とてもよいお味……。擂りおろした慈姑と片栗粉を混ぜて作るのですか？」

「はい。それにお塩も少し加えて。混ぜ合わせたものを丸く形成して揚げて、それをまた軽く煮るのです。出汁とお醬油と味醂で」

「だから味が染みているんですね。芳ばしくて、このお味、癖になってしまいそう」

玄之助は言葉もなく、ひたすら食《は》む。皿には二つずつ載っていたが、二人ともあっという間に平らげてしまった。お茶を啜りつつ、八重は満足げに息をついた。

「これで躰にもよいなんて……。良食は口に美味《うま》し、ですね」

「まことである。慈姑がこれほど旨く化けるとは、目九蔵殿は手妻師《てづまし》と思われる」

「手妻師ですか！　板前に伝えておきます、喜びますわ」

笑い声を上げていると、戸が開いて木暮がふらりと入ってきた。目敏《めざと》く「これはこれは、玄之助さん、八重さん！　いつ見てもお似合いですなあ！」などと声を掛けてくる。馴れ馴れしい木暮にも、玄之助と八重は「こんばんは」と丁寧に挨拶をした。

木暮はどこかで軽く引っ掛けてきたのか、既にいい気分のようだ。図々《ずうずう》しく玄之助と八重に近寄って、さらに声を掛けた。

「今日はお休みだったんですかな？　どこかに遊びにいった帰りとか？」

お市が「旦那、お二人の邪魔をしないでよ」と窘《たしな》めるも、玄之助は苦笑いしつつ答えた。

「それがしも八重殿も、今日は仕事でござった。ついこの前が初午《はつうま》で、寺子が新しく入ってきてなかなか忙しいのだ。今日は八重殿と書物を買いにいき、その帰りに寄らせていただいた」

「玄之助さんのお知り合いが書かれた読本とのことで、私も興味を持ったのです」

玄之助は風呂敷を開け、その書物を取り出した。それを見て、木暮もお市も「あっ」と声を上げた。

「そ、それは雨矢冬伝が書いた『人魚奇譚』ではないか！　玄之助さん、あんた、冬伝の知り合いなのかい？」

木暮は酔いが吹き飛んだように、真剣な面持ちで訊ねる。玄之助は些か気圧《けお》されたようだった。

「親しいという訳ではないのだが、子供の頃、同じ道場に通っていたので、知ってはいる。彼奴《あいつ》のお父上は、それがしの父上より身分がずっと上だったから、あまり話すことはなかったがな。しかし、嫌な奴ではなかった。次男坊だからか、気儘《きまま》でお調子者という面もあったな」

「冬伝の本名は、奥山宏二郎ですな？」

玄之助は目を見開き、腕を組んだ。

「やはり調べているのか、町方の者は。噂どおり、宏二郎は疑われているということか」

八重が口を挟んだ。

「玄之助さんは、宏二郎さんが雨矢冬伝ということを、つい最近まで知らなかったそうなんです」

「うむ。宏二郎が物を書いているというのは風の噂で耳にしていたが、まさか渦《か》中《ちゅう》の雨矢冬伝とは驚いた。冬伝の本名やお父上の役職まで広まっていて、それで知ったのだ。宏二郎はいわば自分で蒔《ま》いた種であるから仕方ないのかもしれぬが、お父上をはじめ御家族の方々は迷惑を被《こうむ》っておられるだろう」

「玄之助さんは宏二郎さんを心配されて、いったいどんなことが書かれてあるかを確かめようと『人魚奇譚』を買いにいったのです」

「そうでしたか……。では玄之助さんは、ここ数年は宏二郎と付き合いはなかったんですね」

「まったくなかった。最後に会ったのは、十八歳ぐらいの時だろうか。八年前でござる」

「なるほど」と木暮は顎《あご》をさすりつつ、懐《ふところ》から人相書を取り出して、玄之助に見せた。

「では恐らく覚えはないでしょうが、この女、万が一どこかで見たことはありませんかね？　某所《ぼうしょ》で、殺された元花魁が、宏二郎とこの女と三人で会っているところを目撃されているんですが」

玄之助は瞬《まばた》きもせずに、人相書をじっと眺める。木暮は溜息をついた。

「やはり覚えはないですよね。……失礼しました」

人相書を仕舞おうとする木暮の手を止め、玄之助は厳しい顔で声を掠《かす》れさせた。

「覚えも何も……この女人は、宏二郎の義姉上《あねうえ》ではないか。宏一郎殿の妻女でござる。名は確か……敏江《としえ》殿」

しん、となる。木暮は息を呑み、訊き返した。

「ま、間違いないのですか？　ほ、本当に、宏二郎の義姉ですか、この女は？」

「うむ。驚くほど似ておる。ほくろの位置も、ちょうどここだ。一度、確かめてみるとよい。それがしが敏江殿を最後に見たのも八年前だから多少は老けているだろうが、それでもこの絵は特徴をよく摑んでおる」

木暮は力が抜けたように、座り込んでしまった。八重もお市も、声を失っている。

――ってことは、冬伝は義理の姉さんと一緒に、お染に会ってたというのか。いったいどういう間柄なんだ――

頭を悩ませる木暮に、玄之助は重々しい声で言った。

「もしこの人相書が本当に敏江殿として、そのことまで噂になって流れたら、奥山家は多大な迷惑を被ることになるでござろう。事件に何らかの形で関わっていたとしても、お父上の御威光《ごいこう》で揉み消すことは出来るかもしれないが、奥山家の名に傷がつくのは明らかでござる。それゆえ、敏江殿か否《いな》か確認されるとしても、御注意くだされ」

「分かりました。貴重な証言、まことにありがとうございます」

木暮が丁寧に礼を述べると、玄之助は酒をぐっと呑み干した。

木暮は桂と一緒に本所にある奥山の屋敷へと赴《おもむ》き、塀《へい》の外から様子を窺って、冬伝の義姉である敏江を確認した。玄之助が言ったとおり、敏江は人相書の女によく似ており、二人は目を瞠《みは》った。

第四話　ほろほろ甘露煮《かんろに》

一

《徐福の園》の活動は、根岸の里の一軒家で行われている。根岸といえば田畑が広がる長閑《のどか》な場所で、風光明媚《ふうこうめいび》であるがゆえに富豪商人の隠居所や寮（別荘）が多い。お花はお蘭、お陽とともに、根岸へと向かった。

梅屋敷の近くに、《徐福の園》の一軒家はあった。枝折戸《しおりど》を通ると、七坪《つぼ》ほどの広さの庭があり、艶《つや》やかな紅椿《べにつばき》が咲き誇っていた。

「なかなか洒落《しゃれ》たところじゃない」

「どこかの寮だったのかしら。立派よね」

「料理屋が出来そうだ」

声を潜《ひそ》めて話しながら、お花たちは庭を横切り、入り口へと立った。《徐福の園》と看板が掛かっている。恐る恐る戸を開くと、上《あ》がり框《がまち》を踏んで十畳ぐらいの部屋に、女が十人ほど座っていた。皆、信者で、説法会が始まるのを待っているようだ。お花ぐらいの娘もいれば、大年増《おおどしま》、老婆《ろうば》もいる。年齢は様々だが、皆、身なりに気を遣《つか》っているのは、美に対する意識の表われだろうか。

「あの……ごめんください」

お花が声を出すと、奥から内部の者らしき、長い髪を束ね、白絹《しらぎぬ》の小袖《こそで》と白い切袴《きりばかま》を纏《まと》った女が現われた。その女を見て、お花は瞠目《どうもく》した。肌は滑らかで、うりざね顔、ほっそりと背が高い。切れ長の目は長い睫毛《まつげ》に縁《ふち》どられ、鼻筋はすっと通り、唇は紅椿のように色づいている。はっとするような、二十歳《はたち》ぐらいの美人だった。

——この人が、蓬萊乙姫ってこと？——

お花が息を呑《の》んで見詰めていると、女は笑みを浮かべた。

「皆様、初めてでいらっしゃいますよね」

「あ、はい、そうです。説法会に参加したいと思いまして」

「ありがとうございます。まだ準備をしているところですので、お上がりになってお待ちください。紙をお渡ししますので、お名前の御記入をお願いいたします。あ、私は、《徐福の園》で副長を務めております、千珠《せんじゅ》と申します。今後ともどうぞよろしくお願いいたします」

お花は再び驚いた。——この人が副長？　ってことは、蓬萊乙姫ってもっと美しいっていうの？　——と思ったのだ。

千珠が奥に消えると、お蘭がお花に耳打ちした。

「今の女よ、比丘尼《びくに》姿でわちきたちを誘ったっていうのは」

「そうだったんだ……。色々な雑用を引き受けてるのかな」

そんなことを囁《ささや》きながら、お花たちが上がって待っていると、奥から騒々しい声が聞こえてくる。奥の部屋にも既《すで》に信者が集まっているようで、ここにいるのはお花たちと同じ、新参者と思われた。

そうこうしているうちに準備が整ったようで、千珠が呼びにきた。千珠に連れられて奥の部屋へと入り、お花たちは目を見開いた。五十畳ほどの広い部屋に、百人ぐらいの信者が姿勢を正して座っている。どうやら信者たちの座る順番を決めるのに手間取っていたようだ。お花たち新参者は一番後ろに座らされた。

これだけの数の女たちが集まると、化粧や鬢付《びんつけ》油《あぶら》や香《こう》の匂いが充満し、お花はなんだか酔いそうだ。皆、頰《ほお》を仄《ほの》かに紅潮《こうちょう》させ、蓬萊乙姫の登場を待っている。一種異様な空気を、お花たちは感じていた。

蓬萊乙姫が部屋に入ってくると、悲鳴とも歓声《かんせい》ともつかない絶叫《ぜっきょう》が巻き起こった。

「きゃあ、乙姫様！」

「乙姫様あああ」

興奮が極まり、気を失う者まで現われる始末だ。

蓬莱乙姫は、眩《まばゆ》いばかりの光を発し、怪物のような美貌《びぼう》の持ち主だった。蠟《ろう》を塗ったような肌は艶やかで真っ白、顔にも首にも手にも皺《しわ》一つない。豊かな黒髪を垂らし、目はぱっちりと大きく、漆黒《しっこく》の睫毛《まつげ》は長く、鼻は高く、唇《くちびる》はぽってりと肉厚で、苺《いちご》の実のように真っ赤だ。

白い小袖に、緋《ひ》の袴《はかま》、水青の狩衣《かりぎぬ》を纏《まと》っているが、それらで隠していても肉感的というのが分かる。胸もお尻も豊かで、胴は艶《なま》めかしくくびれ、妖《あや》しい曲線を描いている。乙姫は姿勢がよいから、よけいに胸が突き出して見えた。

乙姫は舞うような身のこなしで、皆の前へと立った。まるで、精巧《せいこう》に作られた、人形の如《ごと》き麗《うるわ》しさだ。お花はもとよりお蘭とお陽も度肝《どぎも》を抜かれ、ただ啞然《あぜん》とするばかり。

乙姫が信者たちを見渡し、にっこり微笑《ほほえ》むと、また歓声が起こった。なんとも華やかで神々《こうごう》しく、美しい。四十三歳とは誰が見ても思わないだろう。まさに二十歳ぐらいに見える。だが、やはり本当の二十歳とは思えない。身のこなしや雰囲気などが、それなりに熟しているからだ。つまりは乙姫は「とてつもなく若く見える」ということで、それがゆえに多くの女たちの憧《あこが》れや希望となり得るのだろう。

瑞々《みずみず》しい乙女《おとめ》の肌と、匂い立つような色香を併《あわ》せ持つ乙姫は、花のような笑みを浮かべて君臨《くんりん》する。

お花は乙姫を食い入るように見詰めていた。魔法にでも掛かってしまったかのように、目を逸《そ》らすことが出来ないのだ。それはお花だけではなく、あのお蘭ですら呆《ほう》けた顔で見惚《みと》れている。お陽もまたそうであった。お花は思った。

――初めて見るような女だ。物凄い美人だけれど、なんていうか、ただ美人ってだけじゃない。人《ひと》を惹《ひ》きつける才が、とてつもなくあるのだろう――

すっくと立ったまま信者たちを見下ろす乙姫の右隣に千珠が座り、左隣には千珠と同じ歳ぐらいの若い男が座った。男は総髪で、千珠に劣《おと》らず見目麗しい。男も白絹の小袖と袴を身に着けている。見渡したところ、男はその者だけで、まさに女の園であった。

蓬莱乙姫は、百人ほどの信者を見渡し、張りのある透き通った声を出した。

「皆様、ごきげんよう。《徐福の園》にようこそ。私、蓬莱乙姫とともに、徐福の志を持ち、永久の命と若さを勝ち取って参りましょう！」

するとと歓声が巻き起こった。「乙姫様ああ」という絶叫があちこちで上がる。

乙姫は大きく瞬《まばた》きをし、豊かな胸を震わせ、説法を続けた。

「《美は力、若さは財、壮健は宝》。これらをいつまでも保ち続けるため、努力いたしましょう！　人は誰でも歳を重ねていきます。でも私を御覧ください。心掛け次第で、いつまでも若くいられるのです。心掛けとは、《徐福の園》の教えを信じ、守っていくことです。さあ、皆さん、私と一緒に繰り返しましょう！《美は力、若さは財、壮健は宝。これらを手に入れるために、徐福の教えを守り、なんでもいたします》」

すると百人ほどの信者たちは、声を揃《そろ》えて、乙姫の言葉を繰り返す。

「《美は力、若さは財、壮健は宝。これらを手に入れるために、徐福の教えを守り、なんでもいたします》」

「では、もう一度。今度はもっと大きな声で！」

信者たちは再び繰り返す。誰もが何の疑いもなく、乙姫の言うなりになっている。信者たちは何かの術にかかっているかのように、瞬きもせずに乙姫を見詰め、呪文のように繰り返す。お花たちも、いつの間にか、信者たちに倣《なら》っていた。

乙姫は二十回ほど繰り返させると、「皆さん、よく出来ました。そうです。《徐福の園》を信仰することが、永久の幸せへの道なのです。美、若さ、壮健。これらがあれば、なんでも叶います。子孫繁栄《はんえい》、無病息災、商売繁盛《はんじょう》。そして自分が幸せになることは、世の平和にも繋《つな》がるのです。ああ、なんて素晴らしいことでしょう！　私とともに、いつまでも美しく、若く、健やかでありましょう！」

高らかに謳《うた》う乙姫に、信者たちは平伏《ひれふ》している。畳に頭をこすりつけている者もいた。

「《徐福の園》に入信なさって、美、若さ、壮健を手に入れて幸せになった方は、多くいらっしゃいます。私は信者の皆さん全員に、そうなっていただきたいと切に願っております。私たち女は、いつだって男の下と思われて参りました。しかし、美、若さ、壮健が手に入れば、何もかもが巧《うま》くいき、金子《きんす》だって掌中《しょうちゅう》に出来ます。そうすれば、男たちの言いなりになる必要などありません。それどころか、男たちの上に立つことだって出来るのです。私たちが男を選ぶことが出来るようになるのです。それは、美、若さ、壮健を手にした女の特権なのです。さあ、女たちの未来のために、私たちはともに頑張《がんば》りましょう！　三種の神器を手に入れるのです！　永遠なる美、若さ、壮健！」

「永遠なる美、若さ、壮健！」

信者たちは涙をこぼしながら大きな声を張り上げる。乙姫は多くの信者たちを包み込むかのように大きく手を広げ、美しい声で繰り返す。

「永遠なる美、若さ、壮健！」

「永遠なる美、若さ、壮健！」

乙姫と信者たちは、何度も何度も、同じ言葉を呪文のように繰り返す。それはお花たちもまた同様であった。

熱気が渦巻《うずま》く中、説法会は終わり、「乙姫様あ、乙姫様あ」という信者たちの絶叫に送られ、蓬莱乙姫は去った。千珠と若い男を従えて。

次は、個別の加持祈禱《かじきとう》や占《うらな》いが行われる。お花たちも祈禱してもらうことにしたが、人が多過ぎて、順番がくるまで時間が掛かりそうだった。

「待ってるうちに日が暮れそう」とお蘭が溜息をつく。そう歎《なげ》きながらも、お蘭もお陽も乙姫を間近で見て、御言葉を賜《たま》わりたいようだった。

待っている間、お花たちはほかの信者と言葉を交わした。

「千珠さんや、さっきいた男の人も、占いや祈禱をなさるのですか？」

「いえ、あのお二人はなさいません。乙姫様のお手伝いをなさっているだけです」

男は巳之助《みのすけ》といい、千珠とともに乙姫の身の回りの世話や、雑用を引き受けているようだ。信者は声を潜めた。

「巳之助さんを目当てに通っている人もいるみたいですよ。私は乙姫様をひたすら信奉《しんぽう》していますが、いずれにせよあの御三方が並ぶと目の保養になりますわ。動く錦絵《にしきえ》、いえ、それ以上ですもの」

信者は頬を仄かに染め、ふふと笑う。お花はさりげなく訊《たず》ねてみた。

「乙姫様に拝《おが》んでもらうと、本当に不老長寿の効き目はあるのでしょうか」

すると信者は眉間《みけん》に皺を寄せ、声を一段と潜めた。

「失礼なことを言うものではないわ。本当に効き目があるか、なんて。あるに決まっています。乙姫様を御覧になったでしょう？　あの方、四十三歳っていうのは嘘《うそ》で、本当は百歳を過ぎているなんてことも囁かれているのです。それなのにどうです、あの麗しいお姿は！　その乙姫様に拝んでいただくのですもの、御利《ご》益《りやく》があって然《しか》るべきではないですか」

――百歳というのはさすがに眉唾《まゆつば》だ――と訝《いぶか》りつつ、お花は返した。

「はあ、なるほど。拝んでもらうだけで、不老長寿が手に入るなんて、夢のようですね」

信者はにっこり微笑む。

「そう、まさに〝夢の園〟なのです、ここは。でも……拝んでいただくだけでも御利益はありますが、もっとほしい場合は、妙薬を買うことも出来るんですよ。まあ、それは、お布施《ふせ》を多く納めて、位《くらい》が上にいかないと叶いませんが。とても高価なものですし」

「不老長寿の妙薬ですか？」

「そう。高価なものであっても、叶うことなら、それを手に入れたいではないですか！　だって、乙姫様もその薬を飲んで、あのような御姿を保っていらっしゃるといいますもの」

「その薬を飲めば、自分も乙姫様のようになれるかもしれないと？」

「ええ。あやかりたいというのが女心でしょう？　美、若さ、壮健。乙姫様が唱えていらした三種の神器を手に入れることが出来るなら、いくら払っても惜《お》しくはないという信者は多いのです」

やはり《徐福の園》は、その不老長寿の妙薬で、ぼろ儲《もう》けをしているようだ。拠点となっているこの広い一軒家も、持ち家なのか借家なのかは分からないが、相当値が張るであろう。お蘭が口を挟んだ。

「その妙薬って、どこから手に入れるのかしらね？　清国や南蛮渡来《なんばんとらい》のものなのかしら」

「いえ、乙姫様が御自分でお作りになっているのです」

信者はお花たちに顔を近づけ、微笑みながら声をさらに潜めた。

「〝人魚の骨〟で作っていらっしゃるんですよ。それに真珠《しんじゅ》の粉や薬草などを混ぜ合わせて。だから、ほかのどこでも手に入らないのです。《徐福の園》でしか、その妙薬は買えないんですよ」

お花たちは啞然として言葉を失う。お蘭がまた恐る恐る訊ねた。

「それ……本当に人魚の骨なの？」

「当たり前じゃないですか！　だって、人魚を本当に見せてもらった信者もいるのですもの」

さすがのお蘭も二の句が告げずにいると、千珠が祈禱部屋から出てきて、「次の方」と呼んだ。するとお花たちと話していた信者が「はい」と立ち上がり、「ではお先に」と頭を下げて部屋へ入っていった。

お花たちは辛抱《しんぼう》強く待ち、心願が成就《じょうじゅ》するよう、一人ずつ祈禱してもらった。間近で見る蓬莱乙姫は、やはり怖気《おじけ》づいてしまうほど美しく光り輝いていた。

――妖《あやかし》のようだ。人魚の骨を薬にして飲んでいるというのも、この人なら頷《うなず》けるような気がする――

乙姫があまりに眩《まぶ》しいからか、お花は眩暈《めまい》を起こしそうになり、ふらっとしたところを千珠に支えられた。

「大丈夫です。すみません」

お花は息を整え、額《ひたい》に滲《にじ》む汗を手でそっと拭《ぬぐ》い、乙姫に向き直った。乙姫は笑みを湛《たた》え、透き通る高音の声を響かせた。

「信者の方で、眩暈を起こす方は結構いらっしゃいます。特に新しく来られた方は。緊張は無用です。私に、身も心も投げ出してください」

乙姫は、古代の巫女《みこ》の如き風格さえ漂わせている。お花は思わず平伏してしまった。

「はい……お願いいたします」

しかしお花は、決して平伏したい訳ではなかったのだ。

――どうしたんだろう。心とは別に、躰《からだ》が抗《あらが》えずに動いてしまう。乙姫は、何かの術でも使っているのだろうか――

乙姫に祈禱してもらっている間、お花の躰は金縛《かなしば》りに遭ったように微塵《みじん》も動かず、あまりに息苦しくて脂汗《あぶらあせ》が滲んだ。

新参者のお花たちは祈禱に時間を掛けてもらえず、長く待った割にあっという間に済んでしまった。三人がぐったりして〈はないちもんめ〉に戻ってきた時には、とっくに暗くなっていた。

「皆さんよかったわ、御無事で！　心配してたのよ」

三人の顔を見て、お市が声を上げる。木暮と桂の姿もあった。

「お疲れさん。よくやってくれた。好きなだけ呑み食いしてくれ」

木暮は座敷にお花たちを呼び、ねぎらう。お紋が早速《さっそく》料理と酒を運んできた。

「あら、〝鴨鍋《かもなべ》〟じゃない！　大好物よ、わちき。嬉《うれ》しいわあ」

湯気の立つ鍋を見て、疲れ切っていたお蘭が急に顔を明るくする。「こちらで鴨が食べられるようになるなんて」と、お陽も嬉々《きき》とした。

「うちも、その《徐福の園》にあやかって、不老長寿の料理で魅了しようと思ってね。まだ品書きには載せてないんだけれど、皆さん頑張ってくれたから、いち早く特別にどうぞ」

「あら、大女将、ありがたいわあ！」

お蘭とお陽は早速鍋に箸《はし》を伸ばす。お花も「お腹がぺこぺこだ」と食らいついた。

「この鴨、硬くない！　とろりと蕩《とろ》けるわ。鴨の脂が汁に溶けて、それがまた葱《ねぎ》に滲んで……ううん、堪《たま》らないわあ」

「元気が出て、温まるわ。獣肉の力って凄いのね。さっきまでの疲れが、忽《たちま》ち消えていくよう」

お花は何も喋《しゃべ》らず、ひたすら搔《か》っ込む。お蘭は頰張りながら、ぽつりと言った。

「不老長寿の料理か。味も滋養《じよう》もこれなら納得いくけれど……《徐福の園》で売ってるっていうあれはね」

「ああ、吃驚《びっくり》したわね。あの話は」

お陽も眉根を寄せる。木暮が「どうした。食べながらでも、色々話してくれないか」と言うと、お蘭とお陽は今日見たり聞いたりしたことを洗《あら》い浚《ざら》い喋った。

二人の話が終わると、木暮と桂は腕組みしながら唸《うな》った。

「蓬萊乙姫ってのは、そんなに凄いたまかい。予想を上回ってるな。お前さんたちの話だと、信者ってのは集団で、乙姫に催眠《さいみん》か何かを掛けられているみてえじゃねえか」

お蘭は酒を啜《すす》りつつ「そうなのよ」と身を乗り出した。話しながらも鴨鍋はとっくに平らげ、酒に移っている。

「乙姫は予想以上で、わちきも吃驚したわ！　わちきとお陽さんも危ないところだったんだから。魅入《みい》られて、乙姫の言いなりになりそうになったの！　あの女は魔物よ！」

「ほう。お蘭さんがそこまで言うなら、よほどの女なんだな、乙姫は」

お花とお陽は頷く。

「魔物といいますか、妖といいますか、どこかこの世の者ではない感じがしました。実際に自分の目で確かめてみて、信者が多いというのも頷けました」

「お陽さんまでそう言うのなら、善《よ》きにしろ悪《あ》しきにしろ何かを〝持っている〟のでしょう、乙姫は。しかし人魚の骨で作る妙薬とは面妖《めんよう》ですね」と桂。

「うむ。恐らく、肉よりも骨のほうに、より力が籠っていると考えてるんじゃねえかな。人間でも動物でも、焼くと肉は燃えちまうが、骨は残るだろ？　骨は強いんだ、とても。その骨から作られた妙薬なんて、如何《いか》にも効き目がありそうじゃねえか。人魚の肉を食って八百年生きたという八百比丘尼よりも、さらに長生き出来そうだぜ」

「なるほど……巧く考えたものです」

「うむ。男が一人だけいるってのも気になるな。……よし、蓬萊乙姫が乙姫様になる前、いったい何者であったのか、探り出してやるぞ！」

張り切る木暮に、お市は笑顔で酌をした。

二

木暮はお花たちに力添えをしてもらい、蓬萊乙姫の人相書《にんそうがき》を作った。それを持って懇意《こんい》の瓦版屋《かわらばんや》〈井出屋〉へ赴き、留吉に頼む。

「この人相書を瓦版に載せ、このような文句を書いてくれないか。〈今話題の女行者《ぎょうじゃ》は、謎《なぞ》めく絶世の美女。信者を集める《徐福の園》。蓬萊乙姫とは何者ぞ？その来《こ》し方《かた》や如何に？〉とな」

留吉は「任せておくんなさい」と二つ返事で引き受けた。早速瓦版を作って配ると、「あの乙姫ってお蝶《ちょう》さんのことではないか」と垂れ込んできた者がいたので、留吉は木暮に引き合わせた。その男は魚屋の手代で音次《おとじ》といい、乙姫と思《おぼ》しきお蝶のところへよく配達にいっていたという。音次は語った。

「お蝶さんは若い頃確か吉原の大見世《おおみせ》の花魁《おいらん》で、両替商の〈枡屋《ますや》〉の大旦那さんに身請《みう》けされて後妻に迎えられたんです。男の子が一人生まれた後、大旦那さんが亡くなられました。〈枡屋〉の身代《しんだい》は先妻の息子が引き継ぎ、お蝶さんは後家《ごけ》になられてからは御自分の息子と悠々と暮らしてたんです。本所の亀戸村《かめいどむら》に広い家をあてがわれて、金子もたっぷりもらったようで、羨《うらや》ましいような暮らしぶりでした」

「〈枡屋〉っていったら豪商じゃねえか。そこの大旦那に身請けされて後家になって金子にも困ってないってのに、なんでまた女行者みたいなことをしようと思ったんだろうな」

「それは俺にも分かりません。俺はただ、お蝶さんのその本所の家に、魚を配達しにいっていただけで。でも……ちょうど一年ぐらい前から、注文がぱたっと来なくなったんです。あまりに突然だったので気になりましてね。どこかへ引っ越されたのかと思って、お蝶さんの家をこっそり見にいったことがあったんです。そうしたら、やけにひっそりとしていて、庭に使用人の老爺《ろうや》の姿が見えましたんで声を掛けてみましたら、『奥様は躰の具合が悪くて府中《ふちゅう》のほうへ療養にいっている』とのことでした。『たまに帰ってこられることもある』とも言ってましたが。でも、なんとなく腑《ふ》に落ちなくて、ずっと気懸かりだったという訳です。あんな凄い美人、忘れようと思っても、すぐに忘れることなど出来ませんや。それで瓦版を見て、あっと思いまして。なるほど、女行者に姿を変え、多くの信者に囲まれた暮らしをしてたって訳ですか。しかしまた、なんでそんなことをねえ。金子にはまったく困らない、羨ましいような暮らしをなさってましたのにねえ」

「まあ、それだけの美貌ならば、隠居暮らしに甘んじられなくなっちまったのかな」

「元は全盛を極めた花魁で、華やかなことが好きそうだったから、堅気《かたぎ》の暮らしに飽きちまって、再び表へ出ていってちやほやされたくなったんでしょうかね。それとも誰かに担《かつ》ぎ出されたんでしょうか。あの美貌に目をつけた誰かに」

「うむ。ところでそのお蝶は、修験《しゆげん》だとか占いには興味があるようだったか？」

「どうだったんでしょうね。そこまで親しい訳じゃありませんでしたから。あっしはただの注文取りで、あちらは裕福な後家さんですもん。まあ、女人ですし、占いは好きだったかもしれませんが、あの奥様が修験ってのはなあ。言っちゃ悪いが、お蝶奥様は〝俗世《ぞくせ》に咲いた華〟って感じでしたからね。神秘や秘術を扱うような人には、程遠いような気がして、とても結びつきませんや」

「なるほどな。……いや、貴重な話を聞かせてくれて礼を言うぞ。ところでお蝶がいたという吉原の見世の名は分かるか？」

「いや、すみません。そこまでは分かりませんや。でも当時、吉原でも一、二を争う大見世だったそうですよ」

木暮は音次に心付けを幾《いく》らか渡して帰した。

木暮は忠吾に《徐福の園》の一軒家は元々誰のものだったかを調べさせ、自《みずか》らは吉原へと向かった。音次の話から、お蝶がいた見世は江戸町《えどちょう》一丁目にある〈旭《あさ》日楼《ひろう》〉か京町《きょうまち》一丁目にある〈紅乃屋《べにのや》〉ではないかと目星をつける。

吉原には隠密廻《おんみつまわ》り同心と岡っ引きが詰めている面番所があるので、そこへ行って話をつけ、橋本《はしもと》という同心に付き添ってもらうことにした。昼見世の刻、紅殻《べんがら》格子《ごうし》の中で、遊女たちが煙管《きせる》を吸いながら艶《なま》めかしく客を誘っている。それをちらちら眺《なが》めつつ、木暮は橋本とともに急いだ。

木暮が踏んだように、お蝶がいたのは〈紅乃屋〉だった。〈紅乃屋〉の主《あるじ》にお蝶の人相書を見せると、すぐに認めた。主は恰幅《かっぷく》のよい六十歳ぐらいの男だ。穏《おだ》やかそうに見えるが、その目つきには一筋縄《ひとすじなわ》ではいかないような鋭《するど》さがある。

お蝶は〝香月《こうげつ》〟という名で勤《つと》めていたという。木暮は早速切り出した。

「身請けした枡屋喜右衛門《きうえもん》のほかにお蝶に執心《しゆうしん》していた客で、未だに繋がっているそうな者はおりませんかね」

「そりゃあ、いるかもしれませんね。香月といえば、吉原でも一位二位を争う売《う》れっ妓《こ》で、全盛を極めましたからねえ。うちのお職で、呼出《よびだ》し昼三《ちゆうさん》と呼ばれる入山形《いりやまがた》に二ツ星の花魁でしたから。当然、香月に恋い焦《こ》がれていたお客は沢山《たくさん》おりましたが、二十年前のことですからなあ……一人一人は覚えてませんねえ」

木暮は唇を少し舐め、訊ねた。

「思い出してほしいのですが、お蝶の客の中に、当時、小納戸役《こなんどやく》だった奥山宏忠という者はおりませんでしたかな。二十年前だと、三十五、六だったと思われますが」

「奥山……さて」と主は少し考えを巡らせ、「ああ」と頷いた。

「奥山様、確かにいらっしゃいました。でも、お蝶の客ではありませんよ。枡屋喜右衛門様に連れられて、遊びにいらしていたのです。お蝶ではない別の遊女と懇《ねん》ごろでいらっしゃいました」

木暮は膝《ひざ》を乗り出した。

「奥山宏忠と枡屋喜右衛門は知り合いだったというのですか」

「はい、左様です。枡屋様は、旗本の方とも懇意《こんい》になさってましたからね。お武家様のほうも、大店《おおだな》の両替商である枡屋様と親しくなさるのは、決して損ではなかったのでしょう。でもまあ、小納戸役では、香月とは遊ぶことは出来ませんでしたよ。大名や豪商、旗本でも二千石の俸禄《ほうろく》がなければ、香月の客にはなれませんでしたからな」

「そうでしたか……」

木暮は腕を組み、考えを巡らせる。

「客にはなれなくても、奥山も実は香月に憧れていたということはありませんでしたか」

「どうでしょうなあ。香月は当時、華があって本当に美しかったですからね。密《ひそ》かに憧れていたというのはあり得るでしょうな。でも、うちに来た時は、親しい遊女と楽しそうにしてましたよ」

主の話を聞きながら、木暮は思う。

──奥山は今や小納戸頭だ。当時は高嶺《たかね》の花で手を出せなかった女でも、今ならば自分のものに出来るのではなかろうか。もしや奥山とお蝶は繋がっているのか――

　考えを巡らせつつ、木暮はまた訊ねた。

「奥山は当時、お蝶の間夫《まぶ》だったというようなことはありませんかな」

　すると主は一笑に付した。

「香月はまあ、お盛んでしたからねえ。妓楼《ぎろう》の男とも陰でそういう間柄だったりしてね。いわゆる〝摘《つ》まみ食い〟をするんです。妓楼で働く者同士の惚《ほ》れた腫《は》れたは御法度《ごはっと》なのですが、あいつは売れっ妓でしたので、こちらも目を瞑《つむ》っておりました。香月は莫迦《ばか》ではなかったので、本気になることはなく、ただの遊びと割り切ってましたから。鬱憤《うっぷん》晴らしですよ。しかし、あいつが遊んでいたのはもっと若い男とです。だから、当時三十半ばの男を間夫にしていたとは考え難いですな。ましてや奥山様だってお立場がございます。花魁の間夫に甘んじることなど出来ませんでしたでしょう」

「確かにそうですな」

　木暮は苦い顔でお茶を啜った。

　妓楼を後にし、仲《なか》の町《ちょう》を戻る道すがら、橋本が木暮に教えてくれた。

「〈紅乃屋〉からは胡乱《うろん》な噂《うわさ》が聞こえてきます」と。

「遊女でも手代でも、客でも、邪魔になった者は、どんな手を使ってでも消してしまうというのです。それゆえに、大見世として栄え続けているのだと。あの見世の床下を掘り返せば、人骨が山のように出てくるのではないかとも言われていますよ。あの主、人当たりはよくとも、油断は出来ません」

「怖いですなあ」

木暮は薄くなってきた頭に手をやりながら、振り返る。紅殻格子の色が、多くの男たち女たちが流した血が滲んだ如くに見えた。

忠吾もすぐに調べて、木暮に伝えた。

「《徐福の園》の一軒家は、吉原の潰《つぶ》れた妓楼の寮を買い取ったようです。そこを建て替えて使っているらしいですぜ」

「なんていう見世の寮だったんだ」

「はい、〈曾山楼《かつやまろう》〉ってとこです」

「買い取ったのは誰なんだ。やはり乙姫……お蝶なのか。その〈曾山楼〉の主だった奴に話を聞けねえかな」

「ええ、それが女房と一緒にとっくに姿をくらましちまったようで。寮を売って得た金子を持って、田舎《いなか》にでも引っ込んじまったんでしょう」

「なるほどな」

木暮は溜息をつく。

――買い取ったのは誰なんだろう。乙姫か？　それともほかの誰かが、金子を出したのだろうか。或《あ》るいは何人かで、共同で出資したのだろうか――

木暮の勘働きでは、乙姫つまりはお蝶一人で《徐福の園》を始めたようには思えぬのだ。手伝いの男女がいるというが、その二人だけではとても頼りになるとは思えない。木暮は《徐福の園》に、後ろ盾《うしろだて》となる陰の人物がいることを、ぼんやりと思い描いていた。

木暮は桂に、蓬莱乙姫を張るよう頼んだ。乙姫は根岸の《徐福の園》からなかなか出てこなかったが、或る夜、一人で表に現われた。御高祖頭巾《おこそずきん》を被《かぶ》り、藍色《あいいろ》の小袖を纏っている。乙姫は闇に紛《まぎ》れながら川まで足早にいき、桟橋《さんばし》から猪牙舟《ちょきぶね》に乗った。桂も気取《けど》られぬよう、川に沿って後を追う。

乙姫は千住大橋《せんじゅおおはし》まで出て、その近くの料理茶屋へと入っていった。そこは数寄屋橋《すきやばし》風の二階建て、出合茶屋も兼ねているのだろう。

ている。

——誰かと待ち合わせをしているのだろうか——

闇に溶け込み、柳《やなぎ》の木の陰に隠れて、桂は見張る。すると少し経《た》って、駕籠《かご》が運ばれてきた。駕籠を降りたのは、きちんとした身なりの女だった。暗くて顔ははっきりとは見えないが、すらりとした柳腰《やなぎごし》、所作《しと》は淑やかで、美しさが漂っている。

——乙姫は、あの女人と会う約束をしていたのだろうか——

桂は勘を働かせ、女を食い入るように見る。料理茶屋の中から提灯《ちょうちん》を手にした女将が現われ、女を出迎えた。その明かりに照らされた女は、歳の頃三十半《なか》ばぐらいで、やはり美しかった。

桂は厳しい寒さに耐えながら、木陰《こかげ》で見張り続けた。すると一刻《とき》(約二時間)ほど経って、乙姫が一人で出てきた。乙姫は闇に紛れながら、すっと帰っていく。桂は、さっきの女が出てくるまで待つつもりだった。強引にでも話を聞きたかったし、近くに寄って顔をはっきり確かめたかった。

人相書に描かれた、冬伝の義姉と思しき女か。それとも別の誰かか。

しかし、それから四半刻《しはんとき》(約三十分)経っても女は出てこない。桂は裏に回り、舌打ちをした。狭い裏口があり、どうやら女はそこから出ていってしまったようだ。

――しくじった――と地団駄《じだんだ》踏みながら表に戻ってくると、駕籠が去っていくのが目に入った。件《くだん》の女はどうやら桂の見張りに気づいていて、裏に回った隙《すき》に、表から出ていってしまったようだった。

桂は急いで追い掛けたが、暗い中、道を左に曲がり右に曲がりしているうちに、見失ってしまった。女を乗せた駕籠は、異様な速さで闇を抜けていった。


桂から注進を聞き、木暮は眉根を寄せた。

「じゃあ、その女の顔は、はっきり分からず仕舞《じま》いか」

「はい、申し訳ありませんでした」

「いや、そういう状況なら仕方ねえよ。だが、身なりのきちんとした、品のある、三十四、五歳の美人ってのは確かなんだな」

「はい。遠目で見ても分かりました。すらりとして、身のこなしも美しかったです」

「うむ。その女がいったい誰なのかってことだが、面白いと思わねえか？　あの元花魁と陰間《かげま》の変死事件で鍵となっている謎の美女。そしてお前さんが昨夜見たという謎の美女。共通しているよな、歳も背格好も」

「はい、確かに！」

「あの変死事件にも、《徐福の園》にも、謎の美女というのが関わっているんだ。それが同一の者なのか、否《いな》か」

「同一の者であるとしたら……よもや、冬伝の義姉上《あねうえ》である、奥山敏江様の可能性もあるということですか？」

「うむ。その可能性もある。だがな、あの敏江様らしき人相書について、俺はちょっと引っ掛かることがあるんだ」

「どのようなことでしょう」

「あの人相書を見て、寺子屋の師匠の玄之助さんは、はっきりと敏江様だと言った。間違いないと。つまり人相書は、十割方、本人に似ていたということだ」

「そのようなことになりますね」

「しかし、あの人相書を、陰間茶屋の主たちに見せた時、こう言ったんだ。藤弥を買っていた女には、そっくりとは言えないけれど、七、八割方似ていると。一方は十割方似ているといい、もう一方は七、八割方似ているという。つまりは別人なのでは、ってことだ。煮売り酒屋で元花魁のお染と会っていた女は敏江様と考えられるが、陰間茶屋で藤弥と遊んでいた女ってのはまた別の者なんじゃねえかと」

「謎の女がもう一人いるということですね」

「そうなんだ。敏江様もその女も、恐らく、歳や背格好、顔の雰囲気、ほくろの位置などが似ているんだ。だから混乱しちまうんだよ。で、桂が昨夜見たのは、敏江様とは別の女のほうかもしれねえな」

「陰間茶屋で遊んでいたほうですね」

「そうだ。しかし忠吾や坪八に探ってもらっているが、その女、なかなか尻尾《しっぽ》が摑《つか》めねえんだよなあ。それに、陰間茶屋で遊んでいたというだけで、今のところその女が事件に関わっているとはっきり分かった訳じゃないからな。人相書を瓦版に載せる訳にもいかねえんだ」

「実は身分が高い女人だった、なんてこともあり得ますものね。敏江様以上に。そうなったら、面倒なことになりかねません」

「町方が瓦版屋に、未確認の知らせを流したなんて知れたら、こちらの立場も危《あや》ういもんな。……しかしまあ、昨夜のくらまし方といい、只者《ただもの》ではないかもしれねえな、その女。藤弥を買ったり、乙姫に会ったり、いったい何をしようとしているんだろう」

「まことに」と桂は頷き、声を潜めて木暮に耳打ちした。

「冬伝と敏江様を模した春画《しゅんが》も密かに出回っているようですが、ご存じですか」

木暮は目を瞠《みは》った。

「いや、初めて聞いた。本当か？」

「はい。〈春聞堂〉がまたも色々探って、瓦版に根も葉もなく書き立てましたからね。なんでも、〈春聞堂〉に投げ文があったとも言われています。それには、冬伝が義姉と密会しているというようなことがしたためられていたそうですよ。それで〈春聞堂〉が書いたんです。〈雨矢冬伝、義姉と昵懇《じっこん》か？　囁かれる間柄〉などと。〈春聞堂〉もお縄になるのは勘弁《かんべん》と、匂わせるだけなのですが、それがまた読み手の妄想《もうそう》を掻き立てるのでしょう。それに便乗《びんじょう》して春画で儲ける奴もいると。春画には何種類かあって、その一枚には姦通罪《かんつうざい》で冬伝が首をはねられそうになっているものもあるそうです」

「酷《ひで》えなあ。そりゃ悪趣味だわ。奥山家は名に傷がついちまったなあ」

「冬伝に泥を塗られた形になってしまいましたね」

二人は深い溜息をついた。

三

〈はないちもんめ〉でいよいよ〈不老長寿〉の料理を売り出すことになり、お花は引き札を配るために往来へと立った。寒さに負けじと、大きな声で元気に呼び掛ける。

「北紺屋町の料理屋〈はないちもんめ〉だよ！　今度の目玉は〈不老長寿〉の鴨料理だ！　葱背負《しょ》った鴨が、不老長寿を連れてやってくるよ！　今年も〈はないちもんめ〉の料理で、どうぞ皆様、若く美しく健やかに！」

すると忽ち人が集まってきた。

「あら、不老長寿なんて素敵！」「へえ、鴨料理だって。旨そう」「元気出そうねえ」「鴨鍋かあ、温まりそうだ」「これ食ったら本当に長生き出来るのお？」などと口々に言ってくる。不老長寿という文句に、皆、心が動かされたようだ。お花は笑顔で答えた。

「もちろんです！　信じて食べれば効果絶大ですよ。鴨に葱に海苔《のり》に慈姑《くわい》、皆で食べて長生きを目指しましょう！」

「いく、いく」「俺にもくれ」と押し寄せてきて、引き札はみるみるなくなっていく。残り三枚という時、目の前に白い手がぬっと差し出された。

「あら、お鼻が上向きのお花ちゃん、こんなに寒いのにまた配ってるのね。可哀《かわい》そうだから一枚もらってあげるわ」

その顔を見て、お花は忽ち仏頂面《ぶっちょうづら》になった。幸町の女狐、宿敵のお淀《よど》だったからだ。お淀も料理屋を営んでおり、自分と同じく〝美人女将〟と称されるお市を一方的に目《め》の敵《かたき》にしていて、〈はないちもんめ〉に何かと嫌がらせをしてくるのだ。お花は咳払《せきばら》いして答えた。

「残り僅《わず》かですから、お客さんとして来てくれそうな人にお渡ししたいので」

「ふうん、くれないっていうの。まあ、紙代だってかかるものね。吝嗇《けち》ってことね、つまり。不老長寿なんて御大層《ごたいそう》なこと言ってる割には」

お淀は、ふふんと鼻で笑う。お花はお淀をまじまじと眺めた。お淀はいつも桃色の着物を纏っているのだが、今日は一段と強烈だ。子供でも着ないような濃厚な桃色の着物の上に、赤い羽織《はおり》を重ねている。化粧も妙だ。色白の肌に白粉《おしろい》をたっぷりと塗り、濃い紅《べに》を差して、真っ赤な頬紅まで塗りたくっている。お淀の顔立ちは決して悪くはないのだが、それを台無しにしているかのような、変梃《へんてこ》な厚化粧だ。これでお市と同い歳というのだから、おぞましいことこの上ない。

――この女も美人女将で通っているけれど、こうしてみると、蓬萊乙姫が如何《いか》に凄いかっていうのがよく分かるなあ。比べ物にならないわ――

お花が呆《あき》れ返って見ていると、お淀は衿《えり》を直しながら、お花を見詰め返した。

「あら、私の顔に何かついてる？　見惚れているのかしら。そんなに穴が開くほど見て」

「いやあ……。いつもながら素敵なお召し物で。そのまま舞台に出られそうですねえ」

「あら、踊りとか謡《うたい》とか？　それとも水芸《みずげい》かしら。〝お淀大夫《たゆう》〟なんて呼ばれてね」

お淀は品《しな》を作って、ほほほと笑う。お花はどすの利《き》いた声で返した。

「猿回《さるまわ》しの猿の代わりだよ。赤い半纏《はんてん》着て、頬《ほ》っぺた真っ赤に塗ったくって、そっくりですわ。ほほほ」

お淀は忽ちむっとする。

「猿ならあんたのほうがぴったりでしょうよ」

「あたいは山猿、あんたは見世物猿ってことさ」

「なによっ、生意気にっ！」

お淀がお花に摑み掛かろうとした時、「おっ、これは淀の方」と声を掛けてくる男がいた。お淀は振り向き、恐ろしいほど甘ったるく声色《こわいろ》を変えた。

「あらぁ、豊島屋様《とよしまや》ぁ！　いつも御贔屓《ごひいき》にありがとうございますぅ」

豊島屋というのはどこかの大店の大旦那であろう、いかにも成金というような、趣味悪く飾り立てた男だ。お淀に微笑まれ、男は相好《そうごう》を崩している。

「今、店に行こうと思ってたんだよ。でもまだ準備中かな」

「準備中でも豊島屋様なら特別ですわ。いらして～」

「では、淀の方。連れていっておくれ」

お淀は「もちろんですぅ」と男に寄り添い、勝ち誇ったような笑みを浮かべてお花に一瞥《いちべつ》をくれる。そして先ほどとは打って変わって優しい声で言った。

「じゃあ、忙しいので。お配り頑張ってね」

お花は何も返さず、そっぽを向いた。

「では殿、参りましょうか」「うむ、そなたはまこと可愛《かわい》いのお」などという話し声が耳に入り、お花はいっそう鼻白《はなじろ》む。去っていく二人の甲高《かんだか》い声が、さらに聞こえた。

「感心じゃないか、ああやって引き札を配っているなんて」

「ほんと、こんなに寒いのにねえ！　たいへんねえ！　私なんてとても出来ないわあ！」

男にぴったりくっつき、嬌声《きょうせい》を上げて去っていくお淀の後ろ姿を、お花は険《けわ》しい目つきで眺める。

――けっ、あんな桃色お化けを『可愛い』だとよ！　あの狒々爺《ひひじじ》い、どこに目をつけてるってんだ、まったくよ――

お淀が男の腰の辺りをそっと触るのが、目に入る。大きなくしゃみが一つ出て、お花は「こんちくしょう」と洟《はな》を啜った。

不老長寿の料理は評判を呼び、〈はないちもんめ〉は多くのお客で賑《にぎ》わった。目まぐるしいほどに忙しかったが、その合間を縫《ぬ》って、店の休み刻に、お紋は風《ふ》呂敷《ろしき》包みを持って出掛けた。

猪牙舟で川を渡る。まだ肌寒いが、少しずつ和《やわ》らいできているのが分かる。春の訪れが待ち遠しいが、お紋は実は冬も好きである。炬燵《こたつ》にあたって蜜柑《みかん》を食べながら、娘や孫と遅くまで語らうのが楽しいからだ。

――外は寒くて中は暖かいっていうのがいいんだよね、きっと――

お市が渡してくれた温石《おんじゃく》を握《にぎ》り締《し》めながら、お紋は微笑んだ。

入谷で舟を降りると、お紋は煮売り酒屋〈おぼろ〉へと向かった。あれからお紋はたまにお稲に会いにいっていたのだ。〈おぼろ〉の料理は美味しいし、お稲と話すと和《なご》むからだった。今日もお稲はお紋を笑顔で迎えてくれた。

「ごめんなさいね。いつも来てくださるばかりで、私はなかなかお店に伺《うかが》えなくて」

お茶を出してくれるお稲に、お紋は「気にしないで」と答えた。

「お稲さんは一人でお店をやってるんだもの。時間が取れなくて当然だよ。うちはほかにも人手があるからさ。私が好きで来てるんだ、ここの料理は本当に美味しいからね」

お紋は〝牡蠣《かき》の甘露煮〟を注文し、御飯とともに味わった。飴色《あめいろ》に輝く牡蠣を一つ頰張り、感嘆《かんたん》の息を漏《も》らす。

「なんだい……これは。とろりと蕩けて、この世のものとは思えぬ、至福の味わいだね。〝牡蠣の甘露煮〟ってこれほど美味なのかい。こんな味、私ゃあ、この歳で初めて知ったよ。これ一切れで御飯一膳いけるね」

「ありがとうございます。嬉しいです、お紋さんにそう言っていただけて」

二人は微笑み合った。

小さな障子窓《しょうじまど》から陽が差し込む中、二人は今日もたわいもない話をする。こんな時間が、とても愛《いと》しいのだ。

「ほら、覚えてるかい？　私たちが十歳ぐらいの時だ、両国の小屋に真っ赤な猿が現われて大人気を博したの！　頭から尾っぽまで真っ赤っかで、おまけに芸が上手でさ、一目見ようと江戸中の人が押し掛けたんだよね」

「ああ、覚えてます。話題になりましたよね、真っ赤で可愛いお猿さん」

「お稲さん、見にいったかい？　私ゃあ、三回いったさ！」

「私は一回だけ。凄い列が出来ていて、並んだのを覚えてますよ」

「あのお猿、今の澤向銀之丞並みの人気だったね」

「本当に」

昔話に花を咲かせ、二人は笑い声を上げる。お稲も江戸は浅草《あさくさ》で生まれ育ったというので、話が合うのだ。こんなたわいもない話はするが、お紋はお稲の来し方については訊こうと思わなかった。一人で店をやって生きているお稲が、苦労したであろうことは、聞かなくても分かる。ただ一度、お稲の口から、兄を喪くしていると聞いたことがある。お紋も十の時、まだ幼かった弟を流行り病で喪っていたので、そのようなところも通じ合えた。

慰め合う訳でもなく、心をそっと寄り添い合う、といったように。お紋はお稲の寂しい顔よりも、笑顔を見ていたかった。

「私ゃあ、今は銀之丞だけどさ、十四、五の頃は立花染太郎《たちばなそめたろう》一筋でさ！　錦絵見てうっとりしたもんだよ。私たちの若い頃はやっぱり染太郎だよねえ。新川欣之介《しんかわきんのすけ》とかさ」

「ええ、そうでしたよね。人気ありましたから」

「親にねだって錦絵買ってもらって、見惚れたもんだよ。芝居を観たくても高くてなかなか観られないから、一目見ようと市村座の前で出入りを待ったりね」

「そういうことしていた人、いました、いました」

「お稲さんの御贔屓は誰だったのかい」

「そうですねえ……私はあんまり役者には夢中になれなくて。貧しくて、それどころじゃなかったっていうのもありますけれど。でも欣之介にはちょっと憧れましたよ」

「そうかい。染太郎と人気を二分してたもんねえ」

話を弾ませていると、戸が開いて二人連れのお客が入ってきた。お紋は「じゃあ、そろそろ」と腰を上げる。お稲はお客を座敷に上げ、お紋を見送りに入り口までいった。その時、お稲は顔を顰めて腰を押さえた。

「痛むのかい？」

お紋が訊ねると、お稲は笑顔を作った。

「ええ……ちょっと。お恥ずかしいです」

「まだ冷えるからね。気をつけておくれね。……あ、そうだ」

お紋は風呂敷を開き、包みをお稲に渡した。

「うちの店で不老長寿の料理ってのを始めたんだよ。それで、鴨を使った品書きをいくつか考えてね。これは、〝鴨飯のおむすび〟だよ。鴨肉も海苔も、躰にってもいいんだって。よかったら、食べて」

「そんな……お気遣《きづか》いくださって、こんな私に。ありがたくいただきます。嬉しいです」

お稲の目は微かに潤《うる》んでいる。

「受け取ってもらえて、こちらこそ嬉しいよ。じゃあ、また来るね。御馳走様《ごちそう》」

お紋はお稲の肩を優しくさすり、帰っていった。

噂に尾ひれがつき、江戸っ子たちの好奇心を煽《あお》りに煽って、雨矢冬伝作『人魚奇譚』は予想外に売れた。

冬伝は昼間から酒を呑むことが多くなった。髪も髭も伸び放題、酒ばかりでろくに食べないので、頬はこけ、目だけが爛々《らんらん》と光っている。

酒を浴びながら、冬伝は、自分と義姉が模された春画を握り潰した。

そしてふらりと立ち上がり、百目蠟燭《ひやくめろうそく》を手に母屋《おもや》を出て、庭の外れにある土蔵へと入る。冬伝はぎしぎしと軋《きし》む音を立てながら階段を下り、地下へと向かった。土蔵の地下に、小さな穴蔵《あなぐら》があるのだ。

真っ暗な穴蔵に入り、冬伝は微かに笑った。百目蠟燭を立て、文机《ふづくえ》に向かい、仄《ほの》かな灯を頼りに、新しい戯作《げさく》を取り留めもなく書き綴《つづ》る。

それは、人に化身《けしん》すると、上半身は女、下半身は男になる、両性具有の人魚の奇譚であった。

四

お花たちは再び《徐福の園》への潜入を試《こころ》みた。次のようなことを木暮に頼まれたのだ。

「庭で何か草花を育てていないか、よく見てきてくれないか。裏庭があるかもしれないので、それも確かめてくれ。もし草花を見つけたら、花が咲いていなかったら葉だけでもいいから、千切《ちぎ》って持って帰ってきてくれないか」と。

お花はお蘭、お陽とともに再び根岸へと赴き、《徐福の園》へと向かった。今日も信者たちが押し掛け、賑わっている。十畳ほどの部屋で待っている間、お花たちはまたほかの信者とひそひそ話に乗じた。お蘭は興味津々《しんしん》といったように訊ねる。

「上の位にいくと人魚を見せてもらうことが出来るって聞いたけれど、本当に本当なの？」

「本当みたいですよ。だって、実際に見せてもらった人がいるのですもの。大きな水槽に入っていて、それはそれは綺麗《きれい》なんですって。あんまり美しくって、震えが走るそうよ。暫《しばら》く身動き出来なくなるって」

「ずいぶんお布施をしないと、見せてもらえないんでしょう」

「ええ、そう易々《やすやす》とはいかないわよ。ここだけの話だけれど」

信者は声を潜めて、囁いた。

「人魚を見せてもらえるような上の位の信者には、大奥のお女中もいらっしゃるんですって。武家や豪商のお内儀様も。そういう身分のある方は、私たちとは別の玄関から密かに出入りなさっているみたい」

お花たちは息を呑んだ。

「……皆、不老長寿に魅入られているんですね」

「若い頃に美しいともてはやされた人ほど、執着《しゆうちやく》するのかもしれません。美や若さが衰《おとろ》えていくのが、恐ろしくて。それで必死になってしまうのかもしれないわ。……まあ、私も人のことは言えませんけれど」

四十いくつと思しき信者は、ふふふと笑う。お花たちは顔を見合わせ、眉根を寄せた。お花は訝った。

――もしや、心中に見せかけて殺されたお染が言っていた『人魚になるの』というのは、ここで〝人魚のふりをさせられる〟といったことだったのでは――と。

また、蓬萊乙姫を担ぎ出した者がいるとしたら、裏に誰かいるはずである。その黒幕はいったい誰なのか。

——人魚繋がりで、それが冬伝なんてことはないよね。趣味と実益を兼ねて、〝人魚の楽園〟を作ろうとしているなんてことは——

冬伝が書いた『人魚奇譚』を思い出し、ぞくっと寒気が走った。

お花たちは再び祈禱をしてもらったが、今日も全身がぐったりするような疲労を覚えた。蓬萊乙姫は相変わらず極上の輝きを放っていたが、ずっと眺めていると、頭の芯が痺《しび》れるように痛くなってくるのだ。

帰る道すがら、お蘭はぼやいた。

「乙姫様の魔力に、わちきたちはまだまだ太刀《たち》打《う》ち出来ないってことね。力を少しでも分けてもらいたいと思って会いに行くのに、逆にこっちの力を吸い取られてしまうみたい」

「伽羅《きゃら》の香をいつも炷《た》いているでしょう？　よい香りなんだけれどちょっと強過ぎるみたい。あれのせいで気分が悪くなるのかしら」

「お陽さんもそうなの？　祈禱部屋に入るとあたいもなんだか胸が苦しくなって

くるんだ。伽羅の香が強過ぎるせいなのかな」

「乙姫様も強い香りを纏っているものね。甘くて妖しい香り。確かに香りは人を惑《まど》わすわよね」

そんなことを話しながら〈はないちもんめ〉に戻った時には、またも日はどっぷり暮れていた。店では木暮と桂が待っていて、今宵《こよい》も三人を座敷へと呼んだが、お花たちはバツの悪い顔だ。

「旦那、ごめん。頼まれた葉っぱ、持ち帰ることが出来なかった」

「いいよ、気にすんな。でも、草花を育ててるってのは確かめたんだな？」

「うん。裏庭を見つけて、草花が茂っているのを眺めていたら、巳之助って若い男に怒られたんだ。『裏庭には勝手に入らないでください！　何をやっているんですか！』って、凄い剣幕で」

「信者の言動にはやっぱり目を光らせてるみたい。すぐに飛んできたもの」

「うん。それで見つけたものの、葉っぱを持ち帰るなんてことは出来なくなっちまったんだ」

「どんな葉っぱだった？」と木暮が訊ねると、お花が首を少し傾げつつ答えた。

「あれは茄子だと思う。細長い卵形で、大きくて、互い違いについていたからね」

「だから今の時季は花は咲いてませんでした」

三人の話を聞いて木暮は「ふうむ」と顎《あご》をさすり、「よく探ってくれた。ありがとな」と礼を言った。

するとお市が料理と酒を運んできた。

「お疲れさま。〝牡蠣鍋〟です。板前曰《いわ》く、牡蠣は美肌にとても効き目があるとのこと。牡蠣、多めにしておきましたので、ごゆっくりどうぞ」

「おう、俺たちの奢《おご》りだ。好きなだけ食ってくれ」

「あら旦那、素敵！」

味噌《みそ》を溶かした汁にふんわり浮かぶ牡蠣に、お花もお蘭もお陽も、きゃあきゃあと喜ぶ。

「お味噌の匂いと混じって、磯の香りもするわあ」

三人は汁を啜るよりも先に、牡蠣を頰張る。

「とろりと蕩けて」「嚙み締めると磯の風味が広がって」「涙が出るほど美味いぜよ」。

疲れた躰に牡蠣の滋養は染み渡るのだろう、三人とも夢中で食べる。

「葱にも汁がたっぷり染みて」「しめじもさりげなく味を利かせ」「豆腐もまた躰によくて憎《にく》いねえ」。

汁を啜る音を響かせながら牡蠣鍋を堪能《たんのう》するお花たちを、お市も木暮たちも笑みを浮かべて見詰める。お蘭は可愛い鼻の頭に汗を掻いていた。

「温まるわ！　牡蠣って滋養があるって本当ね、疲れが吹き飛ぶようだわ。ねえ、牡蠣のお料理も〈不老長寿〉のお品書きに加えたら？　旦那様にも食べさせてあげたいわ。旦那様、牡蠣が好きで、食べると精力が漲《みなぎ》るって、よく言ってるのよお」

「絶倫《ぜつりん》には訳があるってことだな」

木暮はにやりとし、お市に助言した。

「お蘭さんが言うように、牡蠣の料理ってのもいいかもしれねえぜ。山の幸、海の幸、〈不老長寿〉の品書きには、色々な食材を揃えておけよ」

「そうね、牡蠣も力がつくようだから、長寿料理の食材の一つにするわ」

お市が微笑むと、お蘭も「是非《ぜひ》！」と嬉しそうに頷いた。

牡蠣鍋の残った汁で作った雑炊《ぞうすい》で〆《しめ》ると、三人ともさすがにお腹が一杯になったようで、満足げな息をついて脚を崩した。酒をゆっくり啜りつつ、お花たちは今日《徐福の園》で知り得たこと、それから推測したことを語った。お客を送り出したお紋も、寄ってくる。

木暮は黙って話を聞き、「うむ」と顎をさすった。

「なるほど、冬伝が黒幕ってのも考えられなくはないな。……いや、桂とも話していたんだが、俺たちはお蝶を〈蓬萊乙姫〉として担ぎ出したのは、冬伝の父親の奥山宏忠殿じゃねえかと踏んでいるんだ。もしや、息子の冬伝も、嫁である敏江様も交えて、家族ぐるみで《徐福の園》を営んでいるのではないかと」

お花たちは「ええっ」と目を丸くする。

「まあ、聞けよ。探ってみたところ、お蝶が吉原の花魁だった時、奥山殿と面識があるんだ。奥山殿はお蝶の客だった訳ではないがな。しかしお蝶が身請けされてから二十三年が経ち、今では奥山殿も御立派になられて、お蝶を操れる立場になった。そこで『よい儲け話があるから』とお蝶に近づき、言葉巧《たく》みに女行者に仕立て上げ、蓬萊乙姫として担ぎ出したという訳だ。『私の言うとおりに動けば、ぼろ儲け出来る』などと囁いてな。奥山殿もお蝶も決して金子に困っている訳ではなかったろうが、人の欲望というのにはきりがないからなあ。お蝶を自分の女にして繋ぎとめておくには、儲け話で釣るのが一番だろうと、奥山殿は考えたのかもしれん。お蝶はああいう女だからな」

「そうやって《徐福の園》を作り、人魚を演じる人を、冬伝に集めさせたって訳？」

「うむ。そう考えられるだろう。冬伝は己の怪奇趣味を満たすために、《徐福の園》の黒幕の一人として暗躍したのかもしれん。……女を人魚に化けさせ、何か淫《みだ》らなことをしていたかもしれんしな」

お紋はぶるっと身震いする。

「気味悪い話だねえ。それで、敏江様だっけ？　冬伝とその義姉《ねえ》さんってのは、いったいどんな間柄なんだろうね」

「うむ。それははっきり分からぬ。まあ憶測に過ぎぬが、このようなことは考えられないか？　冬伝の兄上の宏一郎殿も黒幕の一人であった場合、もしや女の信者たちを陰で誑《たぶら》かしているかもしれん。宏一郎殿もなかなかの二枚目とのことだからな。つまり、宏一郎殿が女の信者たちを繋ぎとめているという訳だ。そして宏一郎殿はその代わりに、自分の妻女である敏江殿が弟の宏二郎と関係を持つことを、許しているのかもしれん」

お紋はあんぐりと口を開けた。お市やお花たちも顔を顰《しか》めている。

「なんだかおかしな家族だねえ。変人の集まりじゃないか。奥山様ってお内儀様はいらっしゃらないのかい？」

「いらっしゃるよ。まあ、お内儀様まで黒幕に加わっていたか、そこまでは分からんがな。薄々知っていても、見て見ぬふりされていたかもしれんな」

「実はお内儀様も黒幕に加わっていて、巳之助とデキてたなんていったら面白いわよね。ほら、あの若い男」

お蘭が嬉々として言うと、「そんなに愉《たの》しむな」と木暮と桂は苦笑した。

「巳之助って奴は、俺が思うに、恐らくお蝶の息子だな。お蝶を身請けした、枡屋喜右衛門との間に出来た。千珠っていう女は、どうなんだろうな。宏一郎殿か冬伝のお手付きか何かなのだろうか」

「お染を人魚に化けさせて殺したとして、それは冬伝が自分の怪奇趣味を満たすためだけのことだったのかな？」

「いや……。それもあるだろうが、信者の女たちにしつこく食い下がられたのかもしれん。お布施を沢山払った女たちには、大奥の女中もいたというのだろう？そういう女たちというのは、段々と厚かましくなっていくのではなかろうか。『人魚は本当にいるの？　お布施をこんなに払ったんだから実際に見せて』とごね始め、人魚を見せざるをえなくなる。そこで、人魚に化けてくれる者が必要になる。そして苦肉の策で、人が化けた人魚を本物として見せると、今度は『あの妙薬は本当に人魚の骨で作られているの？　それを証明してみせて』と騒ぎ出すというふうにな」

「それを証明するために……腕を斬ったというのかい？」

皆、固唾《かたず》を呑む。木暮は頷いた。

「大方、そういうところだろう。実際に骨を切り刻むまでしなくても、信者の目の前で腕を斬り落とし、『この腕から骨を取り出して妙薬を作ります』と言えば、信者は納得するだろうからな」

「なんだかさあ……狂ってるね」

お紋の言葉に、一同、頷く。皆、思い切り顔を顰めていた。

「まさにな。お花たちに潜入してもらって、中の様子を聞いて、『皆、狂ってるなあ』と俺も思ったさ。美しさ、若さ、健やかさってのは、誰もが手に入れたいものだろうが、そこまでやるってのはおかしいわ。何かに取り憑《つ》かれているとしか思えん。だが、はたから見れば異様なことでも、取り憑かれている者たちにとってはちっともそんなことはないんだろうよ。そういう奴らは、不老長寿、永久の美しさ、若さ、健やかさを手に入れるためになら、どんなことだってするんだろう。どんなことだってな」

お蘭は頭を抱えた。

「負けたわ……。わちきも出来るならずっと若く美しくいたいと思ってきたけど、とてもそこまでやる気力はないわ」

「あちきも。そこまで頑張らなきゃいけないのなら、普通に年取って、お婆《ばあ》さんになるほうがいいわ」

お陽も溜息をつく。桂は「そのほうが賢明《けんめい》ですよ」と苦い笑みだ。お市が訊ねた。

「藤弥さんでしたっけ？　あの陰間だった人ははどうして殺されてしまったのかしら」

「恐らく、藤弥も人魚に化けさせていたんじゃねえかな。華奢でずいぶん綺麗な男だったというから、長い髪の鬘《かつら》を被せて化粧をしたら、じゅうぶん人魚でいけただろう。胸がなくても大きめの貝殻を被せるなど、工夫出来るだろうからな」

「人魚に化けるのって、それほど難しくなさそうだもんね。腰から下だけだろ、問題は。光沢《こうたく》のある生地《きじ》で尾ひれのようなものを巧く作って、下半身に被せちまえばいいよね」

「一時《いっとき》、両国の小屋などで人魚の見世物《みせもの》が流行《はや》りましたからね。海女《あま》を連れてきて、今お花さんが言ったような細工をして、水槽に入れて泳がせていたようです。艶めかしい見世物で、繁盛したとか」

桂の話に、お蘭は「わちきも聞いたことあるわ」と頷いた。木暮は酒を啜り、低い声で言った。

「それで、今日お花たちに見てきてもらうよう頼んだんだ。茄子らしき葉って言ったな。それは恐らく、朝鮮《ちょうせん》朝顔だ。曼荼羅華《まんだらげ》、ダチュラとも呼ばれる」

「あの、華岡青洲《はなおかせいしゅう》って人が麻酔薬を作るのに使ったっていう?」

「猛毒にもなるのよね、確か」

「そうだ、実に危険な花であり、その葉の効き目は絶大だ。人魚役を朝鮮朝顔を使って昏睡《こんすい》状態にしたところで、生きたまま腕を斬ったのだろう」

「きゃあっ」とお蘭とお陽は小さな悲鳴を上げた。お花も微かに青褪《あおざ》めている。

「あの家に行くとなんだか頭が痛くなるような気がしたのにも、朝鮮朝顔が関係しているのかな」

「うむ。それはどうか分からんが、伽羅を強く炷いていたのいうのは、血の匂いを消すためかもしれんな。お染と藤弥は恐らく《徐福の園》の中で殺され、川に捨てられたのだろう。二人とも出血が酷くて、部屋が汚れたんじゃねえかな。血の匂いというのはなかなか消えぬし、消えたとしても、始末したほうとしては気になるだろうからな。鼻につくというか、血の匂いがまだ鼻に残っていて、それで伽羅を炷き込んでいるんじゃねえか。お前さんたちの頭が痛くなってくるほどにな」

「……気味の悪い話だけれど、段々と分かってきたような気がするねえ」とお紋は腕を組む。

「それで結局、陰間の藤弥を連れてきたってのが、敏江様だったたってことかい？　冬伝は〝人魚に化けさせる女〟を、敏江様は〝人魚に化けさせる男〟を物色してたってのかね」

「うむ。そうも考えられるが、俺は、陰間茶屋で藤弥と遊んでいた女は、敏江様とはまた別の女じゃねえかと睨んでるんだ。歳や背格好がよく似た、別の女と」

「じゃ、じゃあ、黒幕にはもう一人女がいるってことかい？」

「そういうことになるな。ただ、その女がどこの誰か、いくら探っても分からねえんだ。三十四、五で、お武家もしくは大店のお内儀の如き、品のある美女だ」

「まさか、その女、乙姫ってことはないよね？　乙姫がそういう女に化けてるっってのは」

木暮は腕を組み、首を傾げた。

「ううむ、そういや、そうも考えられるか。……いや、待てよ。桂が目撃したところによると、その謎の女と乙姫は、料理茶屋で落ち合っていたんだ。つまりは、やはり別人だ」

「乙姫でも敏江様でもないとしたら、千珠ってことはないかな？」

お花の言葉に、皆、はっとする。

「ああ、なるほどな。……しかし、千珠ってのは二十歳ぐらいって言ってなかったか？」

「巧く化ければ、それぐらいに見せることも出来るんじゃない？　髪形と着物を渋めにしてさ。謎の女は口元にほくろがあったっていうけれど、ほくろなんていくらでも描けるしね。千珠って落ち着いていて大人っぽく見えるし、三十四、五に化けるのも難しくはないと思うよ」

「うむ。お花、冴《さ》えてるじゃねえか。そうか、謎の女ってのが実は千珠だったとしたら、すべて繋がったってことだ。……だが」

木暮は再び首を傾げた。

「どうしてわざわざ化けて、乙姫と料理茶屋で忍び会わなきゃならねえんだ？　秘めた話なら、いくらでも《徐福の園》の中で出来るじゃねえか。いつも一緒にいるんだから。そう考えると、やっぱり別の者じゃねえかなあ」

お蘭が伸びをしながら声を上げた。

「ううん、なんだか頭がこんがらがってきちゃった！　でも、ぼろ儲けしたいっていうがために、そんなことを皆でやってるとしたら、愚《おろ》かよねえ。乙姫様ってなんだか可哀そう。その奥山様ってのに、本気で好いてもらってないのねえ」

皆の目がお蘭に集まる。酒が廻《まわ》り、目のふちを微かに染めつつ、お蘭は続けた。

「だって、そうじゃない。乙姫様って、一見ちやほやされているようだけれど、結局は〝見世物〟になってるんですもの。巧いこと言われて担ぎ出されて、金儲けに利用されてるみたい。乙姫様ってね、とても精巧な人形のように見えるのよ。目なんか大きな硝子《がらす》玉みたいでね。人形って、傀儡《くぐつ》ってことじゃない。あの人、信者を操っているようで、あの人もまた操られているのよね」

木暮がお蘭に酌をする。「ありがと」と、お蘭は酒を舐めた。

「乙姫様って、絶対に悠々と暮らしていたほうが幸せだったと思うの。今なんて、色々な人にあることないこと疑われて、好奇の目で見られて、たいへんそう。冬伝だって変な噂を流されて、誰も幸せになんてなってないじゃない。黒幕って考えられる人たち皆、嫌な目に遭っているわ。金儲けが目的だったとして、とんだ茶番よ！　皆で破滅に向かってるなんて。阿呆《あほ》らしいったら」

お市が頷く。

「そうよね、確かに。皆、おかしなほうおかしなほうへといっているわ。乙姫は怪しまれ、冬伝は疑われ、奥山家には傷がつき、誰もいい思いしてないもの」

「もし罪が本当に明らかになったらさ、旗本屋敷に町方は踏み込めなくても、目《め》付《つけ》なんかが裁いちまうんじゃないか？　そしたら切腹、取り潰しだろ。そんな危険を冒してまで、小納戸頭ともあろう者がそんな愚かな真似をするもんかね。《徐福の園》の黒幕だなんてさ」

お紋に鋭く突かれ、木暮と桂は項垂《うなだ》れる。

「うむ、確かになあ。皆、変な方向へいっちまってるんだよなあ。まるで、見えない何かに操られているみてえになあ」

しんとなってしまったところ、目九蔵が甘味《かんみ》を運んできた。

「甘いものでも召し上がって、御気分変えてください。〝よもぎ白玉ぜんざい〟です。お花さんに、よもぎにも不老長寿の意味があると教えてもらいましたんで、使《つこ》うてみました」

擂《す》り潰したよもぎを練り込んで丸めた白玉に、たっぷりの餡子《あんこ》がかかっている。

「あら、わちき白玉大好きよ！　お酒呑んだ後でも、これならいけるわ」

お蘭が匙《さじ》で掬《すく》って頬張ると、皆、続けて食べる。

「よもぎが入っているので、さっぱりといただけるわ。こんなに美味で不老長寿にも効果があるなんて、なんて贅沢《ぜいたく》な」

「しつこくない甘さで、旨えや。よもぎも躰にいいんだなあ」

「さすが目九蔵さん、気が利いていらっしゃる。食べて長生き、素晴らしい」

皆の顔に笑みが戻り、目九蔵も嬉しそうに目尻を垂らした。

五

木暮は忠吾と坪八に、《徐福の園》と冬伝を見張らせていた。すると如月も半ばを過ぎた頃、奉行所内でこのような話を聞いた。雨矢冬伝の父親である奥山宏忠が奉行所を訪れ、頭を下げたと。

「この度は私の倅《せがれ》のことで、お騒がせしており申し訳ございませぬ」と宏忠は平身低頭したという。宏忠は必死で詫《わ》びを述べた後、こう訴えたそうだ。

「倅は無実でございます。倅に会い、問《と》い質《ただ》し、『正直に答えなければ、今、ここでお前の首をはねる』と締め上げましたが、倅は『私は本当にやっておりません。誤解されているだけなのです。信じてください。誰かが私に罪をなすりつけようとしているのです』と泣くばかりです。倅の言葉には、嘘はないように思えました。だから、どうか信じていただきたいのです。また、宏一郎の嫁である敏江もあらぬことを疑われているようですが、あれが姦通《かんつう》など、そんな不埒《ふらち》なことをするはずがないのです！　出掛ける時はいつも女中がついておりますし、無断で出掛け、しかも義弟との逢瀬《おうせ》など、あり得ません」

奥山宏忠は唇を震わせ、目に涙を滲ませたという。敏江は心労で痩《や》せ衰え、寝込んでしまったそうだ。宏忠はこう続けた。

「あらぬ噂が広まり、近頃では私たち家族全員を疑っている者もいるようです。これには私ども皆、頭を抱《かか》えてしまい、妻女も『髪をおろしたい』などと言い始める次第です。私どもは無実であるにも拘わらず、酷い汚名を着せられてしまいました。これだけははっきりと申し上げたい。私の妻女、長男は勿論《もちろん》、次男と敏江も無実です。何かの陰謀《いんぼう》なのです。それゆえ、真の下手人をなんとしてでも探し出していただきたい。そうすれば疑いは晴れ、汚名も返上出来ますでしょうから」

歯を食い縛る奥山に、町奉行は冷ややかに訊ねたという。

「貴殿の次男と娘御は、本当に無実と断言出来るのか」と。奥山は一瞬言葉に詰まり、声を絞り出したという。

「断言出来ます。……敏江だけでも」と。


そんな折、若い男の死体が再び大川から上がった。今度は両腕が斬られ、両の足首が赤い紐で固く結ばれていた。またも失血死と見られ、水が体内にあまり入らなかったのが幸《さいわ》いしてか、死体は蠟で出来ているかのように綺麗だった。死に顔も麗しく、躰の形跡などから、再び陰間の疑いが持ち上がった。

木暮は忠吾と坪八に問い質した。

「本当に、《徐福の園》でも冬伝の住処でも、目立った動きはなかったんだな？　死体を運び出すようなところも見られなかったというんだな？」

忠吾と坪八は真剣な面持《おもも》ちで頷いた。

「はい、熱心に見張っておりやしたが、中で殺しなどを行ったような気配はありやせんでした。……とは言いやしても、彼奴《きやつ》らもこちらの見張りに気づいていて、夜中に事を起こしているかもしれやせん」

「まあなあ、あれだけの広さのある家なら、何かの仕掛けがあって、外への抜け道なども作られてるかもしれねえからなあ」

「冬伝のほうは、訪ねてくる人もおらへんし、どうやら引きこもって何か書いてるようですわ」

「なるほどなあ。まあ、いずれにせよ、はっきりした証拠がねえから、まだ誰もしょっ引くことが出来ねえんだ。こうなったら持久戦で、《徐福の園》と冬伝を見張り続けて、何かを起こした時にとっ捕まえるしかねえんじゃねえかなあ」

「あっしもそう思いやす。暫く粘ってみますわ」

「わても頑張りますさかい」

木暮は「すまんな、いつも」と二人をねぎらい、〈はないちもんめ〉に連れてきて、〝掻き揚げ蕎麦《そば》〟を奢ってやった。貝柱と三つ葉がたっぷり入った、大きな掻き揚げがどんと載っている。二人は「旨い、旨い」と勢いよく掻っ込んだ。

殺された陰間の身元はすぐに知れた。そこの主が「うちの見世で行方《ゆきがた》知れずになっている者かもしれない」と自身番に申し出たからだ。

殺されたのは、日本橋は芳町の陰間茶屋で仁吾《じんご》と名乗っていた十八歳の男だった。木暮は仁吾の素行を探るうち、「おや？」と思った。仁吾の一番のお得意様だったというのも、本宗寺の僧侶だったからだ。

――前に殺された藤弥のお得意様も、本宗寺の僧侶だった。これは偶然なのか？　それとも――

木暮は妙に気に懸かり、本宗寺について調べていくと、ちょうど二十年前、享《きょう》和《わ》三年（一八〇三）に起きた〈延命院《えんめいいん》事件〉に行き当たった。

それは、延命院の住職だった日道《にちどう》が飛び切り美男子《びなんし》だったために起きた事件であった。日道は、彼目当てに押し掛けた女の信者たちと次々に密通して女犯《にょぼん》の罪を重ね、それが明るみに出て斬首《ざんしゅ》された。密通した信者の中には、大奥の女たちもいたという。

この事件の発覚には、女密偵を使った寺社奉行の探索のほか、日道に嫉妬《しっと》した近所の僧侶たちが結託して讒訴《ざんそ》したということもあった。そして、どうやらその密告の先鋒《せんぽう》となったのが、本宗寺の僧侶たちだったようだ。

延命院は日蓮宗《にちれんしゅう》、本宗寺は浄土《じょうど》真宗《しんしゅう》であるゆえ、宗派的にも仲が悪かったであろう。多くの女信者を得て繁栄《はんえい》する延命院を、本宗寺が陥《おとしい》れたということであろうか。

――今起きている事件に、この延命院のことまで絡《から》んでいるのだろうか？　いや、まさか――

木暮は首を捻《ひね》るのだった。

江戸はまたも大雪に見舞われた。お花は「寒《さみ》い！」と騒ぎつつ、目九蔵と一緒に店の前の雪掻きに励《はげ》む。凍《こご》える手に息を吹き掛けながら店の中に戻ると、お市が「お疲れさま！」と料理を出してくれた。

「〝軍鶏《しゃも》蕎麦〟よ。軍鶏の料理も、長寿料理の品書きにしたいと思っているの。味見してみて！」

「目九蔵さんに教えてもらって、作ってみたんだよ」

お紋が微笑む。蕎麦の上に、艶やかな桃色の軍鶏肉が載り、刻んだ青葱が散っている。汁に溶けた脂がまたそそり、お花は唇を舐めた。

「いただきます」と汁を啜り、「うん」と頷き、軍鶏肉を頬張る。歯応えがあり、嚙めば嚙むほど味が出る。軍鶏の脂が滲んだ汁は、鴨肉のそれより一段とコクがあり、躰の芯からぽかぽかと温まるようだ。

目九蔵も蕎麦を手繰《たぐ》り、「とても旨いですわ」と微笑む。お市は「よかった」と嬉しそうに頷いた。

「寒い日に温かい蕎麦って最高だよね」

「ほんまに。でも、今日はお天気いいですさかい、雪はどんどん融けてく思いますわ」

障子窓から店の中に、眩しい陽射しが差し込んでいた。

目九蔵が言うように、午過《ひるす》ぎには雪もだいぶ融けてきた。寺子屋帰りのお鈴《すず》とお雛《ひな》は、泥濘《ぬかる》んだ道を歩きながら、言い合いをしていた。

「あんた、今日お師匠様の背中を馴れ馴れしく触ったでしょ！　やめなさいよ、ああいうことするの」

「あら、別にいいじゃないの。お師匠様、居合のお稽古《けいこ》のし過ぎで背中が痛むっていうから、手当てしてあげたのよ」

「なにが手当てよ、触りたかっただけでしょ」

「あんただって、『凝《こ》ってるみたい』っていきなりお師匠様の肩を揉み始めたことがあったじゃないのよ！　なに世話女房気取ってんのよ、ちんちくりんのくせに！」

「あら、気取るだけじゃないわ、そのうち私、お師匠様の世話女房になってみせるもの。もう十《とお》だしね」

「なに偉《えら》そうに言ってんのよ。私だって十だわよ！　まあ、歳は同じでも、私のほうがずっと発育はいいけれどね」

「なによっ、雪達磨みたいな躰して！」

「なんですって、聞き捨てならないわ！」

いがみ合うこの二人、ともに玄之助の寺子屋に通っており、彼を巡って恋敵《こいがたき》である。玄之助のことではしょっちゅう火花を散らしているが、どういう訳かいつもつるんでいるのだ。二人は鼻息荒く喧嘩《けんか》しながら、いつの間にか空地の近くまでやってきた。するとお雛が急に笑顔になって、空地の片隅を指差した。

「ほら、雪達磨！」

「本当だ、融けかかっていても綺麗ね」

雪達磨を目にして喜ぶところなどは、早熟《ませ》てはいても、まだまだ子供である。

二人は泥濘んだ土を踏み締めながら、雪達磨に向かった。

「ねえ、今、噂になってる戯作、知ってる？」

「ああ、知ってるわ。雪達磨の中から、人魚の腕が出てくるって話でしょ。難しそうだから読んではいないけれど、だいたいの筋は分かるわ。兄ちゃんが教えてくれたの」

「そう考えると雪達磨って意外に怖いわよね。あの真ん丸の塊《かたまり》の中に、何が入ってるか分からないんですもの」

そんなたわいもない話をしながら近づき、足を止め、二人の目は点になった。融けかかった雪達磨から、〝人の手〟が覗《のぞ》いていたからだ。

その指は、虚空《こくう》を摑むかのように、折れ曲がっている。

お鈴とお雛はともに後ずさりし、顔を見合わせた。そして「きゃ――っ」と鋭い悲鳴を上げ、抱き締め合ったまま、腰が抜けたかのように蹲《うずくま》った。泥濘む土の上で、がたがたと躰を震わせる。

悲鳴を聞きつけた若い男が駆けてきた。

「どうした？」

「てっ、てっ、てっ、てっ……」

「手が！」

お鈴とお雛は、雪達磨を指差す。融けかかった雪達磨から、にゅっと突き出た

〝手〟を見て、駆けつけた男も「ひえええっ」と叫んで尻餅をついた。

雪達磨から現われた〝人の手〟に、江戸っ子たちは冬伝の怪奇譚を思い浮かべ、震え上がった。雪達磨の中からは右腕が見つかり、それは先だって殺された陰間の仁吾のものと思われた。

「これ以上、雨矢冬伝を放っておくことは出来ぬだろう」と、木暮と桂は冬伝の住処へと赴いた。

しかし、冬伝は消えてしまっていた。

調べてみると、庭の土蔵の地下の穴蔵から、塀《へい》の外へと続く抜け道が作られていた。なるほどここを通れば、忠吾や坪八の見張りの目をくらますことも可能であっただろう。

第五話　元気に軍鶏《しゃも》鍋

一

如月も終わりに近づき、寒さは徐々に薄らいできている。

冬伝の行方《ゆくえ》は杳《よう》として知れなかった。

木暮は上役に頼み、奥山宏忠に問《と》い質《ただ》してもらった。息子である冬伝を、屋敷に匿《かくま》っていないかと。しかし奥山は頑《がん》として言い張ったという。

「誓ってそのようなことはございません。息子がもし私に泣きついてきたりしたら、その時は私があいつを切腹させます。あいつは皆様に御迷惑をお掛けして、私の顔にまで泥を塗り、家名を傷つけた。息子と言えども、許せません」と。

奥山宏忠は至極《しごく》厳しい顔つきで唇《くちびる》を震わせ、その言葉には嘘《うそ》は見られなかったという。木暮は上役に、もう一つ、奥山に訊《き》いてもらった。

「〈紅乃屋〉の香月、お蝶という女をご存じですか」と。その名を聞いて、奥山は顔色を変えたという。

青褪《あおざ》めつつも奥山は白《しら》を切り、「いや、存じませんが」と答えたので、上役が「その女も事件に何らかの関わりがあるようなのですが」と畳み掛けると、奥山は黙り込んでしまったそうだ。

仕事の帰り、木暮は一人で〈はないちもんめ〉にふらりと立ち寄った。渋い顔で酒を呑《の》む木暮に、お市は〝蟹真薯《かにしんじょ》〟を出した。

「味はしっかりついてますが、お好みでお醬油《しょうゆ》を垂らしてどうぞ」

お市に微笑《ほほえ》まれ、木暮は〝蟹真薯〟に箸《はし》を伸ばす。一口に頰張《ほおば》り、「うむ」と嚙《か》み締めた。

「海老《えび》真薯ってのもよいが、蟹真薯ってのも乙《おつ》なもんだな。蟹の風味が利《き》いている。真薯ってのは、擂《す》った山芋《やまいも》と混ぜて作るんだろ？」

「そうよ、だから円《まろ》やかで、ふわふわでしょ」

木暮は二つ目の蟹真薯を味わいつつ、お市を眺《なが》めてにやりとする。

「まるで女将《おかみ》の頰《ほ》っぺたみたいだよ。ふっくら、ふわふわで、うっすら桃色でな」

「もう、旦那《だんな》ったら。……でもよかったわ。吊《つ》り上がっていた目尻が、優しく垂れてくれて。旦那はそのほうがいいわ、やっぱり」

「俺、目が吊り上がってたか？」

「さっきまではね」

「旨い料理と酒で、忽《たちま》ち骨抜きよ。我ながら単純だわ。まあ、それも女将の愛《あい》嬌《きょう》あってこそだがな」

二人は微笑み合う。木暮は蟹真薯を味わいつつ、お市に酌《しゃく》をしてもらい、燗酒《かんざけ》を啜《すす》った。

「板元《はんもと》の〈吉田屋〉や、冬伝の世話をしていた老爺《ろうや》などに訊いて、彼奴《きやつ》の行きそうな場所はすべて当たってみたが、まだ見つからない」

「《徐福の園》に隠れているなんてことはないわよね」

「あそこには忠吾と坪八が交代で引っ付いているが、その気配はまったくないようだ。……冬伝の奴、宿を変えながら転々としているんだろうな。江戸にまだ留まっていればよいのだが」

すると、忠吾が巨体を揺さぶりながら、慌《あわ》てて〈はないちもんめ〉へ駆け込んできた。

「てえへんです！　冬伝が乙姫を刺しちまいやした！」

大声で叫んだので、お客の目が一斉《いっせい》に忠吾に集まる。「なにがあったんだ」とお客たちがざわめき始めた。

木暮はすぐさま立ち上がり、座敷を下りて忠吾の傍《そば》に行った。

「本当か？」

「はい、乙姫をずっと見張っておりやしたのに、こんなことになっちまいまして申し訳ありやせん。冬伝は取り押さえまして自身番に繋《つな》いでおりやす。乙姫は一命こそ取り留めやしたが、深手を負いやして、医者に診《み》てもらっておりやす」

「そうか、冬伝を捕まえたか。忠吾、よくやったぞ！」

「いえ、滅相《めっそう》もありやせん。乙姫を刺す前に取り押さえるべきでした」

忠吾は頭を下げ、冬伝が乙姫を刺した経緯《いきさつ》を話した。

「《徐福の園》を見張ってましたら、乙姫が御高祖頭巾《おこそずきん》を被《かぶ》って一人で出てきたので、後を尾《つ》けたんです。すると舟に乗って向かった先が、不忍池《しのばずのいけ》の出合茶屋で。――すわ謎《なぞ》の女と密会か――と色めき立ちやして、目を皿にして様子を窺《うかが》っておりやすと、男が凄《すご》い勢いで走ってきやして、茶屋の入り口のところで乙姫に斬りつけたんです。『お前だな、お前が俺を陥《おとしい》れようとしたんだな！』などと叫びながら。それであっし、慌てて飛び出して男を取り押さえたって訳です。その男が冬伝でした。髪も髭《ひげ》も伸び放題、真っ赤な目は虚《うつ》ろで、酒も相当呑んでいたようで、自身番でも訳の分からねえことをぶつぶつ言い続けている状態で。錯《さく》乱《らん》しているのかもしれやせん」

「そうか……。よし、兎《と》に角《かく》、冬伝に話を聞いてみよう」

木暮は忠吾と一緒に、冬伝が繋がれている自身番へと向かった。

冬伝は縛られ、どす黒い顔をして項垂《うなだ》れていた。薄汚れた身なりといい、無宿者を思い起こさせる。

――颯爽《さっそう》とした二枚目と言われたのに、これじゃ見る影もねえな――

木暮はそんなことを思いつつ、冬伝を問い詰めた。

「お前さん、どうして蓬萊乙姫を刺したんだ？」

冬伝は顔を上げ、木暮を食い入るように見た。頬はげっそりとこけ、唇は青く、目だけが異様に光っている。冬伝は唇を舐《な》め、吐き出すように言った。

「教えてくれた人がいたんだ。『《徐福の園》の長《おさ》である蓬萊乙姫が、貴方《あなた》に濡《ぬ》れ衣《ぎぬ》を着せようとしている』と。『すべてその乙姫という女が仕組んだことだ。その女が自分の罪を免《まぬが》れるために、貴方の戯作《げさく》に似せて人を殺《あや》め、貴方に罪を被《かぶ》せようとしている』と」

冬伝の目は血走り、躰が小刻みに震えている。木暮は――まさかこいつ、怪しい薬など使ってねえよな――と訝《いぶか》りつつ、さらに訊《たず》ねた。

「その教えてくれた女というのは、誰なんだ？」

冬伝は首を横に何度も振った。意識が混沌《こんとん》としているのだろうか、冬伝は教えてくれた人がどこの誰か、よく分からないという。冬伝は言った。

「ずっとあの辺りに潜《ひそ》んでいたんだ。酔っ払ってふらふら歩いていると、三橋の上で、女が近寄ってきた。そして、私にそう耳打ちしたんだ」

「今夜のことか？」

「そうだ。その女が教えてくれた。乙姫の居場所を。不忍池の料理茶屋に向かっていることも」

冬伝は木暮をじっと見詰め、唇をわなわなと震わせ、喚《わめ》いた。

「人魚を殺して腕を斬っていたのは、乙姫とかいう女行者《ぎょうじゃ》だ！　人魚の骨がほしくて、そんなことをしていたんだ！　橋の上で、女がそう教えてくれた。それなのに……私を陥れようとしやがって！　どいつもこいつも、寄ってたかって私のことを……ちくしょう」

冬伝は深く項垂れ、今度は啜り泣きを始める。その姿はあまりに情けなく、木暮は溜息《ためいき》をついた。

乙姫も自身番に運ばれて手当を受けていたが、話すことが出来る状態ではなかった。

するとへはないちもんめ〉で話を聞いた桂も駆け付けてきたので、三人は今度は根岸の《徐福の園》へ向かった。

四つ（午後十時）近く、《徐福の園》の一軒家はしんと静まり返っていた。木暮たちは声を潜めて言葉を交わした。

「中にいるとしたら、千珠と巳之助だろう。もしかしたら、乙姫が襲われた噂《うわさ》を聞きつけ、もう逃げてしまったかもしれねえが」

「どうしやしょう。無理やり踏み込んじまいやすか？」

「それとも正攻法でいきますか？　入り口で『ごめんください』と声を出し、開けてもらったところで捕らえてしまいましょうか」

「うむ。……正攻法でいくか。それは俺と忠吾でやるから、桂、お前はこっそり裏庭に回って、木の下の辺りで土が盛り上がっているようなところがあったら、そこを掘り返してみてくれ。見つかっていない、腕が出てくるかもしれん」

「承知しました」

桂は頷《うなず》き、すぐさま裏へと回る。木暮と忠吾は入り口に立ち、大声を上げた。

「ごめんください！　夜分遅く、恐れ入ります！」

だが、誰も出てくる気配がない。そこで木暮は何度か大声を出す。すると、戸の隙間《すきま》から微《かす》かに明かりが漏《も》れ、「どちらさまでしょうか」という男の声が聞こえた。木暮は穏《おだ》やかな声で答えた。

「私、自身番に詰めている者ですが、こちらの女の主様《あるじ》のことでお話がございまして」

少しの間の後、中から押し殺したような声が返ってきた。

「……どのようなことでしょう」

「はい、主様が道で倒れていらっしゃるのを、自身番まで知らせてくださった方がおりまして。主様、お医者様に診ていただいて御無事でしたが、まだ動くことが出来るような状態ではなく、そのことをお知らせに参りました。主様も、『私が帰らなかったら家族の者たちは心配するのではないか』と案じられておりましたので」

すると戸が開き、若く美しい男が顔を覗《のぞ》かせた。巳之助であろう。巳之助は、黒の着流しに黒羽織《くろばおり》の同心姿の木暮を見てはっとし、すぐさま戸を閉めようとしたが、忠吾が許さなかった。羆《ひぐま》の如《ごと》き莫迦力《ばかぢから》で戸を蹴倒《けたお》し、逃げようとした巳之助に飛び掛かって羽交《はが》い絞《じ》めにする。

「い、痛いっ！　なにするんですか、痛あい！」と巳之助は泣きべそを掻《か》いた。

忠吾にしてみれば優男《やさおとこ》の巳之助を組み伏せるなど、〝朝飯前の前の前〟である。

その隙に木暮は中を駆け回って探ったが、千珠はとうとう見つからなかった。

忠吾が締め上げると、巳之助は涙をこぼしながら語った。

「乙姫様がお出掛けになってすぐ、千珠も『ちょっと用がある』と出掛けてしまったんです。それから戻ってこず、心配してました」

「本当だな？　嘘ついたら針二百本呑ますぜ！」と忠吾が腕をぎりぎり捩《ね》じり上げると、巳之助は「嘘言ってません！　助けてえ！」と絶叫《ぜっきょう》した。

そこへ桂が顔に泥をつけたまま駆けつけ、昂《たかぶ》った声を上げた。

「出て参りました、裏の庭から！　人の腕と思われますものが三本。すべて右腕、そのうち二本は白骨化しておりました。また、裏の土蔵から、凶器と思われる血痕《けっこん》のついた鉈《なた》が見つかりました」

「よし、よく見つけた！　さて巳之助、話をよーく聞かせてもらうから、一緒に来てもらうぜ」

木暮の凄《すご》んだ顔を見て、忠吾は――素敵――と思わず目を潤《うる》ませるも、気を取り戻し、巳之助をいっそうぎゅうぎゅう締め上げる。

「おら、分かったか？　すべて正直に吐かねえと、てめえのためにならねえぜ！　おら、おら！」

巳之助は白目を剝《む》いて涎《よだれ》を垂らし、もはや失神寸前だった。

二

巳之助は締め上げられて洗《あら》い浚《ざら》い自供し、〈乙姫〉であったお蝶も傷が癒《い》えるとすべてを話した。

木暮が踏んだように、元花魁《おいらん》のお染も、陰間の藤弥と仁吾も、人魚の代役にさせられた挙句《あげく》殺められたのだった。

見当違いだったのは、冬伝及び奥山家の者たちは《徐福の園》及び殺人には一切《いっさい》関わりがなかったということだ。まったくの無実であり、これはやはり、冬伝いうところの「陥れられた」と見るべきであろう。

「人の噂も七十五日とはいえ、勘違いだったという割には、えらく迷惑を被《こうむ》ったな、冬伝も奥山家の皆様も」と、木暮もさすがに同情を禁じえなかった。

何も関係がなかった冬伝やその義姉が怪しまれたのは、そもそも煮売り酒屋のお稲に力添えしてもらって作った人相書が発端《ほったん》だった。木暮は考えた。

――お稲が証言してくれた、お染が煮売り酒屋で会っていた男女というのは、恐らく巳之助とお蝶だったのではないか。巳之助と冬伝というのは二枚目の優男で、どことなく似ているからな。お蝶も化粧や着るもの次第で、武家や大店の奥方のように見えただろう。お稲は目が悪いし、覚えももう衰《おとろ》えてきているかもしれんから、ああいう人相書が間違って出来ちまったんだな。まあ、それで、冬伝と敏江殿はえらい迷惑を被ったが。冬伝は無実にも拘《かか》わらず、追い詰められて、ついにお蝶を刺してしまったゆえ、その罪には問われるだろうからな。……しかし、お稲を責めるのも可哀《かわい》そうだ。忙しい中、探索に力添えしてくれたんだから――


木暮は思い出した。腰の曲がった老婆《ろうば》が、甲斐甲斐《かいがい》しく働く姿を。

巳之助とお蝶の供述によると、《徐福の園》が繁栄するに従い、次第に「人魚の腕を斬らざるをえない」状況になっていったのだという。それは木暮たちも推測していたことだ。

信者であっても、お布施《ふせ》を弾《はず》み、位《くらい》が上にいけばいくほど、特に大奥の女たちなどは我儘《わがまま》なことを言い始めた。

「本当に人魚の骨なのですか？　人魚は本当にいるのですか？　見せてください」などと。

そこでお蝶は「人魚を見たがっている信者たちがいるのですが、どうしたらいいのでしょう」と〝或《あ》る者〟に相談したという。その〝或る者〟こそが黒幕だったという訳だが、〝或る者〟は艶《あで》やかに微笑みながら答えた。

「見目麗《みめうるわ》しい者を連れてきて、人魚に化けさせましょう。美しい者なら、男でも女でもよいわ。化粧で誤魔化《ごまか》せるし、信者は女ばかりだから〝男の人魚〟というのも喜ばれるかもしれません」と。

そしてまずはお染と藤弥を人魚の代役にした。艶やかな化粧を施し、下半身には巧《たく》みに作った人魚の尾ひれを纏《まと》わせ、大きな水槽の中に入れ、信者に見せた。薄暗い中、水槽に当てる明かりを巧《うま》く加減すると、まさに本物の人魚に見えたようで、信者たちは驚き、それはそれは喜んだ。

信者たちも初めは人魚を見るだけで満足していたが、「あの妙薬は本当に人魚の骨で作られているのかしら」と訝《いぶか》り始めた。お蝶は〝或る者〟から指示され、不老不死の妙薬を一包二十両（約二百万）で売っていた。それだけの金子《きんす》をかけているのであるから、本当に人魚の骨で作られているかどうか、気になって当然であろう。

信者たちに「本当に人魚の骨で作っているか、証明してみてくださらない」としつこく追い詰められ、お蝶はほとほと困ってしまい、〝或る方〟にまた相談をした。すると〝或る方〟は答えたのだ。

「それならば仕方がありません。信者たちの目の前で、人魚の代役の腕を斬ってしまいなさい。それを見せて、『この美しい腕から骨を取っております』と言えば、皆様納得するでしょう」と。

「で、でも、そんなことをしたら、代役は死んでしまうのでは？」とお蝶が怖気《おじけ》づくと、〝或る方〟はきっとお蝶を睨《にら》んだ。

「それがどうしたというのです！　いいですか、貴女《あなた》は蓬萊乙姫、《徐福の園》の長であり、多くの信者たちの上に立つ神なのですよ。蓬萊乙姫という神の名は永久に語り継がれるものなのです、そう、天照大神《あまてらすおおみかみ》のように！　いいですか？神のすることに間違いなどありません。神がすることは、すべて正しいのです。ですから、蓬萊乙姫が人魚の腕を斬ろうが、それで人魚が死のうが、なにも間違ってなどいないのです。なぜなら蓬萊乙姫……貴女は、神であるからです！　神を裁くことなど、誰が出来ますか!」

初めは訝りつつも、〝或る方〟にここまではっきり言われ、お蝶は何かの催眠《さいみん》術《じゅつ》に掛けられたように信じてしまったという。

——そう、私は神なのよ。だから何をやったって許されるの。大丈夫。人魚、しかも人魚に化けた人間の腕を斬るなんて、大したことじゃないわね、考えてみれば——と。

お蝶は花魁だった頃からちやほやされ、自尊心の強い女だ。相当な自惚《うぬぼ》れ屋《や》と言ってもよかろう。褒《ほ》められれば褒められるほど、調子に乗って〝木に登って〟しまう気性《きしょう》なのだ。〝或る方〟は、お蝶のそのような気性に目をつけたのだろう。こうしてお蝶は〝或る方〟に洗脳され続け、おぞましいことにまで手を染めてしまったのだ。

〝或る方〟の指示に従い、お蝶は人魚に化けた者たちを、裏庭で育てている朝鮮朝顔を使って昏睡状態にさせたところで、腕を斬り落とした。お蝶一人ではたいへんだったので、巳之助に手伝ってもらって。巳之助は、やはりお蝶の息子であった。千珠は、〝或る方〟の紹介で、どこぞの武家屋敷に奉公していた娘という話だった。だが、確認を取った訳でもないので、本当だったかどうかは分からないという。

千珠は、人魚を斬ることには参加しなかった。「私には無理です。それはどうぞ御勘弁くださいまし」と泣いて許しを願ったからだ。お蝶は、千珠を〝或る方〟からの預かりものと思っていたので、無理強《むりじ》いはしなかった。千珠には斬る勇気など微塵《みじん》もなくどうせ気を失ってしまうのがオチだろうと、高《たか》を括《くく》っていたこともある。

腕を斬り落として、お染と藤弥が失血死してしまった後も、〝或る方〟の指示どおりに動いた。ちなみにお染も藤弥も、〝或る方〟が連れてきたという。〝或る方〟はお蝶にこう言った。

「二人の残った腕の手首を赤い紐で結んで、心中のようにして川に流しなさい」

と。

「すぐに見つかりませんか。埋めたほうがいいのでは」とお蝶が訝ると、〝或る方〟は再びきっとした。

「雨矢冬伝という新進の戯作者がいるのをご存じですか。冬伝は、人魚に纏《まつ》わる奇譚《きたん》を書いているのです。だから、それに倣《なら》って始末をしていこうという訳です。そうすれば、何かあってもその戯作者に疑いがかかり、いずれは捕まることになるでしょう。だから貴女は絶対に大丈夫です。すべて、その戯作者が罪を被ることになりますから」

〝或る方〟はお蝶をじっと見詰め、繰り返し言い聞かせた。

「死体が見つかってもいいのです。冬伝が疑われるだけですから。否《いな》、逆に見つかったほうがいいのですよ、冬伝に罪を着せやすくなるので。……いいですか、何があっても、貴女は絶対に大丈夫なのです。貴女は神ですから」と。

そしてお蝶は見事に言いくるめられ、〝或る方〟の指示に従って、川へと死体を流したのだ。

その後も、お蝶は〝或る方〟に従い続けた。仁吾を紹介したのも〝或る方〟で、斬った腕を雪達磨《ゆきだるま》の中に入れることを提案したのも〝或る方〟だった。

「これで完全に、人々の疑いは雨矢冬伝に向けられます。冬伝は近々捕まるでしょう。蓬萊乙姫も《徐福の園》も安泰《あんたい》です。ね、分かったでしょう？　貴女は何をしても本当に大丈夫なんですよ。すべて許されるのです」

そう言って、〝或る方〟は高らかに笑ったという。

信者たちは〝不老長寿〟〝衰えぬ美貌《びぼう》〟信仰に取り憑《つ》かれ、或る意味、狂っていた。お蝶もまた、そうであった。人間の欲というものは、まことに底が知れぬものだ。

信者の前で、〝人魚〟の腕を斬り、「これから骨を取ります」と説明した。その時、人魚の代役には朝鮮朝顔を使った薬を飲ませ、意識を朦朧《もうろう》とさせていた。そこまでしなければ、熱狂する信者たちの手前、もはや折り合いがつかなくなっていたのだ。

だが、実際に信者に渡していた〝人魚の骨〟は、魚や鶏《にわとり》の骨を砕《くだ》いたものと薬草などを混ぜ合わせて作っていた。切り落とした右腕は、裏庭の木の下に埋めていた。

お蝶は木暮の取り調べを受けながら、泣き叫んだ。化《ば》けの皮が剥《は》がれた今、もはや〈蓬莱乙姫〉の輝きは微塵もなかった。

「私は、〝あの女〟に説き伏せられてやっただけだ！　神に祭り上げられたんだ！」

髪を振り乱して、お蝶は叫んだ。

〝あの女〟つまりは〝或る方〟はお蝶に言葉巧みに唆《そそのか》したという。

「《徐福の園》という信仰の会を作ろうと思っているの。その長を、貴女に任せたいのです。こんな大役は、輝くような美貌と気品に溢《あふ》れる貴女にしか出来ないわ。貴女ならすべての女の神になれます。そして大金を儲けることが出来るわ」と。

お蝶のように、褒められることが大好きで、常にそれを渇望《かつぼう》している者を騙《かた》るには、〝褒め殺し〟をすればよいのだろう。お蝶はこうしてまんまと担《かつ》ぎ出されたということだ。

木暮はお蝶に訊ねた。

「それでお前さんは、その女とはどこでどう知り合ったんだ？」

「巳之助が連れてきたんですよ。私、隠居する時に結構な額の金子を本家からもらいましてね。私も巳之助も悠々と暮らしていくことは出来たのですが、あの子は謡《うたい》が上手なので、退屈しのぎにその師匠みたいなことをやり始めたんです。そこに習いにきていた一人だったんですよ、〝あの女〟は。巳之助は〝あの女〟と馬が合ったようで、私にも紹介したんです。歳も同じぐらいで、同じく後家《ごけ》で、それでまあ、親しくなって。あちらは武家の御後室でしたがね」

「なんという名だった？」

「〝勝瀬真澄《かつせますみ》〟と名乗ってました」

「武家というのは本当か？」

「本当でしょう。だって私、あの人のお屋敷にも行きましたからね」

「それはどこにあるんだ？」

　木暮は身を乗り出す。

「恐らく深川です。いつも従者が駕籠《かご》で迎えにきてくれて、それに乗って運ばれるんですが、夜なので道がはっきり分からなくてね。時々……わざと遠回りしているように思うこともありましたよ。深川と思ったのは、周りも屋敷が多かったことと、川に囲まれていたということ。駕籠から降りる時、小名木川《おなぎがわ》らしき川の向こうに田圃《たんぼ》が広がっていて、十万坪《つぼ》らしきところが遠目に見えたこと、などからです」

「その屋敷を見れば、そうと分かるか？〝勝瀬真澄〟が住んでいるところだと」

「分かるでしょうね。何度か行きましたから」

　木暮はお蝶を後ろ手に縛りあげたまま、ともに深川は小名木川沿いへと向かった。それらしき屋敷はほどなく見つかり、お蝶は「間違いなくここです」と言った。そこは、安房勝山《あわかつやま》藩の下屋敷だった。

　下屋敷は閑散《かんさん》としている。木暮は「本当にここか」とお蝶に念を押しつつ、入り口で声を上げた。すると中から番人の返事があった。

るばかりだ。

　そこで木暮は訳を話し、質問することが出来たが、番人は不思議そうな顔をす

「〝勝瀬真澄〟様という名には、覚えがございません。本当にこの屋敷におられたのでしょうか」と。

　嘘をついているようにも思えず、木暮も首を傾《かし》げる。縛られたまま、お蝶もぽかんとしている。木暮はもう一度お蝶に念を押したが、屋敷の中を覗いて、「確かにここで間違いありません」と断言した。木暮は番人に訊ねた。

「勝山藩の皆さんは確かこの如月に、国元へ帰ってしまったんですよな。参勤交代で」

　関八州《かんはつしゆう》の諸藩は、如月が参勤交代の移動の月である。

「はい、仰《おつしや》るとおりです。だからこのように一段と閑散としております」

　下屋敷は元々、藩の別荘のように使われるので、ひっそりとしていることが多いのだ。木暮は考えを巡らせ、訊ねた。

「家臣の中で、こちらの屋敷をよく訪れていた方はいらっしゃったかな」

　すると番人は眉根を寄せ、「さあ、それは」と言葉を濁《にご》した。そして「申し訳ございません。そういうことですので」と戸を閉めてしまった。

木暮はお蝶を連れて奉行所へ戻り、忠吾と坪八を呼び寄せ、頼んだ。

「勝山藩の下屋敷を見張って、賭博《とばく》が開かれるようなことがあったら、中に潜《もぐ》ってみてくれ。それで聞き出してほしい。あの下屋敷をよく訪れていた藩の者をな。特に、女を連れ込んでいた者がいなかったか、徹底的に探ってきてくれ」

「かしこまりやした」

忠吾と坪八は早速《さっそく》、件《くだん》の下屋敷に向かった。

七日ほど経《た》って、忠吾たちは注進した。案《あん》の定《じょう》、屋敷は賭場《とば》と化したので、渡り中間《ちゅうげん》などから聞き出したという。

「あの下屋敷によく来ていたのは、富永帯刀《とみながたてわき》という江戸留守居役です」

「なるほど。留守居役なら今も江戸にいるな」

「いえ、それが、つい最近側用人《そばようにん》へと出世したらしく、参勤交代の折に藩主たちと一緒に国元へと戻ってしまったようです」

「なに、本当か？　……戻っちまったのか。それじゃ俺たちは手出しはおろか、話も聞けねえな」

木暮は顔を顰《しか》めて、額《ひたい》をぴしゃりと叩いた。

「残念です。聞いた話ですと、その富永には女がいたようで、下屋敷を借り切るような形でその女と会っていたことも間々《まま》あったと」

「どんな女だ？」

「ええ、それが年齢に関してはまちまちなんです。『二十四、五の女だった』と証言する者もいれば、『三十五、六だった』という者もいて。共通するのは、『落ち着いた雰囲気の上品な美人』ってことですが」

「なるほどな……。もしや女が二人いたってことも考えられるが、その特徴からすると、三十五、六のほうはお蝶を担ぎ出したという〝勝瀬真澄〟のように思えるな」

「はい、あっしもそう思いやす。〝勝瀬真澄〟ってのが、富永帯刀殿の女で、お蝶に会う時はあの下屋敷を使わせてもらっていたんじゃねえでしょうか」

「うむ、そういうことだろう。……しかし、どういうことだ。勝山藩の江戸留守居役の女が、なにゆえにお蝶を祭り上げ、息子どもを嵌《は》めなければならなかったんだ？」

「どうしてなんでしょうね。何か恨《うら》みでも持っていたんでしょうか」

「恨みねえ……」

木暮は顎《あご》をさすり、目を泳がせた。

「〝勝瀬真澄〟は、雨矢冬伝にも恨みがあったのだろうか？　お蝶の話を聞いていると、どうも〝勝瀬真澄〟は、冬伝に疑いが掛かるように仕向けたがって仕方がなかったように思われる。どういうことだ、いったい」

「〝勝瀬真澄〟はまだ江戸にいるんでしょうか」

木暮は腕を組み、溜息をついた。

「いや、富永帯刀殿について、勝山藩へいっちまったと思う。俺の勘だと、〝勝瀬真澄〟などと名乗ってはいたが、元々は武家の女ではないだろう。恐らく、富永殿の妾《めかけ》じゃねえかなあ」

「じゃあ、捕まえるのは無理ですな」

「うむ。しかし、〝勝瀬真澄〟っていう女は、自分の手はまったく汚しちゃいねえんだ。お蝶や巳之助に近づき、祭り上げて洗脳し、ただ指図しただけだ。冬伝に対しても、ただ仕向けただけだ。江戸にいたとしても、捕まえられるかどうか微妙なとこだ。証拠すら何もねえんだから」

「黒幕は巧く逃げちまったってことですかね」

木暮と忠吾は苦々しい顔で、溜息をついた。

木暮は〈はないちもんめ〉で、お市にぼやいた。

「なんだかなあ。お蝶と巳之助は捕らえることが出来て、殺しの事件は解決したんだが、どうもすっきりしねえんだよなあ。〝勝瀬真澄〟に訊いてみたいもんだ。いったいどんな思惑《おもわく》があって、あいつらを嵌めたんだ、とな」

「じゃあ、冬伝さんはまったくの濡れ衣だったって訳ね。お気の毒だわ」

「まったくだ。変な噂を流されたり、自分のせいで家名にまで傷をつけてしまったりで、平気な顔をしていても、その実は相当きつかったようだな。少しここにきちまったみたいだ」

木暮は頭を指差す。お市は顔を顰めた。

「たいへんねえ。ところで冬伝さんに橋の上で『《徐福の園》の乙姫が、貴方に濡れ衣を着せようとしている』と囁いたのも、その〝勝瀬真澄〟なのかしら」

「ああ、そうかもしれねえな。見ず知らずの女に囁かれたって言っていたから、冬伝は〝勝瀬真澄〟と面識はないだろうがな」

お市は少し考え、口にした。

「でも……どうして見ず知らずの女の人が言ったことを、冬伝さんは鵜呑《うの》みにしたのかしらね」

酒を呑む手を止め、木暮も首を傾げる。

「そういやそうだな。知りもしない者の言うことを真に受けて、おまけに刺しちまうまでやるとはなあ。いくら冬伝が少しおかしいといっても、そこまでするもんだろうか」

「ねえ、もしかしたら冬伝さん、その女の人のことを、実は知っていたんじゃないかしら。今ああいう状態だし、はっきり思い出すことが出来ないだけで。眠っている記憶の中のどこかに、その女の人がいるのかもしれないわ。……だから、冬伝さんが思い出したら、また何か分かるかもしれないわよ」

「うむ、なるほどな。女将の冴《さ》えた勘働きのおかげで、俺もまた頭が働くようになってきたぞ。……ほら、女将も呑んでくれ」

「あら、ありがとうございます」

木暮に酌をされ、お市はにっこりする。差しつ差されつ、そろそろ弥生《やよい》だ。

小伝《こでん》馬町《まちょう》の牢《ろう》に入れられている冬伝を訪ね、木暮は再び問い詰めた。

「お前さんに橋の上で声を掛けたという女だが、本当は知っている女だったんじゃないか」と。

どうやら牢名主《ろうなぬし》の嫌がらせなども受けているようで、冬伝は憔悴《しょうすい》しきっている。虚ろな目で宙を見据《みす》えながら、ぼんやりと答えた。

「そう言われてみれば、どこかで会ったような気もします。どこでだろう。……ああ、そうだ。子供の頃だ。声と匂いに覚えがあったんだ。家に来たことがあったのかな？　いや、外だ。父が舟遊びをして……その時に呼んだ、女役者かもしれない。よく響く声と、あの白粉《おしろい》の匂いは、きっとそうだ」

冬伝は独りごつように続けた。

「その時、女役者は人魚の役をやっていたんだ。……思い出したぞ。人魚は、私を優しく抱き締めてくれたんだ。私はその頃四つぐらいで、でも覚えている。……とても甘い匂いがしたんだ」

冬伝は目を細め、うっとりとする。それは、幸せな子供時代の甘美《かんび》な思い出であったのだろう。そして幼い頃のその鮮烈な経験が、後にまで冬伝に影響を及ぼしたのだろうか。

冬伝は薄ら笑いを浮かべて呟《つぶや》いた。

「ああ……人魚だったのか。私に声を掛けた女は、だから脚がなかったんだ」

一人納得《なっとく》したように、冬伝は、ふふふと笑い続ける。木暮は冬伝の肩をそっと叩いた。

三

夜桜というのは、恐ろしいほどに艶やかなものである。人を惹《ひ》きつけ、惑《まど》わせる、まさに妖《あやかし》といった趣《おもむき》だ。吉原では弥生の初めに桜を植え、雪洞《ぼんぼり》で照らすなどして、工夫を凝《こ》らす。その桜並木を一目見ようという客で、大いに賑《にぎ》わうのだった。

僧侶の仁秀《じんしゅう》も、夜桜見物などと理由をつけ、吉原へと向かっていた。人目を気にして医者を装い頭巾を被って日本堤《にほんづつみ》を歩いていると、前髪のある男子が前からやってくるのが目に入った。色白で、あどけない頬はほんのりと色づいている。きりりとした眉に、切れ長の大きな目。ほっそりとした躰《からだ》に群青《ぐんじょう》色の小袖《こそで》と袴《はかま》を纏ったその姿は、四段目《よだんめ》の力弥《りきや》さながらの美丈夫《びじょうふ》だ。美丈夫の前髪には、桜の花びらが一枚ついていた。

仁秀は思わず息を呑んだ。その美丈夫に心を動かされたのだ。仁秀は、女は勿《もち》論《ろん》のこと、男との色事も好む。それも、あどけない男子に目がないのだ。

擦《す》れ違う時、前髪の美丈夫は立ち止まり、仁秀ににっこりと微笑んだ。その愛らしいこと、まるで桜の蕾《つぼみ》がほころんだかのようだ。仁秀は好色な笑みを浮かべ、美丈夫を見詰め返した。

二人は眼差《まなざ》しを絡ませ合った。

美丈夫は仁秀に顔を近づけ、囁いた。「遊びませんか」と。仁秀は相好《そうごう》を崩し、大きく頷く。こうなると、吉原の遊女などどうでもよくなってしまう。

美丈夫は仁秀の頬に、そっと唇を寄せた。頭巾の上からでも、その唇はとても軟《やわ》らかく、温かく、気持ちがよかった。仁秀はふっと箍《たが》が外れた。躰の奥から湧き上がってくる欲望に突き動かされるかのように、美丈夫を抱き締めた。ここが往来だろうと関係ない、仁秀の理性は吹き飛んでしまった。

すると美丈夫は、急に大きな声を出した。

「助けて！　この坊主、私に変なことをする！　気持ち悪い！」と。

驚いた仁秀が「な、なんと」と怯《ひる》んだ隙に、美丈夫は懐《ふところ》に忍ばせた懐剣《かいけん》を取り出し、相手の腕を斬りつけた。

「うわあっ」と悲鳴を上げ、仁秀が蹲《うずくま》る。血飛沫《ちしぶき》が上がり、往来は大騒ぎになる。美丈夫は「坊主が変なことをするからだ！　あの坊主が悪いんだ！」と叫びながら、瞬《またた》く間に駆けていってしまった。

「おい、僧侶《そうりょ》が斬られたぞ」「前髪の男子におかしなことをしようとしたみたいだ」と噂が忽ち広がっていく。命に別状はなくとも、仁秀は腕の筋を斬られたようで、苦悶《くもん》の顔で蹲ったままだ。吉原に詰めている同心たちが出てくる騒ぎとなった。

美丈夫の行方は分からなかったが、斬りつけられたのはまたも本宗寺の僧侶だった。相次《あいつ》ぐ不祥事に寺の名は地に落ち、檀家《だんか》を離れる家が続出することとなった。数日後、美丈夫を襲った挙句に逆襲されるという僧侶を描いた滑稽《こっけい》画《が》が、巷《ちまた》に広まった。本宗寺は下手すると取り潰されるかもしれない、という噂とともに。

弥生三日は雛《ひな》の節句だ。女三代で切り盛りしている〈はないちもんめ〉にも、艶やかな桃の花が飾られる。このところ不老長寿の料理が当たっているので、お市たちは皆ほくほく顔だ。はないちもんめの面々が考え出した、雛の節句における長寿の食材は〝卵〟。そして、弥生に入ってから始めた卵料理も当たっている。卵は如何《いかん》せん高いのだが、〈不老長寿の料理〉と謳《うた》うと、よく売れるのだ。

ふらりと訪れた木暮と桂も、卵を使った料理でもてなした。

「はい、おまちどお。まずは〝蛤《はまぐり》の卵綴《と》じ〟です。召し上がれ」

蛤の磯の香りと卵の甘やかな香りが合わさり、ふんわり漂う。菜の花も散りばめられ、彩り豊かだ。卵綴じといってても綴じてあるのは菜の花で、その上に酒蒸しされた蛤が載っている。木暮と桂はそれをゆっくり味わった。

「いいねえ、卵にも菜の花にも、蛤の旨みがたっぷり染みている。絶品だわ」

「菜の花を煮て卵で綴じる際に、蛤を酒蒸しした残り汁を使うんですよ」

「だからこんなに風味豊かなのですね。蛤と卵がこれほど合うとは」

料理を堪能《たんのう》し、お市に酌をされ、木暮と桂は目を細める。

「事件も一段落なさって、よろしかったですね。《徐福の園》がなくなって、美人局もすっかり収まったようです」

お市が微笑むも、二人は微妙な顔をする。やはり、どこか腑《ふ》に落ちぬようだ。

するとお紋が次の料理を運んできた。〝鰆《さわら》と卵の散らし寿司〟と〝蛤と三つ葉のお吸い物〟だ。〝紅白茹《ゆ》で卵〟に〝煮卵〟まである。

「卵だらけじゃねえか。こりゃ精力つきそうだなあ」

額をぴしゃりと叩く木暮に、お紋は「旦那方には絶倫《ぜつりん》になってもらわないとねえ。悪党を退治してもらうためにもさ」と笑った。

〝鰆と卵の散らし寿司〟は、焼いて身をほぐした鰆、細切りにした人参《にんじん》や絹《きぬ》さや、銀杏《いちょう》切りの蓮根《れんこん》、短冊《たんざく》切りの油揚げ、錦糸《きんし》卵まで入って、見た目も鮮やかで、如何《いか》にも美味《おい》しそうな一品だ。

〝蛤の吸い物〟には三つ葉と手毬麩《てまりふ》が入り、こちらも見目麗しい。

木暮はお紋に告げた。

「今いる客の相手が終わったら、お花も呼んでくれ。雛の節句だからな、皆で楽しく食って呑もうや」

「あら嬉しいねえ、旦那！　お祝いしてくれるっていうんだ、私もまだまだ女の子ってことだねえ」

お紋は欠けた前歯を見せて笑い、木暮と桂は酸《す》っぱい顔をする。

「まあなあ、ずいぶん歳食った女の子だけどよ」

「妖、ってことでしょうか」

「仕舞い忘れた雛人形みてえだな」

好き勝手言う二人を、お紋はじろりと睨んだ。

少し経ってお花もやってきて、皆でわいわいと料理と酒を楽しんだ。

「俺、実は散らし寿司って苦手なんだが、これはいけるぜ。甘過ぎねえからかな。俺、あの田麩《でんぶ》ってのが駄目なんだ」

「確かに甘過ぎる田麩はいただけませんね。こちらは鰆がなんともよろしいです。鰆の散らし寿司がこれほど旨いものとは！　いくらでも食えそうですよ」

「油揚げも利いてるよな。さっぱりしつつ、適度にコクがあって」

木暮と桂は散らし寿司を勢いよく頬張る。お市たちは微笑んだ。

「よかったわ、御満足いただけて。板前も喜びます」

「吸い物も実にいい味だ。蛤ってのは香りがよいな。食欲を誘う」

「手毬麩が入っているのも、京風でいいですね。もちもちと、堪《たま》りません」

美味しいものの前では、気懸かりなことも忘れてしまうようだ。木暮と桂は目を細めて味わった。

ぺろりと平らげると、酒を呑みながら、木暮は語った。お蝶たちを取り調べて新たに分かったことを。

「なるほどねえ。その〝勝瀬真澄〟って女が、裏で手を引いてたって訳だね」

お紋の言葉に木暮は頷く。

「そういうことだ。その女が黒幕ってことは分かったが、いったい本当はどんな者であったか、よく分からねえんだ。煙《けむ》に巻かれたような気分だぜ」

「殺されたお染が、お稲さんの煮売り酒屋で会ってたってのは、敏江様ではなくて、〝勝瀬真澄〟だったって訳だね。陰間茶屋に行っていたってのも」

「うむ、そういうことになるだろうな。冬伝たちが一切関わっていなかったというのを知って、俺は、その煮売り酒屋にいた二人ってのはお蝶と巳之助だったのではないかと思ったんだ。だがお稲は目や覚えが悪くなっていて、あのようなどこか間違った証言や人相書になってしまったと。しかし、お蝶も巳之助も、あの煮売り酒屋には行ったことがないと言い張るんだ。『〈おぼろ〉などという店、まったく知らなかった。初めて聞いた』と。二人とも洗い浚い自供したのだから、そんなことを隠すはずもなかろう。お蝶は、お染を連れてきたのも〝勝瀬真澄〟だったと言った。ということは、あの煮売り酒屋でお染が会っていた女は〝勝瀬真澄〟で間違いない。するとお男は誰だったのかという訳だが、まあ、いくらでも考えられるわな。〝勝瀬真澄〟のおつきの者だったとかな。そいつは冬伝風の二枚目だったのだろう」

「〝勝瀬真澄〟は、どこか敏江様に似ていたので、そのような誤解が生じてしまったんだろうね。陰間茶屋にも、陰間を買うというだけでなく、人魚に巧く化けられるような男を物色しにいっていたんだろうね」

「玄之助さん、この間来たけれど、思い悩んでたよ。『それがしの思い違いで、敏江殿にまで御迷惑をお掛けしてしまった。すまないことをした』って。でも、人相書は本当によく似てたみたいだね」

「そうか……。お花、俺がこう言っていたと、玄之助さんに伝えておいてくれ。『下手人は捕らえたし、奥山家の疑いも晴れたので、どうぞお気になさらず』とな。頼んだぞ。誰だって勘違いはあるさ。そんなことで気を病まれたら、こちらこそ申し訳ねえからな」

「あいよ、必ず伝える」

お花は笑顔で答える。今度はお市が訊ねた。

「《徐福の園》にいた千珠って人は、まだ行方が分からないの？」

「うむ、そうなんだ。桂とも話していたのだが、千珠ってのはもしや〝勝瀬真澄〟の仲間だったんじゃねえかと」

「ああ、それは考えられるね！」

お花が声を上げた。

「お蘭さんが、蓬萊乙姫……お蝶のことを、『傀儡《くぐつ》みたい。目が硝子玉《がらすだま》のようで』って言ってただろ。あたいもそう思ってたんだ、息子の巳之助のこともね。でも、千珠は違ってたんだ。目に力があるというか、もっと凜々《りり》しくて、誰かに操られている傀儡には見えなかった。千珠は《徐福の園》の中で、〝勝瀬真澄〟の計画を手伝っていたんだよ、きっと」

お紋は眉根を寄せた。

「でもさ、〝勝瀬真澄〟って何者だったんだろうね。いったい、何をしたかったんだろう。金儲けのためだけってことはないよね？　やはり彼奴らを陥れるためとしか……」

木暮は腕を組んだ。

「うむ、そこなんだ。今年になってから起きた一連の事件によって、このような結果が生まれた。一つ目は、蓬萊乙姫つまりはお蝶と、その息子の巳之助が捕まった。ともに死罪は免れぬだろう。二つ目は、雨矢冬伝つまりは奥山宏二郎は、疑われた挙句に心を病んでしまった。奥山家もあらぬ噂を流され、家名に傷がつけられた。三つめは、僧侶たちの相次ぐ醜聞《しゅうぶん》で、本宗寺が危うくなっているということだ」

「本宗寺の件まで入るのかい？」

皆に見詰められ、木暮は「うむ」と顔をいっそう引き締めた。

「俺はな、色々と探った結果、この一連の件というのは〝二十年ほど前〟に何かで繋がっていたように思えてならねえんだ」

「二十年ほど前……に？」

お紋が膝《ひざ》を乗り出した。

「じゃ、じゃあ、〝勝瀬真澄〟って女は、その二十年ほど前に起きた何かの復讐《ふくしゅう》をしたってことかい？　彼奴らそれぞれに」

「うむ。俺はそう考える。二十年ほど前に、彼奴らには共通して、大きなことが起きているんだ。まずお蝶は富豪の両替商〈枡屋〉の大旦那に身請《みう》けされた。それが二十三年前だ。そしてその後まもなく巳之助を産んでいる。また、その頃、冬伝のお父上の奥山宏忠殿は、お蝶と知り合いだった。お蝶の客ではなかったが、何らかの関わりがあったとは推測出来る。上役に奥山殿に色々質してもらった際、お蝶の名を聞いて顔色が変わったというからな。もしかしたらお蝶の身請けの時に、何かがあったのかもしれぬ」

皆黙って木暮の話を聞く。酒を啜り、木暮は続けた。

「そして冬伝……奥山宏二郎は、こんなことを話した。まあ、彼奴の今の状態ではどこまで確かなことかは知れぬが、四つの頃に人魚を演じた女の役者に憧《あこが》れたことがあったという。お父上が芝居が好きで、座敷に役者を呼ぶこともあったそうだ。そして彼奴が言い張るに、彼奴に『蓬萊乙姫が貴方を陥れようとしている』と教えてくれたのは、その女だと。まあ、それは幻覚というか、ちょっとおかしくなって夢でも見てたのか分からんが、彼奴の話を信じるとしたら、彼奴が四つの頃ならばやはり二十三年前の出来事なんだ。そして本宗寺。こちらには二十年前に起きた、延命院事件が関わってくる」

「ああ、知ってるよ、その事件！　確か延命院のとてつもなく美男の坊さんが、女信者と次から次に女犯《にょぼん》を繰り返して、その廉《かど》で斬首されちまったんだよね。あの時、凄い騒ぎになって、怒った女たちも多かったと覚えてるよ。『悪いことをした訳ではないじゃない。関係を持った女信者だって幸せだったんだから』ってね」

「さすが大女将、よく覚えているな！　そうなんだ、その美男の僧侶は日道という名だったのだが、その日道を妬《ねた》んで密告した者の先鋒《せんぽう》に立ったのが、本宗寺の僧侶たちだったんだ」

「ええっ、そうだったのかい？」

お紋は目を見開き、お市とお花も固唾《かたず》を呑む。

「そうなんだ。日道のおかげで多くの女信者たちが押し掛け、檀家《だんか》を増やしてぼろ儲け、延命院は、うはうは状態だったというからな。それで本宗寺の彼奴らは面白くなかったんだろう」

「そんなことがあったんだ……」

「お花が生まれる前のことだからな。お前は知らなくて当然だろうよ。……それでだ、二十年が経った今、本宗寺の僧侶たちが相次いで痛い目に遭った。お染と一緒に上がった死体は藤弥。この藤弥を買っていた善覚がまず遣《や》り玉《だま》にあがり、醜聞が撒《ま》き散らされた。ちなみに日道を密告した時に中心になったのが、この善覚だったようだ。次に殺された仁吾という陰間を買っていたのが円覚で、やはり醜聞が広まった。そして先日、仁秀という僧侶が、吉原の近くで美丈夫に腕を斬りつけられ、大騒ぎになった。美丈夫は『この坊主が私に変なことをしようとした。気持ち悪い』と叫びながら逃げてしまったという。もはや本宗寺の信用はがた落ちだ」

「偶然とは思えないね。本宗寺も関わってるような気がしてくるよ」とお紋。

お花は少し考え、顎をちょいと突き出して言った。

「ねえ、その逃げていった美丈夫ってての、もしや千珠が化けたってのはないかな？　千珠って女にしては背が高かったから、もしやと思ったんだけれど」

木暮と桂は膝を打った。

「ああ、そうかもしれません！　お花さん、冴えてらっしゃる」

「ありがと。でも、そこまでして皆を陥れようって、本当に何があったんだろう」

「二十年前っていうと、〝勝瀬真澄〟は当時、十五歳ぐらいか。〝勝瀬真澄〟を見たって者の証言を総合すると、今、だいたい三十四、五歳と推測出来るよね。その頃、いったい何があったんだろうね」

「ねえ、千珠って、もしや〝勝瀬真澄〟の妹とか娘って考えられない？　あ、でも娘はちょっと無理があるかしら」

「いや、女将。当時十五歳なら、無理ってことはねえよ。そうか、千珠は〝勝瀬真澄〟の妹もしくは娘か。血の繋がりがあれば、仲間にしやすいものな。お前ら皆、冴えてるじゃねえか」

「〝ずっこけ三人女〟も結構役に立つだろ」

笑い声が起きて和《なご》んだところで、木暮は微かな溜息をついた。

「でも、二十年ぐらい前に何があったか訊きたくても、〝勝瀬真澄〟にもう話を聞くことは出来ねえな。富永帯刀殿について、もう勝山藩にいるだろうからなあ」

「富永様が色々と力添えなさったんだろうね。金子などの面でも」

「富永殿という方は、悪い御方ではないという。留守居役ということもあってか、遊びのほうは好きだったようだが、とても思い遣りがあり、皆に慕《した》われていたそうだ。そのような御方がそれだけ力添えしたというのは、〝勝瀬真澄〟によほど同情したからだろう」

お市は深く頷き、ぽつりと言った。

「私ね、不思議なの。〝勝瀬真澄〟って女《ひと》、色々な人を操って酷《ひど》いことをしたのだろうけれど、どうしてか憎めないような気もするの」

皆の目がお市に集まる。お花も同意した。

「そうだね。おっ母《か》さんの言うように、操られた彼奴らだって悪いんじゃねえかって思うよ。なんていうか、皆、自惚れが強過ぎて、驕《おご》っていて、それで自滅しちまっただけのようにも思えるんだ。〝勝瀬真澄〟が陥れなくても、皆いつか痛い目に遭ってたんじゃないかな」

「〝勝瀬真澄〟は彼奴らのそういう気性を巧く突いたんだね。しかも自分の手は汚さずにね。なかなか、ここがいいんだ」

お紋はそう言って、頭を指差した。木暮は頷く。

「大女将の言うとおりよ。そして、だからこそ、釈然《しゃくぜん》としねえんだよ。そこまでしたってのには、どんな訳があったのか、知りたかったんだ。……捕まえるというんじゃなくてもな」

お紋は少し考え、口を開いた。

「もしかしたら、まだ聞けるかもしれないよ、〝勝瀬真澄〟の口から。……ちょっと心当たりがあるんだ、私ゃあ」

そしてお紋は推測を語り始める。一同は、瞠目《どうもく》した。

四

猪牙舟《ちょきぶね》に乗って大川をいく時にも、桜が見える。凍《い》てつくような寒さもすっかり収まり、爽《さわ》やかな風が肌に心地よい。柔らかな陽が当たってさざめく川面《かわも》に、魚が飛び跳ねる。温かくなってきて、魚も元気が出てきたようだ。

猪牙舟を降りると、木暮とお紋はほころぶ桜を眺めながら歩を進め、路地裏にひっそり佇《たたず》む煮売り酒屋〈おぼろ〉の前に立った。

暖簾《のれん》は仕舞われ、物音も聞こえてこない。何か立てかけてあるのか戸はなかなか動かなかったが、木暮は無理やり開け、中へ入った。

狭い座敷で、お稲が一人静かに酒を呑んでいた。すっかり片づけられ、どうやら店を畳むつもりらしい。

お稲は背を丸めて座ったまま、二人にそっと頭を下げた。お紋が掠《かす》れた声を出した。

「店、仕舞うのかい？」

お稲は頷いた。お紋はさらに訊いた。

「どこか具合が悪いのかい？」

お稲は「はい」と、か細い声で答えた。お紋はお稲をじっと見詰めた。

「そりゃあ、そうだよね。腰を〝わざと〟ずっと曲げてたりしたら、痛くなって当然さ」

お稲は何も答えず、酒を一口啜る。お紋はさらに問い掛けた。

「〝勝瀬真澄〟って、お稲さん、あんただったんだね」

お稲は黙って俯《うつむ》く。木暮も静かに問うた。

「すべてお前さんが仕組んだことだったんだろう」

「……罪になるんですかねえ」

そう言って、お稲は微かな笑みを浮かべた。

お紋は唇を軽く嚙んだ。

「私ね、あんたがもしや本当はもっと若いんじゃないかって、気づいてたんだ。私と同じぐらいなんてことはないよ、四十歳ぐらいなんじゃないか、実は」

お稲は頷いた。

「御見逸《おみそ》れしました、お紋さん。仰るとおりです。私は本当は四十三歳でございます」

「ってことは、お前さん、お蝶と同い歳ってことか」

「そうでございます」

お紋はお稲をしげしげと眺めた。

「あんたのその顔だって、何か塗って、わざと黒くしてるんだろ？　手は白いもんね。うなじから背中にかけてもね。あんたが屈《かが》んだ時、見えたんだよ。その髪も、饂飩粉《うどんこ》か何かを塗《まぶ》しているか、白髪《しらが》の鬘《かつら》を被《かぶ》っているよね？　生《は》え際《ぎわ》がやけに黒々としていることがあったからね。悪いね、こそこそ探っちまって」

「いいえ……仰るとおりですから。ところでお紋さん、いつ頃から私が老けて見せてるって、お気づきでしたか」

「いつ頃からって言われるとね……どうだろう。まあ、何かおかしいと思ったんだよ。だって皆の話を聞いてるとさ、今回あのお蝶をはじめ、わざとらしく若く見せようとしている人ばかり出てくるのに、あんただけわざとらしく老けて見せようとしてるんだもん。気づくよ、そりゃ」

お紋が笑うと、お稲もつられて笑う。お紋は続けた。

「お稲さんがもっと若いに間違いないと思ったのは、見世物小屋の赤い猿《さる》の話をした時だ。覚えてるかい。あの時、あんたも私の話に合わせて、赤い猿を見たって言っただろ？　でも、あれ、両国の小屋に出て大騒ぎになったのは〝赤い狸《たぬき》〟だったんだよ。私と同い歳ぐらいの江戸っ子だったら、知らない者はないっていうほど話題になったんだ。それから、役者の立花染太郎と新川欣之介もそうさ。あんた、あの二人を知ってるふりしただろ。実はね、そんな役者、私の娘時代にいなかったんだよ。それなのに、あんたは私の話に合わせて、『欣之介には少し憧れた』なんて言ったよね、知ったふりしてさ。……ごめんね、つまりはあんたに鎌《かま》をかけたってことさ。本当に私と同じぐらいの歳か確かめるためにね」

お稲は苦笑いだ。

「あの時には、もう私を疑ってらしたのですね」

「歳についてはね。もちろん、お稲さんが黒幕だなんて、考えもしなかったよ、その時は」

「私が黒幕だと気づかれたのは、いつでした？」

「つい昨日さ。あんたと〝勝瀬真澄〟が一致したのはね。あんたの嘘に、もっと早く気づけばよかったんだ。この店に来ていたのは、お染だけだったんだろ？　あんたが見たっていう、お染がここで会ってた男と女なんて、端《はな》からいやしなかったんだ。そしてあんたはこの旦那に力添えするふりをして、嘘の証言をしたり、あんな偽の人相書を作らせた。わざと冬伝の義姉そっくりに描かせたんだ。冬伝と奥山家の人たちを貶《おとし》めるために。ね、そうだったんだろう？」

「……仰るとおりでございます」

お稲は静かに答える。

「あんたは癖がない顔だから、同じような化粧と髪形、着物で、冬伝の義姉に七、八割方似せることが出来た。〝勝瀬真澄〟になる時は、その姿だった。陰間茶屋へ行く時も、そうだった。そうやってあんたは、事件に関わっている謎の女が、さも敏江様のように、あちらこちらで匂わせていたんだね」

「……お察しのとおりかと」

お紋は重い息をついた。

「そのこともっと早く気づけばよかったんだ。でも私も旦那も、信じ込んじゃってたんだ、あんたのことをね。だからあんたの話を、誰も疑いもしなかった。たいした役者だよ、あんた。人に信じ込ませるのが巧いんだね」

お稲は微かな笑みを浮かべる。

「信じることって大切とは思いますが。私、今まで色々なことがありましたが、いつも何かを信じて生きていたような気がします。そして……この先も」

木暮は優しい声で言った。

「お稲さん、その色々あったことを、そろそろ聞かせてくれねえかな。いったいお前さんは、どうしてあんなことを企《たくら》んだんだい」

お稲は暫《しばら》く俯いていたが、曲がった背中をすっと正すと、静かに話し始めた。

「私は浅草の宮芝居の役者一座の家に生まれましてね、お父っつあんが座長をしていたんですが、私が五つの時に亡くなって、それからはおっ母さんが女座長として頑張ってました。私には、麦太郎《むぎたろう》という兄がおりまして、やはり小さい頃から役者の道を歩んでおりました。もちろん私も、子供の頃から舞台に立っておりました」

「そうだったのかい。化けるのが巧みってのは血筋なんだ。十歳ぐらいなら下に見せたり上に見せたりするのも容易《たやす》いだろうね、それじゃあ」

「はい。私は十五歳の時に六十歳の老婆の役をやっておりましたから。これでも小さい頃から、芝居は上手と褒められておりました」

お稲は微笑み、一息ついて続けた。

「私と兄ちゃんはとても仲がよく、一緒におっ母さんを守《も》り立てておりました。私は兄ちゃんが大好きだったんです。芸事熱心で、いつも遅くまでお稽古《けいこ》をしていて、そんな兄ちゃんを私は役者として尊敬してもいたのです。でも……私が二十歳《はたち》になる前の頃だから、兄ちゃんは二十五歳ぐらいの時。そんな兄ちゃんに魔が差したのでしょうか、或る花魁《おいらん》に夢中になってしまったのです。それが、お蝶でした」

木暮とお紋は目を見開いた。

「もちろん、兄ちゃんは花魁遊びをするような金子は持ってなかったので、間夫《まぶ》の扱いでした。お蝶に誑《たぶら》かされ、間夫として弄《もてあそ》ばれた挙句、お蝶が身請けされる際、邪魔者扱いされて……惨殺《ざんさつ》されてしまったのです」

淡々《たんたん》と話していたお稲の声が、初めて微《かす》かに震えた。そんなお稲を、木暮とお紋は言葉もなく見詰める。お稲は息をつき、再び続けた。

「兄ちゃんは、お蝶のことを本気で好いていたのだと思います。お蝶と付き合うようになって、稽古にも身が入らなくなり、思い悩んでいることもありましたから。でも、お蝶は兄ちゃんのことなど虫けらのように……。私もおっ母さんもお蝶のことを憎みましたが、その時はどうすることも出来ず、復讐心を抱きながらもそれを仕舞い込むしかなかったんです。だって、私たちはしがない宮芝居の一座でしたから」

お紋は「悔しかっただろうね」と、そっと目を擦《こす》った。

「私は、兄ちゃんを花魁のお蝶と引き合わせた、或る旗本のことも恨みました。その旗本が、冬伝の父親である、奥山宏忠だったのです。奥山はその頃、小納戸役でしたが、派手な遊びを好み、私どもの一座を座敷に呼ぶこともありました。元々は、兄や私を贔屓《ひいき》にしていたのです。そして奥山は兄を吉原に連れていき、花魁だったお蝶に会わせました。それから兄ちゃんの人生が狂ってしまったのです。兄ちゃんは、役者といっても真面目《まじめ》な男でした。その兄ちゃんが花魁の手練《てれん》手管《てくだ》にかかれば、忽ち骨を抜かれてしまったでしょう。兄ちゃんは間夫の立場にも拘わらず、お蝶に本気で惚れました。そんな兄が、お蝶にしてみれば鬱陶《うっとう》しくなったのかもしれません。奥山は両替商の〈枡屋〉に鼻薬を嗅《か》がせられ、兄ちゃんの殺害に一役買ったのです。奥山が座敷に兄ちゃんを呼び、そこで斬りつけて殺害してしまいました」

木暮は思った。

——だから、奥山殿はお蝶の名を聞いて顔色を変えたんだな。その時の、疚《やま》しいことが蘇《よみがえ》ったのだな——と。

「それは確かなのか?」

「はい。兄ちゃん、出掛ける前に、私に文《ふみ》を残していったのです。その文は、兄ちゃんの行方が分からなくなって二日後に、私に届きました。兄ちゃんの知り合いが、持ってきてくれたんです。兄ちゃんはその人に渡す時に、こう言ったそうです。『もし俺の帰りが遅れたら、これを妹に届けてくれ』と。私、酷い胸騒ぎがして、震えながらその文を開きました。そこに、綴《つづ》られていたんです。奥山の座敷に兄ちゃん一人だけが呼ばれたこと、その座敷に行くつもりであることが。文はこう結ばれていました。『もし万が一にも帰れなければ、それも定め。いつかまた、どこかで会おう』と。兄ちゃんは、きっと気づいていたんだと思います。お蝶に本気になってしまったせいで、遅かれ早かれ、自分が消されるであろうことに」

耐え切れなくなったのか、お紋はほろりと涙をこぼした。木暮も辛そうな顔で聞いている。

「五日ほど経って、兄ちゃんの遺体が見つかりました。重しをつけられ川に投げ込まれたようですが、浮いてきて、川のほとりに流されたのです。遺体は、酷いものでした。刀で斬られた傷だけではなく、魚に食い千切《ちぎ》られたり、杭《くい》などにぶつかって肉がえぐられたようにもなっていました。……それでも兄ちゃんが見つかったことは嬉しかったです、弔《とむら》いが出来ますから。でも、兄ちゃんの死の衝撃が強過ぎて、今度はおっ母さんがおかしくなり始めてしまったのです。おっ母さん、兄ちゃんのことを本当に本当に可愛がってましたから。病《やまい》がちになって、床《とこ》に臥《ふ》せることが多くなって……兄ちゃんを追うように、二年後におっ母さんが亡くなったんです」

「それじゃあ、奥山のことだって恨んじまうよねえ」

「ええ……。悲しみが重なって、私は復讐心を抱きつつ、孤独を感じて生きていました。続けて、大好きだった兄ちゃんとおっ母さんを亡くしたんです。一座の者たちが励《はげ》ましてくれましたが、私はやはり寂しかった。でも……そんな時、私の傷ついた心を癒してくれる人が現われたのです。その人は、延命院の僧侶で、日道様という方でした」

「お前さん、日道と、その、そういう間柄だったたって訳かい？」

木暮が訊ねると、お稲は頰をほんのり染めて頷いた。

「初めは教えを聞きに通うだけで、満足でした。日道様が優しいお声で説かれる教えは、傷ついた私の心を、そっと包むかのように慰《なぐさ》めてくれたのです。日道様は、私の心の支えでした。日道様への憧れは日増しに強くなり、そして……或る時、一線を越えてしまいました。私はいつしか日道様を本気で好いてしまっていたのです。日道様を色々言う人もいましたが、私はそんなことどうでもよかった。辛い日々を送る私にとって、日道様との一時は何にも代《か》え難《がた》いものでありましたから。私の……安らぎだったのです」

お稲の目が潤む。

「ところが、あの延命院事件ってのが起きたって訳だね」

「そうなのです……。あの事件で、私はその束《つか》の間《ま》の幸せも失ってしまいました。心の拠《よ》り所《どころ》だった日道様まで喪《うしな》い、私は途方に暮れました。日道様を密告した、本宗寺の者たちを決して許さないと思いました」

　お稲は唇を微かに震わせ、続けた。

「私は日道様の子供を身籠《みごも》っていました。そして私は何の躊躇《ためら》いもなく、産みました。珠《たま》のような女の子でした。日道様との結晶と思い、私はその子を大切に育てました」

「その子が……《徐福の園》にいた千珠さんかい？」

「はい。仰るとおりです。お千は、私の娘です。私が二十三歳の時に産みました。でも悲しいことに、可愛い娘を授《さず》かっても、私が抱えた復讐の炎は消えることがありませんでした。私は必死で娘を育てながら、復讐の機会を待ちました。私はやがて一座の女座長を務めることになり、必死で金子を貯めました。お千も美しく育ち、看板役者になりました。そして……或る方に見初《みそ》められ、まあ、言葉は悪いですが、後ろ盾《うしろだて》を引っ張ってきてくれたのです。その方にも工面《くめん》してもらって、準備を整えていきました」

「それが、勝山藩の江戸留守居役でいらした富永帯刀殿か。今や側用人とのことだが」

お稲は苦い笑みを浮かべた。

「なんでもご存じなのですね。……仰るとおりです」

「富永殿は、お前さんの旦那じゃなかったのか？　娘のほうだったのか？」

「はい、そうでございます。富永様はお千を寵愛《ちょうあい》してくださり、あの子の母である私にも深く同情してくださいました。お蝶を騙《かた》る時に、お屋敷も使わせてくださったのです」

「お千は、もう江戸にはおらんのか？」

「はい……。美丈夫姿で暴れたようですが、あの後、すぐに勝山藩へといってしまいました。富永様を追って」

お稲は顔を上げ、ふと遠い目をした。小さな障子窓《しょうじまど》から、穏やかな陽射しが差し込んでいる。

「富永殿の援助を得て、計画は着々と進んでいったって訳だな」

「はい。《徐福の園》を始めたのは一年前ですが、その一年以上前から色々進めていました。私は一座の座長を下りて、ここで煮売り酒屋を始めました。息を潜めながら、人魚の代役に出来るような男女を探していたという訳です。お染さんが店を訪れた時、一目で『これは上玉』と思いまして、『よい儲け話を知っているんですが』と誘ってみたところ、乗ってきたんです。お染さんに話を持ち掛けたのは、老婆姿の私。そして老婆姿の私の紹介で、お染さんが向かった先の下屋敷にいたのは、〝勝瀬真澄〟と名乗る奥方姿の私。面白いことに、お染さんは奥方姿の私を見ても、煮売り酒屋のお稲と同一人物とまったく気づかなかったんです。我ながら巧く化けたのでしょう」

「或る時は老婆に、或る時は武家か大店の奥方とも思《おぼ》しき美女に化け、狙った者たちを次々に洗脳していったんだな」

「はい。相手を褒めちぎり、その気にさせ、いつの間にか雁字搦《がんじがら》めにして、『もうやるしかない』『もう手を下すしかない』という状態へと追い詰めていく。相手を思いどおりに動かすことには、一種の爽快感《そうかいかん》さえございました」

お稲は薄笑みを浮かべ、少しも悪びれずに言った。

お稲は復讐の準備が整うと、すぐに行動に移した。それはおおよそ、木暮たちの推測で合っていた。

まず、兄の仇《かたき》である元花魁お蝶に近づき、言葉巧みに唆し、女行者へと祭り上げた。〈蓬萊乙姫〉の誕生だ。お稲はお蝶に徐福の教えを説《と》き、人魚の骨を売りにしようと提案した。

お稲は見越していたのだ。そのうち、大金を払って血迷った信者たちが、「人魚を見せろ。目の前で骨を取り出してみせろ」と騒ぎ出すであろうことを。

そして予想どおりの展開となり、お蝶はお稲に相談してきた。お稲はほくそ笑みながら答えた。「綺麗な人たちに人魚の役をやってもらいましょう。心当たりがあるから、私が口説《くど》いてみるわ」と。

お稲は、前々から目をつけていたお染や陰間の藤弥に声を掛けた。或る時は老婆姿で、また或る時は奥方様姿で、言葉巧みに「人魚に化けること」を唆し、「御礼を弾むわ」と約束した。二人ともすぐにやる気になった。

信者たちは、初めは人魚を見るだけで満足していたが、案の定、「本当にこの人魚から骨を取っているのか」と言い出した。

信者たちを納得させるために、そこで手が下されたが、ここでお稲の告白と、お蝶のそれが食い違った。

お稲によると、お稲はお蝶に「人魚を斬ってしまいなさい」ましてや「人魚を殺してしまいなさい」などとは決して言ってはいないという。追い詰められた乙姫が、「せざるを得なく」なって、勝手にしたことであったと。しかし、そうなるまでの状況に持っていったのは、お稲だったということだ。

　木暮はお稲に念を押した。

「お前さんは本当に、お蝶に『人魚の腕を斬れ』とは言わなかったんだな。『人魚を殺せ』とも言わなかったんだな」と。

　お稲は真剣な面持《おもも》ちで、答えた。

「はい、言っておりません。あの方の一存でなさったことです」

　木暮とお稲は、暫し、睨み合う。その傍で、お紋は胸に手を当てて、二人を見ていた。木暮もお稲も目を逸《そ》らさず、互いに見据えていたが、木暮が不意に視線を外した。

「分かった……よかろう」

　お稲は淡々と話した。

「犠牲《ぎせい》にしてしまったお染さんや藤弥さん、仁吾さんには悪いことをしたと思っております。私だって人並みに胸が痛みました。でも……あの女を、お蝶を陥れるためには、仕方がなかったんですよ。本宗寺の坊さんたちもね」

　藤弥や仁吾に目をつけたのは、本宗寺の僧侶たちについて調べ上げ、彼奴らのお気に入りの陰間であることを摑んだからだ。そこでお稲はお客のふりをして藤弥と仁吾に近づき、「よい金儲けの話があるの」と唆した。

初めに殺された藤弥を贔屓にしていた善覚は、二十年前、先頭切って日道を密告した者だった。藤弥が変死すれば、瓦版屋《かわらばんや》たちが色々と調べ上げ、贔屓にしていた客たちの醜聞も駆け巡り、善覚のことも明るみに出るだろう。お稲はそう睨んだのだ。そうすれば、本宗寺にも打撃を与えることが出来る、と。そしてお稲が踏んだように、本宗寺の評判はがた落ちとなってしまった。

お染と藤弥を殺してしまったとお蝶から聞いたお稲は、「二人を心中したように見せかけて、川へ流しなさい」と指示した。お染は息子の巳之助と一緒に、そのとおりにした。

木暮はお稲に訊ねた。

「お前さんがお蝶に、死体に重しをつけるように助言しなかったのは、わざと浮かばせて見つかるようにするためだったのか？　騒ぎを大きくするために」

しかしお稲は、ふっと笑んだだけで、答えなかった。

お染と藤弥のそれは、元花魁と陰間の変死として話題となり、醜聞が駆け巡った。

お稲は、奥山の次男が戯作者になったことも勿論知っていた。雨矢冬伝の名で、人魚を主題にした怪奇話を書いていることも。怪談会を開いて噺《はなし》を聞かせたことも、知っていた。お稲は、冬伝が瓦版に連載した戯作も、昨年の秋に読んでいたという。

お稲は、冬伝をも嵌めるつもりだった。

元花魁と陰間の死体が上がり、冬伝に疑いがかかるように仕向け、精神的に徐々に追い詰めていった。冬伝の戯作に擬《なぞら》えて、死体を演出するなどして、冬伝が如何《いか》にも下手人であるかのように仕向けた。

そして冬伝はついに心を病み、蓬莱乙姫つまりはお蝶を斬りつけた。奥山の息子ということも知れ渡り、義姉との根も葉もない噂も相俟《あいま》って、奥山家にも酷い痛手を与えることが出来た。

こうしてお稲は、「復讐は焦《あせ》らず計画的に」と、時間を掛けて、ようやく積年の恨みを晴らしたのだった。

お稲は洗い浚い語り終え、静かに笑った。

「二十年を経《へ》て、ようやく機が熟したんですよ。まあ、その間に、恨みも幾分か薄れてはいましたけれどねえ。でも、数年前に、偶然、お蝶を町で見掛けましてね。まあ、相変わらず着飾って、派手なことといったら。女中を従えて、顎で使って、姫様気取りですよ、私と同い歳なのにね。……あの驕《おご》った顔を見たら、憎しみが込み上げてきてしまったんです。なんであんな女が、のうのうと生きているんだろうって。やってやらなければ気が済まないって、思いました」

「それで、すべて纏めて、一気に仕返ししてやったって訳だ。憎かった者たちに。計画、練りに練ったね」

お紋の言葉に、お稲は頷いた。

「……おっ母さんにも報告しました。『ようやく兄ちゃんの仇を討てたよ』って」

お紋は洟《はな》を少し啜った。

「長い年月を掛けたから……あんた、自分の手を汚さずに済んだんだね。かっとなったまま行動してたら、あんた、必ず自分の手を汚していただろうよ」

「仰るとおりです」

お稲は再び微かに笑った。木暮は苦い笑みを浮かべて訊ねた。

「冬伝が酩酊《めいてい》して歩いていた時、近づいて『乙姫が貴方に濡れ衣を着せようとしている』って告げたのも、お前さんだな。乙姫の居場所まで吹き込んだ。それで冬伝、乙姫を斬りつけちまった。よくもまあ、お前さんの筋書きどおりに運んだもんだな。お前さん、冬伝以上の戯作者だ。冬伝、子供の頃に、お前さんが人魚を演じていたのを覚えていたぜ」

すると、お稲は首を傾げた。

「いえ……。あの人に近づいて、そんなことを言ったのは、私じゃありませんよ。それは違います。ほかの人でしょう」

「え？　そうなのか。じゃあ、誰だったんだろう。本当にお前さんじゃないのか？」

きょとんとする木暮に、お稲は言った。

「だって、私、その時、出合茶屋でお蝶を待っていたのですから。私とお蝶の繋ぎをやっておりましたのが娘のお千で、お千から連絡があったのです。お蝶が、私と会いたがっていると。あの時、お蝶も追い詰められていたらしく、『これ以上殺めたりすると、さすがに危ないのではないか。一度、《徐福の園》を閉じて、暫くどこかに潜んでいたほうがいいのではないか』などと騒いでいたようです。それであの日、私はお蝶を言いくるめるつもりだったんですよ。『絶対に大丈夫。堂々としていなさい』と。私はお蝶にどうしても《徐福の園》を続けさせたかったんです。お蝶が息子と一緒に捕まるまでね。誰が易々《やすやす》と逃げさせてやるものかと、思ってました」

「そうか。あの時お前さん、不忍池の料理茶屋の中にいたのかい。〝勝瀬真澄〟

として」

「そうです。待っておりましたら、騒々しい声が聞こえて参りまして。入り口で誰かが刺されたようだ、と。それがどうもお蝶らしいと思われたので、騒ぎに紛《まぎ》れて、私は裏口から逃げてしまったのです」

「じゃあ、冬伝に囁いたってのは……もしやお前さんの娘のお千かな？」

お稲は首を傾げた。

「いえ、お千はその時、下屋敷に隠れておりました。娘には『そろそろ町方が踏み込んでくるかもしれないから、逃げる準備をしておきなさい』と告げていましたので。あの日、お蝶が《徐福の園》を出た後すぐに、お千も出て下屋敷に向かったと思います」

「お千は暫く下屋敷に潜んでいて、お蝶と冬伝の騒ぎが少し収まった頃に美丈夫姿で暴れ、それからすぐに勝山へと発《た》ったという訳か」

「はい、左様です。私に黙って冬伝に近づき、そんな勝手なことをするような子ではありません」

木暮は思った。

――じゃあ、誰だったんだろう。……冬伝はやはり錯乱《さくらん》していたのだろうか。

幻覚や幻聴が生じただけだったのか。しかし、幻覚や幻聴にしては、よくお蝶の居場所が的確に分かったな。どうしてだろう――

洗い浚い語ったお稲が、そのようなことを別に隠す必要はないだろうから、嘘を言っているとも思われない。

お稲は冬伝を精神的に追い詰め、奥山の家名に傷をつけたいとは思っていたが、冬伝にお蝶を襲わせようとまでは考えていなかったようだ。

「これからどうするんだい。娘さんを追って、勝山へ行くのかい？」

お紋の問い掛けに、お稲は弱々しく微笑んだ。

「いいえ、あの子の厄介《やっかい》になるようなことはしませんよ。あの子にはあの子の人生がありますからね。女手一つであの子を育てて、父親がいなくて寂しい思いもさせましたから、これからはどうか幸せになってほしい。そう願うばかりです。……そういう私は、人生の幕が降りるまで、風の吹くまま、気の向くままでござんすよ」

お稲は木暮を見詰めた。

「とはいっても……私、どちらかに連れていかれるのでしょうかねえ」

お稲は、覚悟がついているかのような、とても穏やかな笑みを浮かべている。

木暮は「うむ」と、大きな溜息をついた。

「お前さんの話によると、『斬れ』とも『殺せ』とも言ってないという。ならば殺しを唆したことにはならないからな。お蝶の話では違うが、言った言わないというのは、どこにも証拠がない。……お前さん、反省していることもあるだろう」

「勿論です」とお稲は項垂れた。

「罪もない人を巻き添えにしてしまいましたから。だから私、許してもらえますなら、これからは自分の罪ほろぼしをしながら生きていきたいと思います」

木暮は暫し考え、「そうか、ならいいぜ」と言った。

お紋は涙を滲ませた。

「あの甘露煮《かんろに》が食べられなくなるのは悲しいねえ」

「俺もだ」と木暮も切なげな顔をする。

お稲は二人に微笑んだ。

「この時季は、槍烏賊《やりいか》の甘露煮なんてのもいいですよ。さっき私、昼餉《ひるげ》に食べましてね。あまりものなんて失礼でしょうが、それでよろしければ温めて参りますので、ちょっと待っていていただけますか」

「それは嬉しいねえ」とお紋と木暮は頷いた。

お紋と木暮は座敷に上がって、〝槍烏賊の甘露煮〟を待った。板場から、甘辛いコクのある香りが漂ってくる。

四半刻《しはんとき》（三十分）ほど経って、お紋がぽつりと言った。

「温めるだけってのに、ずいぶん掛かるねえ」

「ほかにも何か用意してくれてんじゃねえのか」

「それにしてもさ」

障子戸から差し込む陽射しが、重くなってきている。どこかで、ちりんと鐘が鳴ったような気がした。

お紋はふと胸騒ぎを覚えて立ち上がり、奥へと向かった。

「ちょいとおじゃまするよ」と板場へと入る。

板場には誰もいなかった。

お紋は「お稲さん」と大きな声を出した。木暮もやってきて、狭い板場で顔を見合わせる。さらに奥まったところの左側に、小さな裏口があることに気づいた。急いで戸を開ける。

しかし、お稲の姿は、どこにもなかった。

やけにひんやりとした風が、一瞬、吹き過ぎた。

板場に戻ってみると、さっきは気づかなかったが、飯台《はんだい》の上に甘露煮の包みが置かれているのが、目に入った。


お稲のことが気懸かりで、お紋は数日、元気がなかった。

そんな或る夜、店を閉めると、お紋は急にお腹を押さえて蹲《うずくま》った。驚いたお市が、母に駆け寄る。

「どうしたの、お母さん？」

板場にいたお花と目九蔵も、飛んできた。

「婆ちゃん、大丈夫か」

お紋は蹲ったまま、額に脂汗《あぶらあせ》を滲ませている。顔は苦痛で歪《ゆが》み、真《ま》っ青《さお》だった。

目九蔵がお紋に、背を向けてしゃがんだ。

「大女将、わての背に載ってください。上まで負ぶっていきますんで」

お紋は——悪いよ——というように首を振るが、「早く」と目九蔵に急《せ》かされ、お市とお花に横から抱えられて、負ぶさった。

目九蔵は階段を一歩一歩踏みしめ、お紋を上の部屋まで運んだ。お市とお花が急いで布団《ふとん》を敷き、お紋を寝かせる。

「お母さん、汗が凄いわ。……お花、手拭《てぬぐ》い」

お花はすぐに手拭いを持ってくるも、おろおろするばかりだ。お市は母の額に浮かんだ汗を拭い、手を当てて熱がないかをみた。

お紋の息は荒く、目を固く瞑《つむ》って、歯を食い縛っている。

お花は祖母に「婆ちゃん、大丈夫か？　しっかりしろよ、婆ちゃん」と声を掛け続けた。祖母の手をぎゅっと握《にぎ》り締《し》めながら。

目九蔵が「お医者を呼んできますわ」と立ち上がり、お市が「お願い」と頷く。

するとお紋が急に目を開け、お花に顔を寄せて、或ることを告げた。

五

「あらあ、皆さんお揃いで、いらっしゃいませ！」

お市の明るい声が店に響く。木暮が桂、忠吾、坪八を連れてやってきたのだ。

続いてお蘭とお陽も入ってくる。

「おお、これはこれは美女お二人！　皆で一緒に呑みましょう」ということになり、座敷は賑わう。

お市が忙しく酌をしていると、お紋が料理を運んできた。

「板前が考えた新しい長寿料理は〝軍鶏〟でいくよ！　旦那方みたいな戦う男たちには軍鶏ってぴったりだろ？　お蘭さんやお陽さんも戦ってるもんねえ、色香《いろか》振りまいてさ！　まあ、男はんも女はんも、うちの料理で精力つけてくださいな！」

お紋は欠けた前歯を覗かせ、けらけら笑う。

「大女将、相変わらず元気いいじゃねえか。これは〝軍鶏のつみれ〟か？」

「わちき、つみれ大好きよ！　しかも軍鶏なんて珍しいわあ」

「では早速いただきやす」

皆、軍鶏のつみれを一口で頬張り、顔をほころばせる。嚙み締め、呑み込み、お陽が声を上げた。

「ふっくら、もちもちして、とっても美味しいわ！　中にお餅が入っていますよね？　細かく刻んだのが」

お紋が答えた。

「そうなんだよ、軍鶏肉と餅が混ざり合って、力がつくよ」

「いやあ、軍鶏のつみれって初めて食べましたが、なんちゅう旨さや！　軟らこうて、嚙み締めると旨みが広がりますわ」

坪八も、ちゅうちゅうと感激の声を上げる。

皆があっという間に平らげると、次はお花が運んできた。

「〝軍鶏鍋〟ですよ。ふうふう言いながら、どうぞ」

湯気の立つ、迫力ある鍋に、皆大喜びだ。つみれのように潰して丸めたものではなく、肉の塊《かたまり》がどんと入っている。

「この香りよ！　なんだか野性を呼び覚まされるわあ！」

「魚とはやはり違うんですよね、匂いからして。濃いといいますか」

鍋にはほかに大根《だいこん》、葱《ねぎ》、椎茸《しいたけ》も入っていて、軍鶏の脂が溶けているのか、汁は艶々《つやつや》と輝いている。

「いや、出汁《だし》が利いてて堪りませんや！」

「本当、いいお味。いくらでも食べられてしまいます」

「いやあ、酒が進むぜ。軍鶏、最高じゃねえか」

皆、笑顔で軍鶏肉にかぶりつく。

「この大根と葱にも、出汁と軍鶏の旨みが染みて」

「椎茸にもじゅわじゅわ滲んで」

「噛めば噛むほど味が出る、憎い色男のようですわ、軍鶏鍋ちゅうのは」

「憎い色男か、それはいいぜ！」

皆を眺めつつ、お紋はにっこりする。

「きっと、こうして楽しくわいわいと御飯を食べたりするのが、若さや壮健の秘《ひ》訣《けつ》なんだろうね」

「大女将、いいこと言うな。そのとおりだ」

「おかしな妙薬なんてのに頼らなくたって、気持ち次第で元気に長生き出来るわよねえ」

「そうそう、楽しく、くよくよせず、それが何よりの妙薬です」

「あちきもそう思います」「あっしも」「わても」と姦《かしま》しい。

〆《しめ》は御飯と餅のどちらかを選べると聞いて、木暮とお蘭と忠吾は餅を、桂とお陽と坪八は御飯を選んだ。軍鶏鍋の残り汁で煮込めば、御飯も餅も、どちらも絶品だ。桂たちは旨みの染み込んだ雑炊《ぞうすい》を頰張ってうっとりし、木暮たちは汁を吸ってぐーんと伸びる餅に舌鼓《したつづみ》を打つ。

「この雑炊、腹に溜まりますね。力が出て参ります」

「汁の染み込んだお餅、なんて美味しいの！　恍惚《こうこつ》としちゃうわあ」

皆、大喜びですっかり平らげ、満足げに息をついた。

「ああ、至福の味だったわ。幸せ過ぎてなんだか眠くなってきちゃった」

お蘭が言うと、笑いが起きた。

お市に酌をしてもらいながら、木暮はしみじみとした。

「いや、今回は〈はないちもんめ〉の皆だけでなく、お蘭さん、お陽さんにもお力添えいただき、無事解決出来た。もちろん、忠吾と坪八にも本当によく働いてもらった。改めて礼を言う。まことにありがとう」

「ありがとうございました」

木暮に続き、桂も丁寧《ていねい》に頭を下げる。皆、口々に「お役に立ててよかった」と言い、木暮たちは嬉しそうだ。お紋が訊ねた。

「冬伝さんはどうなるんだい」

「うむ。冬伝は傷害の罪で遠島《えんとう》になるところを重過料《じゅうかりょう》で済んだが、気鬱《きうつ》が重症になっているみてえだ。でもまあ、戯作者だからなあ。どこかおかしくても、面白いものが書けるうちは大丈夫なんだろう。書けなくなったら廃人だろうけどな」

「あの人、もっと図々《ずうずう》しいかと思ったら、意外に繊細《せんさい》なんだね。親に迷惑掛けても平然としていそうだったけれど、自分を責めちゃったんだねえ」

するとお花が鼻を鳴らした。

「婆ちゃんは娘や孫に迷惑掛けても、平然としてるもんな。ちょっと旦那、聞いてよ！　一昨日《おととい》の夜、婆ちゃん『痛い』って、お腹押さえて蹲っちゃってさ。顔なんか真っ青で、おっ母さんもあたいも吃驚《びっくり》して、目九蔵さんが婆ちゃん負ぶって上に運んだんだ。そして寝かせて、目九蔵さんが医者を呼んでくるっていう時になって、婆ちゃん、あたいになんて言ったと思う？『厠《かわや》に行ってくる』って！　そんでふらふらしながら厠に行って、戻ってきたら、どうよ？　けろりと治っちまってんの！　糞詰《ふんづ》まりだったんだよ、ただの。皆、驚いて心配したってんのによ、脱糞《だっぷん》したら治っちまいやんの！　ただの食い過ぎだったんだよ、この糞婆《くそばば》あ！」

「お前ね、料理屋で『糞詰まり』なんてことを言うのは、控えるもんだよ」

バツの悪そうな顔でお紋が言い返す。

「だから皆さんが食べてる時はこの話、しなかったじゃねえか！　これでも気を遣《つか》ってんだよ、あたいだって！」

木暮たち一同、「大女将らしい」と大笑いだ。お市は娘を優しく睨んだ。

「お花、そんなこと言いながら、大女将がお腹痛くなった時、動転してたじゃない。大女将の手を握っちゃって離さないの、この子ったら。『しっかりしろよ』って何度も繰り返して、泣きそうな顔してね」

「そ、そんなことねえよ！……っていうか、婆ちゃんがくたばっちまったら、つまんねえからな。喧嘩も出来なくなっちまうし」

お花はお紋から顔を背《そむ》け、唇を尖《とが》らせる。そんなお花を、皆、優しい目で見ていた。お紋は「ふん」と笑って衿《えり》を正す。

「そんなに簡単にくたばりゃしないさ。私だって、妖みたいなもんだからね。そうそう、お市が〝餅の妖〟、お花が〝牛蒡の妖〟としたらさ、私は〝白魚《しらうお》の妖〟、さしずめ、不老不死の人魚ってとこかい？」

「山姥《やまんば》さ」

「なにをっ」

「なんだとっ」

祖母と孫は盃《さかずき》を手に、またも睨み合う。二人の目はともに据《す》わっていた。

「今夜という今夜は、孫と言えども許さないからね」

「受けて立つぜよ、妖怪婆あ」

木暮は「まあまあ」と間に入り、それぞれに酒を注《つ》ぐ。

「喧嘩するほど仲がいいって本当でんな」と坪八が言うと、皆、「本当に」とにやにやする。祖母と孫の丁々発止《ちょうちょうはっし》を、皆、楽しんでいるのだ。お市は酸っぱい笑みを浮かべていたが。

お紋は差し込むような腹痛を覚えて蹲った時、娘と孫、目九蔵に支えられながら、思ったのだ。

――このままくたばってたまるか。私は、お市やお花、板前と一緒に、まだまだ、この店を守り立てていかなきゃならないんだ。まだまだ元気で、皆と一緒に生きていくんだ――と。

――病なんかに負けてたまるか。私は大丈夫だ――

お紋は、そう信じ込んだ。信じ込んだからこそ、厠に行っただけで、ぴたりと治まってしまったのかもしれない。

お紋はその後で、お稲が言っていたことを思い出した。

「信じることって大切と思います」と。

お紋は自分が大丈夫だと信じて、頑張ってみることにした。

――そうしていれば、お稲さんにも、いつかまたどこかで会えるかもしれないものね――

そんなふうに思うと、微笑むことが出来た。

――くよくよせず、躰にいいものを食べて、笑って生きていれば、奇跡が起きるかもしれないね。もちろん、いくら躰にいいものといっても、食べ過ぎは禁物だけれど――

お腹をさすりながら、お紋は反省も怠《おこた》らなかった。

皆、強《したた》かに酔い始め、話は再び事件のことになる。お市はしみじみと言った。

「でも、お稲さん、色々あったようだけれど、お母様お兄様の仇を討てて、気分が晴れたでしょうね」

「まあ、お稲さんがしたことは、褒められたことじゃないけどね。あの人のお母さんは、あの世で喜んでいらっしゃるよ」

お紋もしみじみ返し、皆、頷く。木暮が腕を組んだ。

「冬伝だがよ、『人魚が……脚がない女が、私に声を掛けたんだ。あれは人魚だったんだ』って、未《いま》だに毎日ぶつぶつ呟いているらしいぜ」

一同、顔を見合わせる。すべて解明したが、冬伝に声を掛けた女、それだけが謎として残るのだ。

お花が首を傾げた。

「お稲さんが謀《はか》ることなく、それがきっかけとなって冬伝がお蝶を斬りつけ、事態は収束していったんだよね。本当に、いったい誰だったんだろう」

「示唆《しさ》したのが、脚がない人魚ってこと？」

「人魚ってのは元々脚はないんじゃないの？」

「いや、冬伝は『脚がない女だったから、あれは人魚だったんだ』って信じ込んでるみてえだ」

お市は固唾を呑んだ。

「脚がない……って、ねえ、それって……」

暖かくなってくる頃、皆の背筋にぞぞっと冷たいものが走る。

次の瞬間、春の宵《よい》をつんざくような悲鳴が、〈はないちもんめ〉に起こった。

一〇〇字書評

はないちもんめ　冬の人魚

切・り・取・り・線

購買動機（新聞、雑誌名を記入するか、あるいは○をつけてください）

□（　　　　　　　　　　　　　　）の広告を見て	
□（　　　　　　　　　　　　　　）の書評を見て	
□ 知人のすすめで	□ タイトルに惹かれて
□ カバーが良かったから	□ 内容が面白そうだから
□ 好きな作家だから	□ 好きな分野の本だから

・最近、最も感銘を受けた作品名をお書き下さい

・あなたのお好きな作家名をお書き下さい

・その他、ご要望がありましたらお書き下さい

住所	〒				
氏名		職業		年齢	
Eメール	※携帯には配信できません	新刊情報等のメール配信を 希望する・しない			

この本の感想を、編集部までお寄せいただけたらありがたく存じます。今後の企画の参考にさせていただきます。Eメールでも結構です。

いただいた「一〇〇字書評」は、新聞・雑誌等に紹介させていただくことがあります。その場合はお礼として特製図書カードを差し上げます。

前ページの原稿用紙に書評をお書きの上、切り取り、左記までお送り下さい。宛先の住所は不要です。

なお、ご記入いただいたお名前、ご住所等は、書評紹介の事前了解、謝礼のお届けのためだけに利用し、そのほかの目的のために利用することはありません。

〒一〇一－八七〇一
祥伝社文庫編集長　坂口芳和
電話　〇三（三二六五）二〇八〇

祥伝社ホームページの「ブックレビュー」からも、書き込めます。

http://www.shodensha.co.jp/bookreview/

祥伝社文庫

はないちもんめ　冬《ふゆ》の人魚《にんぎよ》

平成31年 2 月20日　初版第 1 刷発行

著　者　有馬美季子《ありまみきこ》
発行者　辻　浩明
発行所　祥伝社《しようでんしや》
東京都千代田区神田神保町 3-3
〒101-8701
電話　03（3265）2081（販売部）
電話　03（3265）2080（編集部）
電話　03（3265）3622（業務部）
http://www.shodensha.co.jp/
印刷所　堀内印刷
製本所　ナショナル製本
カバーフォーマットデザイン　中原達治

Printed in Japan ©2019, Mikiko Arima　ISBN978-4-396-34496-2 C0193

〈祥伝社文庫　今月の新刊〉

辻堂　魁
縁《えにし》の川　風の市兵衛　弐
《鬼しぶ》の息子が幼馴染みの娘と大坂に欠け落ち？　市兵衛、算盤を学んだ大坂へ――。

西村京太郎
出雲《いずも》　殺意の一畑《いちばた》電車
白昼、駅長がホームで射殺される理由とは？小さな私鉄で起きた事件に十津川警部が挑む。

南　英男
甘い毒　遊撃警視
殺された美人弁護士が調べていた「事故死」。富裕老人に群がる蠱惑の美女とは？

風野真知雄
喧嘩旗本勝小吉事件帖　**やっとおさらば座敷牢**
勝海舟の父にして「座敷牢探偵」小吉。抜群の推理力と駄目さ加減で事件解決に乗り出す。

有馬美季子
はないちもんめ　冬の人魚
美と健康は料理から。血も凍る悪事を、あったか料理で吹き飛ばす！

工藤堅太郎
修羅《しゅら》の如《ごと》く　斬り捨て御免
神隠し事件を探り始めた矢先、家を襲撃された龍三郎。幕府を牛耳る巨悪と対峙する！

喜安幸夫
闇奉行　火焔《かえん》の舟
祝言を目前に男が炎に呑み込まれた。船火事の裏にはおぞましい陰謀が……！

梶よう子
番付屋新次郎世直し綴《つづ》り
市中の娘を狂喜させた小町番付の罠。人気の女形と瓜二つの粋な髪結いが江戸の悪を糾す。

岩室　忍
信長の軍師　巻の一　立志編
誰が信長をつくったのか。信長とは何者なのか。大胆な視点と着想で描く大歴史小説。

笹沢左保
白い悲鳴
不動産屋の金庫から七百万円が忽然と消えた。犯人に向けて巧妙な罠が仕掛けられるが――。